Ernst Hinterberger · Die dunkle Seite

ERNST HINTERBERGER

DIE DUNKLE SEITE

INSPEKTOR TRAUTMANN ERMITTELT

EIN WIENER KRIMINALROMAN

Herzlichst für
Lilly [illegible]
[illegible]
[illegible]

Deuticke

*Handlung und handelnde Personen sind frei erfunden.
Jede Übereinstimmung mit der Wirklichkeit ist rein zufällig.*

*Wiener Dialektausdrücke und Begriffe aus dem Polizeijargon
sind im Text kursiv gesetzt und werden am Ende des Buches erläutert.*

Umschlaggestaltung: Robert Hollinger
Umschlagfoto: Pilo
Druck: Wiener Verlag, Himberg bei Wien
Printed in Austria
ISBN 3-216-30374-8

1

Der 16. März 1997 war ein verregneter Sonntag.

Vom bedeckten Himmel nieselte es seit den frühen Morgenstunden. Die schon frühlingshafte Temperatur war wieder gefallen. Die Hausdächer der Gemeindebauten und Zinshäuser am Margaretengürtel und am gegenüberliegenden Gaudenzdorfer Gürtel glänzten vor Nässe.

Auf der Straße waren nur ein paar Leute zu sehen, die sich die Sonntagszeitungen aus den Selbstbedienungsständern holten. Vor den Haltestellen der Buslinie 59A stand niemand, vor denen der Straßenbahnlinien 6 und 18 warteten einige wenige Leute. Auch der Autoverkehr auf dem Gürtel war an diesem Tag nicht so stark wie sonst. Auf den kümmerlichen und verdreckten Grünflächen, die die Bezirke Margareten und Meidling voneinander trennen, führten ein paar Frauen ihre fetten Hunde äußerln.

Früher, in den späten zwanziger Jahren, war der Gürtel, der sich vom Arsenal im dritten Bezirk bis zur Nußdorfer Straße im neunten Bezirk hinzieht, eine Renommierstraße und so was wie der »Ring der kleinen Leute« gewesen. Der Gürtel war von den damaligen Sozialdemokraten als Gegenstück zur feudalen Ringstraße forciert worden. Überall waren Gemeindebauten aufgeschossen, die den aus düsteren und überfüllten Zinskasernen kommenden Menschen Licht, Luft, Sonne und ein menschenwürdiges Leben bieten sollten.

Doch das ist lange her. Heute ist der Gürtel eine bei Tag und Nacht stark frequentierte Autostraße, flankiert von schmutzigen Häusern – längst nicht mehr das, was man eine gute Wohngegend nennt.

In einigen Bereichen des Gürtels reiht sich eine Peep-Show an die andere, und in den zahlreichen Nachtlokalen niedrigster Kategorie trifft sich die kriminelle Szene.

So gesehen ist der Margaretengürtel noch gut dran. Hier ist die Kriminalitätsrate niedriger als sonst am Gürtel, und auch die Suchtgiftszene hat sich inzwischen anderswo angesiedelt.

Geschäfte findet man am Margaretengürtel so gut wie keine mehr. Die Straßen und Gassen sind meist verdreckt, auf die Hausfronten haben Sprayer allerlei Zeichen gemalt.

Früher wohnten hier Gewerbetreibende, Beamte, Arbeiter und Angestellte. Heute quellen die Bezirke über von Gastarbeitern. Gierige Hausbesitzer stopfen die Ausländer in winzige Substandardwohnungen verkommener Zinshäuser. Wer es sich leisten kann, zieht in eine bessere Wohngegend. Die einzigen Einheimischen, die bleiben, sind alte Leute, die in ihrer gewohnten Umgebung auf das Sterben warten.

Früher galten diese Bezirke als rote Hochburgen, und die Sozialdemokraten gingen bei den Wahlen in schöner Regelmäßigkeit als stimmenstärkste Partei hervor. An jedem 1. Mai wälzte sich ein langer Zug aus Meidling und Margareten auf die Ringstraße zur Abschlußkundgebung. Alle Sozialdemokraten von zwei bis achtzig Jahren waren auf den Beinen und zogen über den Margaretengürtel und die Schönbrunner Straße in die Innenstadt. Mehr als ein Dutzend Blaskapellen gehörten dem Zug an. Auf dem Rathausplatz blickte die Parteiprominenz von den Tribünen auf ein Meer aus Transparenten und roten Fahnen mit den drei Pfeilen.

Aber das gehört längst der Vergangenheit an. Inzwischen haben die Freiheitlichen unter Jörg Haider wegen der vielen Gastarbeiter bei den Wahlen kräftig dazugewonnen.

Denn Inländer und Ausländer leben nicht gut zusammen, sie stehen einander Gewehr bei Fuß gegenüber. Viele der kleinen Leute fühlen sich von den Sozialdemokraten verraten, gehen nicht mehr beim Maiaufmarsch mit und wählen aus Protest die Freiheitliche Partei.

2

Der große Gemeindebaukomplex mit dem Namen Haydnhof ist Teil des von Gaudenzdorfer Gürtel, Arndtstraße, Siebertgasse und Steinbauergasse umgebenen Häuserblocks, der die Grenze zwischen den Bezirken Meidling und Margareten darstellt. Auch er hatte sich dem allgemeinen Trend allmählicher Verwahrlosung nicht entziehen können und dämmerte an diesem trüben Sonntagvormittag vor sich hin.

Auf Stiege 3 wohnte der zweiundsiebzigjährige verwitwete Straßenbahnpensionist Franz Neundlinger. Er lebte mit seinem altersschwachen und atemlosen Dackel Wastl in einer ungepflegten 44-Quadratmeter-Wohnung.

Neundlinger stand mit den anderen Bewohnern weder gut noch schlecht. Ihn interessierten im Grunde nur mehr das täglich gelieferte *Essen auf Rädern* der Gemeinde Wien sowie sein Dackel. Und es war ihm sehr wichtig, daß er es daheim beim Fernsehen warm hatte.

Neundlinger sah viel fern, genaugenommen fast vom Morgen bis in die späte Nacht. Er hüpfte dabei von Kanal zu Kanal und schimpfte zum Dackel über jedes Programm; schaute sich aber trotzdem vom Kinderfernsehen bis CNN alles an, was über den Bildschirm flimmerte.

Er hatte sich am Morgen alle aushängenden Zeitungen geholt, in jede Geldbüchse anstandshalber einige Zehngroschenstücke geworfen und den keuchenden Dackel ein paarmal pissen lassen. Dann hatte er zu Hause die Zeitungen durchgeblättert und wie so oft gefunden, daß sie genauso schlecht, verlogen und uninteressant wie das Fernsehprogramm waren.

»Weißt was, Wastl«, sagte er nun zum Dackel, »wir werden nicht teppert sein und da herinnen erfrieren. Wir holen uns jetzt eine Kanne Öl und heizen ein, damit wir es gemütlich haben.«

Er nahm den Dackel, der wegen seines hohen Alters nicht mehr gut über die Stiegen laufen konnte, auf den Arm, angelte die Kellerschlüssel vom Haken und verließ die Wohnung, wobei er eine für ihn untypische Hast entwickelte. Denn um 9.05 Uhr gab es im ORF die siebzehnte Wiederholung eines Schinkens über den Pandurenoberst von Trenck. Neundlinger mochte eigentlich keine Kostümfilme, wollte sich den Film jedoch zum achten oder neunten Mal anschauen, um darüber ausgiebig zu schimpfen.

Vor der Kellertür setzte er den Dackel ab und wollte aufsperren, merkte aber, daß die Tür nicht verschlossen war.

Es war immer das gleiche. Überall waren Schlösser vorhanden, aber keine Sau sperrte zu. Die Leute ließen auch die Gittertore zur Straße offen und manipulierten am Schloß der Stiegentüren, damit diese immer unversperrt waren. Bei der Kellertür drehte er als einziger zweimal den Schlüssel um, sobald er den Keller verließ.

Neundlinger nahm den Dackel wieder auf. Er tappte ein paar Stufen hinunter und wollte schon in seinen Kellergang einbiegen, als der Dackel unruhig wurde und wie irre keuchend zu bellen begann.

»Was hast denn, Wastl?« fragte Neundlinger. »Was bellst denn? Ist ja niemand da, hörst!« Und als der Hund weiterbellte: »Dir ist kalt, ich weiß eh. Mir ja auch. Aber wegen dem brauchst ja nicht zu bellen. 's Herrl heizt ja eh gleich ein.«

Dann setzte er den strampelnden Hund auf den Betonboden und wunderte sich, daß dieser ungewohnt schnell bis zur nächsten Biegung rannte, dort aber so jäh stehenblieb, daß er wie ein Auto bei einer Schnellbremsung ein Stück weiterrutschte. Der Hund klemmte den Schwanz zwischen die Hinterbeine und begann zu winseln.

Neundlinger ging die paar Schritte bis zur nächsten Biegung und sah, daß am Ende des Ganges ein kleines blondes Mädchen in einer Blutlache lag.

Das Mädchen war mit einem olivgrünen Parka, rotem Zopfpullover und einem Schottenrock bekleidet. Der rot-grün-gelb karierte Rock war hochgerutscht, und Neundlinger sah, daß die Strumpfhose des Mädchens zerrissen war und es kein Höschen anhatte. Seine dünnen Schenkel waren blutig. Neben dem Mädchen lagen eine Brille und ein blutiges Exemplar des *Kurier* vom

Sonntag. Die Blutlache war schon dickflüssig und stammte offensichtlich von einer klaffenden Wunde am Hals des Kindes.

Das Mädchen wohnte nicht im Bau, aber Neundlinger kannte es vom Sehen. Die Kleine hieß, soviel er wußte, Christl und mußte aus der näheren Umgebung sein, weil er sie ab und zu entweder in der Trafik in der Steinbauergasse oder in der Konditorei an der Ecke Siebertgasse gesehen hatte.

Neundlinger wunderte sich, daß er so ruhig blieb und das Kind wie eine weggeworfene Sache ansehen konnte. Er hatte während seiner Zeit als Motorführer, erst der Stadtbahn, dann der U-Bahn, einige verstümmelte Selbstmörder unter seinem Triebwagen gesehen, sich jedes Mal bis zum Umfallen aufgeregt und sogar von diesen Toten geträumt, aber jetzt hatte er überhaupt keine Gefühlsregung. Er schaute das Mädchen nur an, und damit hatte es sich.

Neundlinger nahm den Dackel auf, ging aus dem Keller und sperrte die Tür gewissenhaft zweimal zu. Dann läutete er, weil er selbst kein Telefon hatte, an der Parterrewohnung des Ehepaars Gschwandner.

Die Gschwandners waren ebenfalls alte Leute, aber etwas jünger als Neundlinger. Sie kamen beide zur Tür und baten Neundlinger, als er ersuchte, telefonieren zu dürfen, ins Vorzimmer.

Während er die Nummer 133 wählte, hörte er aus dem Wohnzimmer, daß eben die Sendung über den Freiherrn von Trenck begann.

Als Neundlinger den Leichenfund durchgab, erstarrten die Gschwandners. Er legte auf und erklärte kurz, was er im Keller der Stiege gesehen hatte und daß er das tote Mädchen vom Sehen kenne.

Herr Gschwandner ging eilig ins Wohnzimmer und schaltete den Fernsehapparat aus. Frau Gschwandner nahm inzwischen in der Küche aus einer der zahlreichen Medikamentenschachteln eine Pille und spülte sie mit Wasser hinunter. Dann hob Neundlinger seinen Dackel wieder in die Höhe, und gemeinsam mit den Gschwandners ging er auf den Stiegenvorplatz, um dort auf die Polizei zu warten.

3

Die Mordgruppe 2 des Wiener Sicherheitsbüros, kurz MG 2 genannt, hatte am 16. März Journaldienst und war vollzählig versammelt.

Das Dienstzimmer war wie immer völlig verqualmt und der Aufkleber mit dem Spruch *Ohne Rauch geht's auch!* in den Wolken von Zigarettenrauch kaum zu sehen. Zwischen Waschbecken und Espressomaschine hing ein großes gerahmtes Foto an der Wand. Es zeigte Gruppeninspektor Otto Hotwagner und war mit einem breiten Trauerflor umhangen. Darunter hing eine alte Walther 7.65.

Hotwagner hatte der MG 2 fast zwanzig Jahre lang angehört. Er war ein alter und unmäßig dicker Mann gewesen – und, wie er von sich selbst gesagt hatte, der älteste Hund des Sicherheitsbüros.

Schon zu Lebzeiten war er eine Legende geworden. Trotz seiner Ruppigkeit Liebling der Presse, begnadeter Esser, unermüdlicher Kaffeetrinker, Kettenraucher. Seine oft ordinären, vom Slang der Unterwelt geprägten Sprüche gegenüber dem Hofrat August Tamandl, dem Chef aller Mordgruppen, würden wohl noch lange im Haus kursieren. In der Unterwelt hatte er als *franker Kiberer* gegolten, war mit den meisten aus der Szene per Du gewesen. Die Kollegen hatten ihn als Fossil betrachtet, das von moderner Kriminaltechnik nichts hielt und die Fälle aus dem Bauch heraus aufklärte. Otto Hotwagner mußte eine Spur, wie er selbst behauptet hatte, im Urin spüren – dann hielten ihn weder Vorgesetzte noch Dienstvorschriften auf.

Otto Hotwagner hatte vor nichts außer seiner bevorstehenden Pensionierung Angst gehabt. Vor Jahren hatte ihn seine Frau verlassen, und er hauste in einer chaotischen Wohnung, in der er sich sowieso nur mehr zum Schlafen aufhielt. Sein Leben, oder das, was davon geblieben war, hatte sich nur im Sicherheitsbüro, an Tatorten und während der Ermittlungen abgespielt. Und er hatte mehr als ein Mal gesagt, daß er sich die Walther 7.65 in den Mund stecken würde, sobald er den Pensionierungsbescheid in Händen hielte.

Aber dazu war es nicht gekommen. Denn ehe er den vom Hofrat Tamandl beantragten Pensionierungsbescheid erhalten hatte, war er zu einer Tatbestandsaufnahme in der sogenannten Rennbahn-Siedlung im zweiundzwanzigsten Bezirk gerufen worden. Als er sich die Leiche des erschlagenen jungen Mannes angesehen hatte, war er wie ein Klotz umgefallen und auf der Stelle tot gewesen.

Sowohl der Gruppenführer Oberst Ewald Stern, den Hotwagner liebevoll Waldi genannt hatte, als auch die Bezirksinspektoren Karl Wasenegger, Franz »Burli« Berger IV. und Monika Suttner hatten vom laufenden Pensionierungsantrag des Hofrats gewußt, ihn aber gegenüber dem alten Otto verschwiegen. Und natürlich waren sie alle auf das Begräbnis Hotwagners gegangen, bei dem die Polizeimusik auf Betreiben Sterns *Ich hatt' einen Kameraden* gespielt hatte. Auch viele seiner Bekannten aus der Unterwelt waren gekommen. *Der Glatzerte*, Herr über die Wiener Prostitution, hatte, von seinen *Buckeln* umgeben, persönlich einen riesigen Kranz mit einer breiten Schleife mit den Worten *Letzte Grüße von Deinem Glatzerten* angeschleppt.

Hotwagners Tod hatte die MG 2 schwer getroffen. Und seither hingen das Foto Hotwagners und dessen Waffe wie Ikonen an der Wand des Dienstzimmers.

Nach Hotwagners Tod war der fünfundvierzigjährige Abteilungsinspektor Polycarp Trautmann in die MG 2 versetzt worden.

Trautmann haßte seinen Vornamen, insbesondere dessen Verkleinerung in Poly und ließ sich von jedem nur bei seinem Nachnamen nennen. Er war ein stiernackiger, bulliger Mann mit wenigen kurzgeschorenen blond-grauen Haaren und braunen Augen, die entweder Wärme oder eine kalte, desinteressierte Stumpfheit ausstrahlten. Er rauchte selbstgedrehte Zigaretten aus einer mit Sherry gebeizten Mischung, war wie sein Vorgänger schlampig angezogen und trug wie dieser seine Waffe nicht in einem Holster, sondern im Hosenbund – allerdings nicht vorne, sondern hinten; und es war auch keine Walther, sondern die polizeiübliche Glock.

Trautmann war Buddhist. Für ihn gab es als Wirklichkeit nur

eine umfassende Leerheit. Er sah die Welt als eine Spiegelung von Verwirrung und Unwissenheit, als einen ewigen Kreislauf von Leid und Täuschung. Der Mensch war in diesem Kreislauf gefangen, solange er daran glaubte, als Einzelmensch in Abgrenzung zur übrigen Welt zu existieren. Sein Ichgefühl war allerdings eine Illusion. Die meisten Menschen wußten das jedoch nicht. Sie zogen diese Grenze zwischen sich und der übrigen Welt. Sie dachten in Gegensatzpaaren, glaubten an Hell und Dunkel, Gut und Böse, Leben und Tod. Daraus entstanden ihr Leid, ihre Konflikte. Der Mensch hatte deshalb zwei Seiten, eine helle und eine dunkle. Trautmann befaßte sich seit langem mit dieser dunklen Seite des Menschen; schließlich war er Kriminalbeamter.

Von Hofrat Tamandl war Trautmann darauf hingewiesen worden, daß er es schwer haben würde, den hochbegabten Hotwagner auch nur einigermaßen zu ersetzen. Und dann hatten ihm auch die neuen Kollegen alle Augenblicke unmißverständlich zu verstehen gegeben, daß sie ihn mehr oder weniger als Fremdkörper betrachteten.

»Der Otto hätte gesagt ...« oder »Der Otto hätte in diesem Fall ...« hatte er während seiner ersten Wochen bei der Gruppe so oft gehört, daß ihm eines Tages die Geduld gerissen war.

»Jetzt paßts einmal auf!« hatte er zur Gruppe gesagt, wobei seine braunen Augen den bei der Unterwelt gefürchteten stumpfen, abwesenden Blick angenommen hatten. »Ich weiß, daß der Otto ein Weltmeister war und ich ein Arschloch gegen ihn bin. Aber er ist jetzt eben tot, und ich kann nichts dafür, daß er tot ist. Sagts mir gleich, obs mich wollts oder nicht. Ich kann mich ja auch versetzen lassen, wenn ich euch nicht pass'. Also – wie schaun wir aus?«

Daraufhin hatten die anderen ihre Hinweise auf Hotwagner unterlassen oder wenigstens auf ein Minimum beschränkt.

Trautmann und Wasenegger standen rauchend am halboffenen Fenster und schauten auf die beinahe menschenleere Roßauer Lände hinunter. Wenige Autos. Ein paar Leute mit Hunden. Zwei ältere Jogger. Der Donaukanal, der sich träge und schmutzig dahinwälzte. Ein Rettungswagen mit Horn und Blaulicht, der in Richtung zwanzigster Bezirk fuhr. Schmieriggrauer Himmel und nieselnder Regen.

Berger IV. saß an seinem Schreibtisch und blätterte lustlos im neuen Profil. André Heller äußerte lang und breit seinen Frust über Österreich. Die Politiker warfen einander Unfähigkeit vor. Ein Schas schrieb über einen anderen Schas.

Monika Suttner füllte die Espressomaschine und schaltete sie ein. Dann begann sie das Kaffeegeschirr vom Vortag zu waschen.

Oberst Stern ging im Zimmer auf und ab. Er wäre lieber zu Hause, bei Frau und Kindern, gewesen und hätte mit ihnen Trivial Pursuit gespielt, statt hier die Zeit zu vertrödeln.

Es war für alle ein Sonntag, der toter als tot war.

Das einzig Positive war die Abwesenheit des Hofrats August Tamandl, der die MG 2 heute nicht sekkieren konnte, weil er zu Hause hockte und von seiner Alten sekkiert wurde.

Um 9.36 Uhr begann die Espressomaschine zu zischen, tröpfelte der erste Kaffee in die Schalen. Zugleich läutete das Telefon.

»Burli« Berger nahm ab, meldete sich, horchte, notierte etwas auf sein Profil und brummte mundfaul: »Okay. Wir sind schon unterwegs.«

Dann schaute er in die Runde und sagte: »Wir müssen uns mit dem Kaffeetrinken beeilen, Burschen. Im zwölften Bezirk ist ein kleines Mädchen gemacht worden. Am Hals aufgeschlitzt. Genau wie seinerzeit die drei im elften Bezirk.«

Alle drängten sich um die Espressomaschine und tranken ihren Kaffee so, wie er herausgelaufen kam.

»Der Otto hat's gewußt, daß diese G'schichte weitergeht«, sagte die Suttner.

»Und er hat recht gehabt, wie immer«, sekundierte Stern.

Trautmann wußte, wovon sie sprachen. Jeder Kiberer kannte die noch immer unaufgeklärten Morde im elften Bezirk, Simmering.

Im Oktober 1988 war eine junge Frau namens Christina Senghofer auf einem unbebauten Platz neben der Kaiserebersdorfer Straße tot aufgefunden worden. Der Mörder hatte sie vergewaltigt und dann mit einem Messer ihre Halsschlagader aufgeschlitzt.

Im Februar 1989 hatte man in einem Dachgeschoß der Thürnlhof-Siedlung die ermordete zehnjährige Claudia Pernsteiner gefunden.

Im Jahr darauf war in einer Dauerkleingartenkolonie beim Zentralfriedhof die tote achtjährige Sabine Suntil entdeckt worden.

Auch die beiden Kinder waren mißbraucht und anschließend durch einen Halsschnitt getötet worden.

Damals hatte die MG 2, unterstützt von Kollegen aus dem Kommissariat Simmering, die Ermittlungen geführt. Sie waren jeder nur erdenklichen Spur und auch den vagsten Hinweisen aus der Bevölkerung nachgegangen, hatten mehr als dreitausend verdächtige Personen verhört. Aufgrund von vorhandenem biologischen Spurenmaterial waren einige DNA-Analysen für Vergleiche angefertigt worden. Aber trotz aller Anstrengungen war man auf keinen Täter gestoßen, waren die drei Akten *auf Frist gelegt* worden und in den drei Aktenordnern Unerl. F. gelandet. Diese waren Zeit seines Lebens der Kummer Otto Hotwagners gewesen, der nichts so sehr gehaßt hatte wie unerledigte Fälle, obwohl klar war, daß es die eben hin und wieder gab.

Die Leute der MG 2 und des Erkennungsdienstes fuhren durch die vor Nässe glänzende Margaretenstraße in Richtung Gürtel. Berger IV. saß mit der Suttner und Trautmann gemeinsam im Auto und begann wieder, über Hotwagner zu reden.

»Der Otto hat's gewußt, daß die drei aus Simmering nicht die einzigen gewesen sein werden. Er hat ja nur darauf gewartet, daß wieder eine gemacht wird.«

»Ja«, sagte die Suttner. »Und es hat ihm das Herz abg'fressen, daß wir den Täter nicht erwischt haben.«

Trautmann, der auf dem Rücksitz saß und eine seiner stinkenden selbstgerollten Zigaretten paffte, fragte: »Woher wißts ihr eigentlich so genau, daß derselbe Täter in allen drei Fällen dran gewesen ist?«

Berger IV. durchfuhr auf dem Margaretenplatz die rote Ampel, brummte etwas wie »eh kein Verkehr« und sagte dann: »Weil in allen drei Fällen die DNA die gleiche war. Und die Mordwaffe. Alle drei sind durch ein Messer mit breiter, zackiger Klinge, möglicherweise ein Taucher- oder Ranchermesser, aufgeschlitzt worden.«

Um 10.10 Uhr stellten die MG 2 und der Erkennungsdienst ihre Autos auf dem Gehsteig vor dem Haydnhof ab und gingen in den Hof, vorbei an zwei Streifenwagen und zwei anderen Pkws.

Aus den Fenstern gafften bereits zahlreiche Neugierige, aber noch wußten diese nur, daß im Keller der 3er-Stiege eine Leiche entdeckt worden war. Der Straßenbahnpensionist Neundlinger und das Ehepaar Gschwandner hatten niemanden in den Keller gelassen, bis ein Streifenwagen eingetroffen war. Es war ein großes Aufgebot an Uniformierten und Kriminalbeamten vor Ort. Der Meidlinger Abteilungskommandant der Kripo, Oberst Schlichting, die Kriminalbeamten Tillich und Erdler aus dem Koat Meidling und der Polizeiarzt Dr. Kilian waren vor kurzem eingetroffen und mit Neundlinger in den Keller gegangen.

Sie waren von diesem informiert worden, daß das ermordete Mädchen Christl hieß und irgendwo im Grätzel gewohnt haben mußte, weil er es öfter gesehen hatte.

4

Die Männer des EKD sowie Stern, Trautmann, Wasenegger, Berger IV. und die Suttner gingen in den Keller. Sie begrüßten die Meidlinger Kollegen und den Arzt, dann schauten sie sich die Leiche an.

»Es ist wieder derselbe Sauhund wie damals«, sagte Wasenegger. »Genau derselbe.«

»Burli« Berger, der selbst ein kleines Mädchen zu Hause hatte, war im Gesicht so schmutziggrauweiß wie die Kellerwand. »Hundertprozentig.« Er schluckte und schaute die anderen an. »Aber dieses Mal erwischen wir ihn. Ich erwisch' ihn, und wenn ich dazu hundert Jahr' alt werden muß. Und wenn ich ihn erwisch' ...«

Er sprach nicht weiter, sondern fuhr sich mit der Hand unter Parka und Sakko und betastete seine riesige, im Holster steckende fünfzehnschüssige 9-mm-Kings Cup.

»Red keinen Unsinn, Burli«, mahnte ihn Stern. »Wenn wir ihn erwischen, werden wir ihn dem Gericht übergeben, und dann hat sich die Sache gehabt.«

Aber auch Stern war nicht gleichgültig. Denn auch er hatte zwei Mädchen mit zehn und vierzehn daheim.

Trautmann hatte wieder seinen stumpf-gefährlichen Blick. Er rollte sich eine Zigarette und zündete sie an, obwohl ihn die EKD-Leute wütend ansahen »Ich geh' eh schon weg, Burschen«, sagte er zu ihnen. »Damit's nicht heißt, ich hab' mit meiner Asche eure Spuren versaut.«

Er trat zu Neundlinger, der an der Kellerbiegung lehnte. »Also, Sie haben das Kind gefunden?«

Und als Neundlinger nickte: »Wann?«

»Ja – wann ...? In der Früh halt. Wie ich mir eine Kanne Öl aus'm Keller holen wollt'«, sagte Neundlinger. »Vielleicht vor einer Stund' oder eineinhalb. Jedenfalls kurz bevor ich die Polizei angerufen hab'.«

Und nach einer Pause: »Ich hab's den anderen schon gesagt, daß ich das Mädchen kenn'. Es muß aus unserem *Grätzl* sein und heißt Christl. Aber wie noch und wo sie wohnt, das weiß ich nicht. Vielleicht weiß das die Trafikantin, bei der ich sie öfter gesehen hab'. Oder wer von der Konditorei Ecke Siebertgasse, wo sie immer eine Mehlspeise 'kauft hat.«

»Aha«, sagte Trautmann. Dann fragte er: »Haben S' wen g'sehen, bevor Sie in den Keller sind? Vielleicht im Hof?«

»Nein, keinen Menschen. Nur ich und der Wastl, mein Hund, wir waren da. Ich hab' auch keinen bei den Zeitungen am Hoftor bemerkt. Wegen dem Regen war ja alles wie ausgestorben.«

Während dieses Gesprächs flammten wiederholt die Blitzlichter der Polizeikamera auf. Die EKD-Leute krochen auf dem Boden umher, um mögliche Spuren zu sichern. Die Beamten des Kommissariats standen mit Stern, Wasenegger, Berger und der Suttner wie eine Mauer um sie und das tote Mädchen herum.

Dr. Kilian nahm an der Kleinen eine Rektalmessung vor und sagte: »36,5 Grad bei einer Umgebungstemperatur von 17 Grad. Das Kind kann höchstens eineinhalb Stunden tot sein. Eine gerichtsmedizinische Überprüfung der Totenflecke wird das wahrscheinlich bestätigen, aber ich will nicht vorgreifen.«

Neundlinger fühlte eine plötzliche Übelkeit aufsteigen und hüstelte kraftlos.

Nicht viel mehr als eine Stunde? Da hätte er ja beinahe den Mörder noch im Keller angetroffen. Und was dann gewesen wäre, wollte er sich gar nicht vorstellen. Ein paar Minuten Zeitdifferenz hatten entschieden, daß er jetzt bei den Polizisten stand und nicht ebenfalls mit zerschnittener Kehle tot auf dem Boden lag.

»Darf ich rausgehen, meine Herren?« fragte er. »Mir ist gar nicht gut.«

Stern drehte sich um und nickte. »Schon in Ordnung. Der Kollege Trautmann wird mit Ihnen hinaufgehen.«

Er schaute Trautmann an. »Du kannst droben gleich mit den Leuten anfangen, Trautmann. Das Übliche.« Dann wandte er sich wieder seinen Leuten zu.

Trautmann ging mit Neundlinger in den Hof.

Das Nieseln war jetzt in einen richtigen Regen übergegangen, aber die Neugierigen hielten immer noch aus. Sie waren auch sichtlich mehr geworden.

Trautmann zog Neundlinger in den Stiegeneingang, nahm dessen Personalien auf und fragte dann: »Als Sie in den Keller gegangen sind, war da die Kellertür versperrt?«

»Sie war nicht zugesperrt. Wie meistens. Die Leute sind ja zu faul, daß s' auf- und zusperren. Sie lassen 's Haustor, die Stiegentüren und die Kellertür offen, obwohl ich schon hundertmal gesagt hab', es muß in der Nacht zugesperrt werden«, sagte Neundlinger. »Sie tun ja sogar am Schloß von den Stiegentüren herummanipulieren, damit die zwar zugehen, aber ohne Schlüssel wieder aufzumachen sind.«

»Manche sperren schon zu«, mischte sich eine Frau ein und erklärte: »Ich bin da die Hausmeisterin für die Stiegen 1 bis 3.« Dann fragte sie: »Wer ist denn die Leich' drunten? Ich muß das wissen, weil ich dem Hausinspektor eine Meldung machen muß.«

»Die machen schon wir«, brummte Trautmann und warf seine schon lange fertiggerauchte Zigarette in den Regen. »Machen S' Ihna deswegen keine Sorgen, Frau.«

Neundlinger trat einen Schritt vor und sagte aufgeregt zur Hausmeisterin und den näherrückenden Neugierigen: »Ein kleines Mädchen ist's, was um'bracht worden ist! Christl heißt es! Ein bißl *bunkert* und blond! Es muß aus unserem *Grätzl* sein, weil ich's schon öfter in der Trafik und in der Konditorei an der Ecken g'sehen hab'!«

Daraufhin rannten einige Leute davon, und eine Frau sagte entsetzt: »Christl? Und blond und *bunkert*? Das wird doch nicht die Schwinghammer Christl sein?!«

Während die Neugierigen noch mutmaßten, kamen Wasenegger, Berger und die Suttner aus dem Keller und begannen diese zu befragen, ob sie irgend etwas wahrgenommen hatten.

Aber keiner hatte Schreie gehört, keiner hatte wen bemerkt, der sich auffällig verhalten hatte, auch in den vergangenen Tagen nicht.

Dann kamen ein Mann und eine Frau völlig verstört in den Hof und auf die Stiege 3 zugerannt. Ihnen folgte ein Schwarm Neugieriger.

Trautmann ging dem Mann und der Frau entgegen und fragte: »Sind Sie das Ehepaar Schwinghammer?«

»Ja«, sagte der Mann. Und seine Frau schrie fast: »Freilich! Wir haben von den Leuten gehört, daß ...«

Dann redeten beide durcheinander.

Ja, sie hatten eine achtjährige Tochter, die Christl hieß, blond und mollig war. Und diese war vor vielleicht eindreiviertel Stunden oder etwas früher zu ihrer Oma gegangen, um ihr ein paar Stücke selbstgebackenen Guglhupf zu bringen. Aber dann waren die Leute aus dem Haydnhof gekommen und hatten gesagt, daß ihr Kind womöglich tot im Keller der 3er-Stiege liege. Daraufhin hatten sie die Oma angerufen und erfahren, daß Christl nicht angekommen war ...

Dann verdrehte Frau Schwinghammer die Augen. Trautmann fing die ziemlich dicke, vielleicht dreißig Jahre alte Frau auf und trug sie in die Stiege.

»Kommen S'«, meinte das alte Ehepaar Gschwandner, »gehen S' mit der armen Frau in unsere Wohnung, und legen Sie s' dort auf die Sitzbank!«

Trautmann schaute sich nach der Suttner um und sagte zu ihr: »Moni! Komm mit und kümmere dich um die Frau!« Und zu Schwinghammer: »Sie warten da. Ich komm' gleich wieder zurück.«

Dann trug er die Frau in die Gschwandnersche Wohnung und legte sie auf die Sitzbank. Ging wieder in den Hof und nahm Schwinghammer sanft beim Arm.

»Sie müssen jetzt stark sein, Herr Schwinghammer. Und mit mir in den Keller gehen. Irgendwer muß das Mädchen ja identifizieren.«

Als er sah, daß der Mann zögerte, sagte er so beruhigend wie möglich: »Es tut mir leid. Das ist ein Moment, wo ich meinen Beruf hass'. Aber es muß halt sein ...«

Und während er mit Schwinghammer bereits über die Kellerstiege ging: »Reißen S' Ihna z'samm'. Was ich Ihna jetzt zeigen muß, ist kein schöner Anblick.«

Schwinghammer beherrschte sich sichtlich, blieb aber doch ruckartig stehen, als er die EKD-Leute mit ihren kleinen Nummerntafeln an Spurenstellen hantieren sah.

Trautmann nahm ihn wieder, diesmal fester, beim Arm und brummte: »Reiß dich z'samm'.« Dann sagte er zu den EKD-Leuten: »Laßts uns durch, Burschen.«

Die Erkennungsdienstler gaben den Weg frei. Trautmann mußte Schwinghammer noch fester halten, weil dieser zu wanken begann, als er das halb ausgezogene Mädchen, die Blutlache und den amtierenden Polizeiarzt sah.

Trautmann führte Schwinghammer langsam näher und fragte überraschend sanft: »Ist das Ihre Tochter?«

Schwinghammer schaute auf die Tote und wandte sich ab. Schlang seine Arme um Trautmann und begann schüttelnd zu weinen.

Trautmann klopfte ihm ein paarmal auf den Rücken und sagte: »Ist schon vorbei. Ist ja schon vorbei. Kommen S'. Ich muß Ihnen jetzt ein paar Fragen stellen.«

»Sie hat ja zur Oma wollen ... Sie hat ja zur Oma wollen ...«, stammelte Schwinghammer immer wieder, als ihn Trautmann aus dem Keller in die Wohnung der Gschwandners führte.

Frau Schwinghammer wirkte abwesend und schaute mit tränenblinden Augen vor sich hin. Trautmann schlug ihr vor, sich von der Suttner nach Hause begleiten zu lassen, aber die Frau schüttelte nur hysterisch den Kopf.

Frau Gschwandner kochte für alle Kaffee. Dann gab Schwinghammer, immer wieder von Schluchzern unterbrochen, an, daß seine Tochter Christl acht Jahre alt und ein lustiges, allgemein beliebtes Kind gewesen war.

Sie war von ihren Eltern und auch in der Schule darüber aufgeklärt worden, daß sie nicht mit fremden Männern mitgehen und von denen auch keine Süßigkeiten oder andere Geschenke annehmen dürfe. Und wenn ihr ein Mann merkwürdige Sachen sagte oder sie anfaßte, sollte sie laut um Hilfe schreien und sich bemerkbar machen.

Wie sie in den Haydnhof gekommen war, konnte sich der Vater nicht vorstellen. Denn sie hätte ja, weil sie in der Siebertgasse, die Oma aber in der Herthergasse wohnte, in die entgegengesetzte Richtung gehen müssen.

Der Vater konnte sich auch nicht vorstellen, daß Christl ohne Aufsehen von jemandem abgefangen, in den Haydnhof und dort in einen Keller geschleppt worden sein konnte. »Sie hat doch«, sagte er stockend, »in der Schule einen Selbstverteidigungskurs gemacht, war kräftig für ihr Alter und hatte auch eine laute Stimme. Irgendwie müßte sie sich doch gewehrt und geschrien haben! Das gibt's doch nicht, daß da keiner was gesehen oder gehört hat!« Und fast tonlos: »Das gibt's ja überhaupt alles nicht. Das ist ja alles gar nicht wahr.«

Nur, es war wahr.

Die achtjährige Christl Schwinghammer lag mit durchschnittener Halsschlagader in einer bereits gestockten Blutlache. Neben ihr die blutige Sonntagsausgabe des *Kurier*. Ob sie diese besorgt hatte oder ob die Zeitung dem Täter gehört hatte und von ihm zurückgelassen worden war, war unklar. Ihr Höschen und das kleine Paket mit einigen Stücken selbstgebackenem Guglhupf waren verschwunden.

5

Gegen Mittag war der Regen in kraftloses, pappiges Schneien übergegangen.

Die Neugierigen im Haydnhof hatten sich verlaufen. Die Leiche der kleinen Christl Schwinghammer war bereits in einem Zinksarg ins Gerichtsmedizinische Institut verbracht worden. In den Wohnungen wurde noch gekocht oder bereits gegessen. Die meisten Leute schauten sich in ORF 1 eine dumme amerikanische Komödie mit Altertumswert namens *Wahnsinnsjagd um Mitternacht* an. Oder in ORF 2 eine Talk-Show, in der einige Abgeordnete geistlos stritten.

Die Eltern Christls saßen mit der telefonisch verständigten Oma gebrochen zu Hause. Sie dachten und redeten immerzu im Kreis und konnten noch nicht fassen, daß ihr Kind nicht mehr lebte.

Die Leute der MG 2 und die Kollegen vom Kommissariat Meidling hatten noch kursorisch alle erreichbaren Hausbesorger im *Grätzl*, bis hin zur Wohnung von Christls Oma in der Herthergasse, befragt. Aber niemand hatte das Mädchen auf dem Weg zu ihrer Großmutter gesehen. Es blieb vorläufig unklar, wie weit es von der elterlichen Wohnung in der Siebertgasse entfernt gewesen war, als es der Mörder in den Keller des Haydnhofes geschleppt hatte – wenn es nicht aus irgendwelchen Gründen freiwillig mit ihm gegangen war.

Jetzt saß die MG 2 mit Hofrat Tamandl in der Kantine des Sicherheitsbüros beim Mittagessen, aber keinem schmeckte es so richtig.

Nicht einmal Tamandl, der durch den Mordfall dem häuslichen Mittagstisch mit dem Weight-Watchers-Menü entkommen war, langte beim Schnitzel ordentlich zu. Er saß wie eingeschrumpft da, wirkte noch kleiner als er sowieso war und kaute mit leerem Blick vor sich hin.

Dieser Sonntag erschien Tamandl als absoluter Tiefpunkt. Denn auch er war sich im klaren darüber, daß der Mörder aus Simmering nach Jahren wieder zugeschlagen hatte. Bei den damaligen Fällen war ein Täter-Profil ausgearbeitet worden, und zwar nach Unterlagen des amerikanischen FBI über eine bis heute unaufgeklärte Mordserie im Bundesstaat Idaho. Die darin enthaltenen Informationen ergaben das Bild eines Mannes, der periodisch eine Reihe von gleichartigen, ja, was die Ausführung betraf, identen Morden begangen hatte. Dazwischen hatte er immer wieder eine kürzere oder längere Pause gemacht. Wenn dies auch auf den Wiener Täter zutraf, würde er mit großer Wahrscheinlichkeit bald erneut zuschlagen.

Stern, Wasenegger, Berger IV., Monika Suttner und Trautmann waren ebenfalls zu keinem Gespräch aufgelegt und stocherten lustlos auf den Tellern herum. Nur Wasenegger brummte unvermittelt zu allen und keinem: »Gut, daß das der Otto nimmer derlebt hat.«

Es vergingen einige Minuten, bis Berger IV. seinen Teller von sich schob und sagte: »Manchmal ist unser Beruf ein Scheißberuf. Zur *Kiberei* gehen ist das Dümmste, was einer machen kann. Warum bin ich Trottel nicht beim Unfallkommando geblieben.«

Trautmann hörte ebenfalls zu essen auf. Er rollte sich, obwohl der Hofrat ärgerlich schaute, eine seiner undefinierbar stinkenden Zigaretten und begann zu paffen. Auch er stellte sich die Frage, warum er überhaupt zur Polizei gegangen war.

Die ersten Jahre waren schön gewesen. Es hatte ihm gefallen, einen sicheren Arbeitsplatz zu haben. Er hatte seine Freundin Renate geheiratet und mit ihr ein Mädchen bekommen, das wie ein kleines Schneewittchen aussah. Doch dann hatte er sich zur *Kiberei* gemeldet und war damit voll in der Scheiße gelandet. Seine Frau hatte ihn wegen der vielen Überstunden verlassen, und er hatte versucht, die kleine Hilde allein großzuziehen. Aber was war dabei herausgekommen? Das Kind hatte sich seinem Einfluß – ohne daß er es gemerkt hatte – allmählich entzogen und sich immer weiter von ihm entfernt. Sie hatte die Brave gespielt, während sie sich bereits in dubiosen Kreisen herumgetrieben hatte. War süchtig geworden und schließlich hinter einem Gebüsch des Resselparks an einem *Goldenen Schuß* verreckt – während er im zweiundzwanzigsten Bezirk kleine Gauner verfolgt hatte.

Ein paar Jahre hatte Trautmann nichts mehr gefreut, und er war, um nicht zu entgleisen, Buddhist geworden. Dann hatte er seine Freundin Gitti kennengelernt und geglaubt, so was wie ein neues Leben anzufangen. Er war zu ihr in den Zweiundzwanzigsten gezogen. War dann in die Brigittenau versetzt worden, weil niemand in seinem Wohnbezirk Dienst machen durfte. Nach einem Jahr war Trautmann Abteilungsinspektor geworden, für den es im Bezirk jedoch keinen Dienstposten gegeben hatte. Schließlich war er in der MG 2 und im Sicherheitsbüro gelandet. Kurz danach begann ihm Gitti wegen seiner ständigen Überstunden den gleichen Zores wie seine erste Frau zu machen. Und in der Gruppe sah man in ihm noch immer den Typen, der Hotwagner, den Supermann, verdrängt hatte, obgleich der Otto doch von selber *die Hufe aufgestellt* hatte.

Trautmann stand auf, ging etwas zur Seite, zog das Handy und rief zu Hause an.

»Tut mir leid, Herzerl«, sagte er. »Aber's wird heut' spät werden. Warte mit dem Nachtmahl nicht auf mich, und such dir wen, der mit dir ins *Volkstheater in den Außenbezirken* geht. Wir haben einen unguten Mord, und ich werd' nicht dazu kommen.«

Kurz darauf stellte sich heraus, daß keiner der MG 2 am Abend zu irgendwas kommen würde, weil Tamandl Dauerdienst anordnete.

»Meine Dame und die Herren«, meinte er, »wir werden heute durchmachen müssen. Über den Mord wird in Hörfunk und Fernsehen berichtet werden, und morgen haben wir alle Tageszeitungen am Hals. Die Journalisten sind ja auf so was geil, wie der Hund aufs Bein. Oder noch ärger. Diese Hyänen werden uns als allererstes unser Versagen in den Simmeringer Mordfällen vorwerfen.«

Wasenegger brummte: »Wenn der Otto noch leben tät', hätt' er vielleicht die ärgsten Schreier abgefangen. Der war ja gut mit den Journalisten und hat mit ihnen umgehen können. Aber …«

Monika Suttner sah, daß Trautmann wieder seinen stumpfen Blick bekam, und sagte rasch: »Krieg das nicht in die falsche Kehle, Trautmann. Das geht nicht gegen dich. Der Karli meint ja nur …«

Und Wasenegger setzte hinzu: »Genau, Trautmann. Keiner macht dir einen Vorwurf. Daß unser Otto mit den meisten Zeitungsschmierern *verhabert* war, geht nicht gegen dich.«

»Schon gut«, sagte Trautmann und grinste Wasenegger mit weiterhin stumpf blickenden Augen an. »Ich weiß eh.«

Natürlich ging Waseneggers Spruch nicht gegen ihn. Trotzdem war es langsam an der Zeit, mit den Geschichten rund um den Otto Hotwagner aufzuhören.

Oberst Stern stand auf und schaute aus seiner Höhe von über einsneunzig auf die noch Sitzenden. »Es wird Zeit, daß wir's angehen, Leute. In der Kantine herumzuhocken und *die Pappn zu wetzen*, bringt uns nicht weiter.«

Auch Hofrat Tamandl federte hoch und sagte mit rotem Gesicht: »Richtig, Oberst. Wir sind nicht Statisten, die Essende mimen, sondern Beamte, die einen Mord aufzuklären haben!« Er streckte seine knapp einen Meter fünfundsechzig durch und ordnete an: »Zunächst müssen alle einigermaßen brauchbaren Spuren aus den Simmeringer Morden wieder aufgenommen und alle, die als Verdächtige, aber *in dubio pro reo,* ausgeschieden wurden, neuerlich unter die Lupe genommen werden. Und ... all das andere natürlich auch.« Dann, in Stakkato: »Einschlägig Einsitzende, die vielleicht wieder frei sind oder Freigang hatten. Mögliche Verdächtige in der Umgebung des Haydnhofes, also auch Personen aus dem angrenzenden fünften Bezirk. Wir müssen den Weg jeder Maus in dieser Gegend verfolgen können! Umso mehr den der Personen, die sich zur fraglichen Zeit auf der Straße bewegt haben. Es muß festgestellt werden, auf welche Art das ermordete Mädchen von der Wohnung seiner Eltern in diesen Keller gekommen ist. Das Planquadrat Haydnhof muß wie ein Röntgenbild vor uns liegen.« Dann drehte sich der kleine Hofrat auf dem Absatz um und stelzte aus der Kantine.

Trautmann konnte nicht an sich halten und brummte Tamandl nach: »Soll ich dich vielleicht auch noch in den Arsch lecken, so weit die Zunge hineingeht?«

Das brachte ein wenig Lockerheit in die gespannte Atmosphäre. Berger IV. grinste Trautmann breit an und meinte: »Das hätt' der Otto hundertprozentig auch gesagt, Trautmann. Es hat fast den Anschein, wie wennst langsam hineinwachsen tätest.«

Während die Gruppe aus der nur schwach besetzten Kantine ging, faßte Stern zusammen: »Der Hofrat ist wirklich ein *Schwammerlbrocker*. Unter den zahlreichen Verdächtigen aus Simmering sind mindestens vierzig, die wir *im Zweifel für den Angeklagten* rennen lassen haben. Und Sexualtäter gibt's mittlerweile wie Sand am Meer.«

»Wir müssen den Weg jeder Maus verfolgen«, sagte die Suttner. »Oder das, was sich ein Hofrat darunter vorstellt. Und brauchen noch dazu ein Röntgenbild, von den Leuten, die in Margareten und Meidling im Umkreis des Haydnhofes wohnen.«

Dann trat Trautmann wieder unbeabsichtigt in die Fußstapfen Otto Hotwagners. »Ein Röntgenbild von die Hofräte hab' ich schon«, sagte er trocken. »Von zehne sind neun volle Arschlöcher.«

6

Um 19.30 Uhr wurde in der Nachrichtensendung *Zeit im Bild* über den Meidlinger Mädchenmord berichtet. Man sah das Bild der achtjährigen Christl Schwinghammer, und der Sprecher gab nähere Angaben zu deren Person. Anschließend rief er die Bevölkerung auf, etwaige Beobachtungen der Mordgruppe 2, Oberst Ewald Stern, mitzuteilen.

Während das Bild Christls auf den Monitoren flimmerte, war die MG 2 ganz bei der Arbeit.

Stern saß vor dem zentralen PC. Er hatte inzwischen festgestellt, daß nur ein einziger wegen eines Sexualdelikts, in der Strafanstalt Krems-Stein, Einsitzender am Sonntag Freigang gehabt hatte; dieser saß seit 19.00 Uhr wieder in der Zelle.

Der Mann hieß Roland Feiersinger und hatte wegen einer Vergewaltigung noch ein Jahr zu verbüßen. Die Justizbeamten teilten per Telefon mit, daß er bei seiner Rückmeldung keinerlei Auffälligkeiten gezeigt hatte und in derselben Kleidung wie beim Weggehen, ohne jede Spur von Blutflecken, zurückgekommen war.

Damit war Feiersinger außer Verdacht. Denn wenn er die Tat begangen hätte, hätten seine Kleider zumindest teilweise blutbefleckt sein müssen. Feiersinger, von Beruf Maschinenschlosser, hatte außerdem noch nie ein Blutdelikt begangen.

Die Wiener psychiatrischen Kliniken hatten an diesem Sonntag insgesamt acht Freigänger gehabt. Bis auf einen waren alle wieder zurückgekehrt. Es handelte sich bei diesen Leuten um fünf Frauen und drei Männer, die aber alle nicht wegen sexueller Abnormität stationär behandelt wurden.

Wasenegger, Berger, die Suttner und Trautmann hatten sich bezüglich der vierzig Verdächtigen aus den Simmeringer Mordfällen, die man im Zweifel hatte laufenlassen, die Akten angesehen. Sie hatten sechsunddreißig Männer vorläufig ausgeschieden, weil diese entweder bereits verstorben waren, einsaßen oder auf Grund vorangegangener Verurteilungen zwar als Sexualtäter, nicht aber als Mörder in Frage kamen.

Daraufhin waren die vier ausgerückt und hatten drei der Verdächtigen vorläufig festgenommen und zur Überprüfung ihrer Alibis ins Sicherheitsbüro verbracht. Der vierte war nicht zu ermitteln gewesen und wurde zur sofortigen Festnahme ausgeschrieben.

Nach zwei Stunden mußten die drei Festgenommenen wieder freigelassen werden, weil sie wasserdichte Alibis besaßen.

Um 23.00 Uhr wurde der vierte Verdächtige, Johann Marchand, von einer Funkstreife in der Prater Hauptallee gesichtet, festgenommen und sofort ins Sicherheitsbüro verbracht.

Aber auch Marchand war eine Fehlanzeige.

Er war dreiundsechzig Jahre alt, seit zwei Monaten unterstandslos und hatte wegen der kalten Jahreszeit in von ihm aufgebrochenen unbenützten Kassenhäuschen im *Wurstelprater* übernachtet. Er machte auf Grund seiner Konstitution nicht den Eindruck eines Sexualmörders. Außerdem hatte er offensichtlich seit längerer Zeit seine Kleidung und Wäsche nicht mehr gewechselt. Seine Unterhose war stark verschmutzt, und auch seine Oberhose war steif von Pisse. Sein Mantel strotzte von Flecken aller Art, nur Blutflekken waren nicht auszumachen. Den Ausschlag zu seiner Freilassung gab, daß Johann Marchand gegen 8.30 Uhr und dann wieder eine Stunde später von der Besatzung des Streifenwagens BERTA 2 in der Nähe des Golfplatzes Freudenau dabei beobachtet worden war, wie er Leute angebettelt hatte.

Um 0.10 Uhr läutete in der MG 2 das Telefon auf Trautmanns Schreibtisch.

Dieser übernahm den Anruf und hörte eine heisere Frauenstimme sagen: »Ich bin die Manuela Kiesgruber, geh' am Gaudenzdorfer und Mariahilfer Gürtel auf den Strich und bin von euch *Kiberer* voll satt. Weil ihr seids alle Wichser und *sekkierts* die anständigen Huren.«

»Ich bin kein Wichser«, sagte Trautmann. »Also – um was geht's, Kinderl?«

»Ich hab' den Fernsehaufruf gehört und seh' jetzt im Kaffeehaus schon die längste Zeit einen Typen, der mir *unfrank* vorkommt. Er sitzt herum, tut nichts, sondern schaut nur drein wie ein Auto. Ein paarmal ist er hinaus und am Gürtel auf und ab gegangen. Dann hat er sich beim Würstelstand bei der U-Bahn Gumpendorfer Straße eine *Burenhaut* 'kauft. Jetzt sitzt er wieder im Kaffeehaus.«

»Was für ein Kaffeehaus?« fragte Trautmann. Und: »Wie schaut der Typ denn aus?«

»Das *Café Happyland* bei der Herklotzgasse. Ausschauen tut er wie ein Arsch mit Ohren«, krächzte die Kiesgruber. »Auf uns Huren glotzt er, wie wenn er noch nie eine Frau gesehen hätt'. Vielleicht is' er teppert oder was. Normal aber jedenfalls nicht.«

Trautmann zwinkerte den anderen der Gruppe zu und sagte ins Telefon: »Jetzt paß auf, Kinderl. Erstens schick' ich dir per Draht ein dickes Busserl aufs Baucherl. Und zweitens eine Funkstreife, der du den Typen unauffällig zeigst. Die Kollegen werden ihn dann *müllisieren*. Also, halt dich aufrecht, Puppi. Tschau.«

Trautmann legte auf. Er rief die Funkstelle des Sicherheitsbüros an und ließ einen Streifenwagen zum *Café Happyland* dirigieren. Die Besatzung wies er an, den Verdächtigen bis zu seinem Eintreffen festzuhalten.

Dann erklärte Trautmann den anderen: »Ich fahr' jetzt nach Fünfhaus. Ins *Café Happyland*. Dort ist angeblich ein Verdächtiger. Den *Zund* hat mir eine Hur' namens Kiesgruber durchgegeben.«

Er stand auf, nahm seine Pistole aus der Tischlade und steckte sie in den hinteren Hosenbund. Während Trautmann sich den Parka überzog, sagte Stern zu Wasenegger: »Du fahrst mit, Karli.« Und zu Trautmann: »Das geht nicht gegen dich. Aber zwei Mann sind besser.«

Als Trautmann und Wasenegger ins *Happyland* kamen, herrschte dort eine ungute Stimmung.

An einem der Tische saßen ein Uniformierter und eine Uniformierte und zwischen ihnen ein magerer, blaßgesichtiger etwa vierzigjähriger Mann mit Brille. Sonst waren noch einige durchfroren aussehende Huren im Häschen-Look und drei kartenspielende Zuhalter im Café.

Der massige Cafetier, ein ehemaliges Halbschwergewicht mit zerschlagener Visage, stand hinter der Theke. Als Trautmann und Wasenegger eintraten, sagte er wütend: »Mit euch hab' ich *einen Stich g'macht*, hörts. Zuerst kommen zwei Uniformierte, machen ein Trara, *müllisieren* einen harmlosen Typen und führen sich auf wie *Miami Vice*. Deswegen sind schon ein paar Gäst' 'gangen, weil s' mit euch nichts zu tun haben woll'n. Lauter bessere Herren! Und jetzt kommts auch noch ihr zwei und vertreibts mir die letzten Gäst'.«

Einer der Zuhälter sagte aus dem Mundwinkel: »Sind wir in Chicago oder wo? Man kann ja nicht einmal in Ruhe Karten spielen!«

»Und warum nicht?« brummte der zweite. »Weil die tepperte Manuela Hilfspolizistin spielt. Wenn s' mir das noch einmal macht, reiß' ich ihr die Zotteln aus, dem Trampel.«

Trautmann bekam wieder seinen stumpfen Blick. Er sagte freundlich: »Die Manuela ist kein Trampel. Wennst der nur ein Haar verbiegst, kannst *abmarkieren* und kommst erst wieder in der Intensivstation zu dir. Also bleib' freundlich wie wir.«

Er fragte die Huren, welche von ihnen angerufen hatte, gab ihr seine Dienstvisitkarte und sagte: »Dank dir schön, Puppi. Wenn was mit deinem Zuhälter ist, ruf mich an. Ich regle das dann.«

Dann wandten sich Trautmann und Wasenegger den Uniformierten und dem Festgenommenen zu, der als einzigen Ausweis eine Sozialversicherungskarte, Nummer 2062, lautend auf Anton Krupa, bei sich hatte.

»Wir werden überprüfen, ob das wirklich deine Karte ist«, sagte Wasenegger zu Krupa. »Aber jetzt erzählst uns erst einmal, was du da am Gürtel und im Café machst.«

»Nichts«, sagte Krupa, zwinkerte nervös und schob seine rutschende Brille zurecht. »Ich bin halt da.«

Trautmann nickte. »Noch. Bald wirst nimmer da sein, sondern bei uns im *SB*.« Dann ließ er Krupa aufstehen, durchsuchte ihn, fand aber nichts außer einer schleißigen Brieftasche mit zweieinhalbtausend Schilling, einer Packung *Milde Sorte* und einem Feuerzeug.

»Wo bist du gestern in der Früh gewesen?« fragte ihn Trautmann. »Sagen wir, so zwischen sieben und neun?«

»Na, z' Haus'«, sagte Krupa und schob wieder seine rutschende Brille zurecht. »Warum?«

»Das kann dir vorläufig wurscht sein«, brummte Wasenegger. »Hast einen Zeugen dafür, daß du in der Früh wirklich z' Haus' warst? Wo wohnst denn überhaupt?«

»In der Kohlgasse. Auf 41. 2. Stiege, 2. Stock. Mich hat niemand im Bett liegen g'sehen. Ich wohn' ja allein.« Und lauter: »Warum wollen S' das überhaupt wissen?«

»Weil's uns interessiert«, erwiderte Trautmann. Er bestellte sich beim Cafetier einen großen Braunen und rollte sich eine Zigarette. Dann schaute er Krupa an. »Die Kohlgasse ist im fünften Bezirk, was?«

»Ja. Gleich nach der Reinprechtsdorfer Straße.«

»Aha. Also nicht weit vom Haydnhof in Meidling«, stellte Trautmann fest.

Und Wasenegger fragte: »Kennst du den Haydnhof?«

»Ja«, sagte Krupa. »Ich denk' schon. Heißt nicht einer von den Gemeindebauten am Gürtel so?«

Trautmann nickte. »Richtig. Und genau dort ist gestern in der Früh ein kleines Mädchen vergewaltigt und umgebracht worden.« Er schaute Krupa mit seinem freundlichsten Blick an. »Na, was sagst jetzt?« Und als er Krupa schlucken und wieder die Brille zurechtschieben sah, trocken: »Sag jetzt lieber nichts. Steh auf und komm mit. Wir fahren jetzt in deine Wohnung und schauen uns ein bißl um.« Er faßte Krupa am Arm. »Na dann, gemma.«

Trautmann zerdrückte die stinkende Selbstgerollte im Aschenbecher und zahlte den großen Braunen. Währenddessen bedankte sich Wasenegger bei den Uniformierten und mit Ironie auch bei den Leuten im Café für die gute Zusammenarbeit und informierte telefonisch Oberst Stern im *SB*.

Dann fuhren Trautmann und Wasenegger mit Krupa in die Kohlgasse.

Während der kurzen Fahrt sagte Krupa, der mit Wasenegger auf dem Rücksitz saß, plötzlich: »Ich ... erzähl's lieber gleich. Bevor S' sowieso draufkommen. Ich bin vorbestraft.«

»Aha«, brummte Wasenegger. Und Trautmann fragte: »Wegen was?«

»Wegen Unzucht mit einer Unmündigen. Vor drei Jahren hab' ich sechs Monate bekommen. Aber das war ein Justizirrtum! Weil ich war nämlich unschuldig!«

»Logisch«, brummte Trautmann. »Alle Verurteilten sind unschuldig und nur irrtümlich *einedraht* worden.«

»Ich war aber wirklich unschuldig! Das Mädchen hat der Polizei und dem Gericht ein *linkes G'schichterl* hinein'drückt!« sagte Krupa erregt und fingerte wieder an seiner Brille herum.

»Was d' nicht sagst«, brummte Wasenegger. »Wie alt war das Mädchen denn?«

»Fünf«, sagte Krupa. »Aber ich hab' mit der nichts gehabt – wirklich nicht, Herr Inspektor! Das haben die Eltern dem Kind eingeredet, weil sie auf mich eine Wut g'habt haben!«

Trautmann grinste flüchtig. »Was hast denn, angeblich, mit dem Mädchen gemacht?«

»Es hat ausgesagt, ich hätt' ihr zwischen die Füß' gegriffen und an ihrem Loch gespielt. Daraufhin hat mich die Richterin, die mich nicht hat leiden können, wegen § 207, Absatz 1, zu sechs Monat' unbedingt verurteilt.«

Krupa wohnte in einem renovierten Altbau. Er, Trautmann und Wasenegger gingen durch die Einfahrt und über den kleinen Hof, stiegen in den zweiten Stock und betraten die Zimmer-Küche-Kabinett-Wohnung.

Wasenegger schaute sich um und brummte: »Nur der Ordnung halber und damit du uns nicht nachher beschuldigst: Hausdurchsuchungsbefehl haben wir keinen dabei.«

»Aber wir handeln wegen *Gefahr im Verzug*«, setzte Trautmann sanft hinzu.

»Das macht nichts«, sagte Krupa. »Schauen S' Ihnen nur überall um. Ich hab' ja nichts getan und nichts zu verbergen.«

Wasenegger und Trautmann durchsuchten die peinlich saubere Wohnung, fanden aber außer einem Stapel Kinderpornoheften und einigen ebensolchen Videokassetten nichts, was auf eine Täterschaft Krupas hingewiesen hätte. Sie schauten in den Kästen nach und auch in einem Korb mit Schmutzwäsche, fanden darin aber nichts Blutbeflecktes. Auch nicht das blutige Höschen des ermordeten Mädchens.

Gegen 2.00 Uhr früh kamen die beiden mit Krupa ins Sicherheitsbüro.

Monika Suttner setzte sich zur Bildschirmschreibmaschine und nahm die Niederschrift auf.

Stern befragte Krupa und diktierte.

Krupa wiederholte alles, was er bereits Wasenegger und Trautmann gesagt hatte. Er gab zu, daß sich seine sexuellen Wünsche ausschließlich auf kleine Mädchen bezogen. Er habe diese Wünsche aber noch nie tatsächlich ausgelebt, sondern sich nur Bilder oder Videos angesehen und dabei masturbiert. Und natürlich beteuerte er wiederum, daß seine vor drei Jahren erfolgte Verurteilung nach § 207 ein glattes Fehlurteil gewesen wäre.

Auf dem Gürtel und im Hurencafé habe er sich nur aufgehalten, weil er nach einer Veranstaltung in der Stadthalle auf dem Heimweg dort zufällig vorbeigekommen sei. Außerdem schwor Krupa, am vergangenen Sonntag bis gegen elf Uhr vormittags im Bett gewesen und erst durch Krach in der Nachbarwohnung aufgewacht zu sein.

»Der Nachbarbub spielt manchmal so laut Musik wie im *Wurstelprater* – gestern war's auch wieder so. Er hat seine tepperten Rap-CDs so laut gespielt, daß die Wände gewackelt haben.«

»Aber die Wände haben erst gegen elf gewackelt«, warf Trautmann ein. »Da kannst du schon lang wieder zu Haus' g'wesen sein, Alter. Das Mädchen ist ja gegen neun um'bracht worden.«

Das war natürlich richtig. Aber Stern meinte, es genüge nicht, um Krupa länger hierzubehalten. Er rief im Computer das *EKIS-Programm*, in dem die Daten aller Straftäter zu finden sind, ab und stellte fest, daß Krupa hinsichtlich seiner Verurteilung die Wahrheit gesagt hatte. Weil das *AFIS-Programm,* in dem Fingerabdrücke gespeichert sind, ebenfalls Krupas Angaben bestätigte, ließ er ihn gehen.

Trautmann fuhr mit Krupa in die Kohlgasse und dann ins *SB* zurück.

Außer Spesen war also mit dem *Kinderfreund* nichts gewesen.

Zumindest vorläufig nicht.

7

Am Morgen desselben Tages schneite es leicht, die Temperatur war auf null Grad gesunken.

Gegen 8.00 Uhr kam die Hausfrau Anna Sündhofer in den Betonquader, der als zentrale Waschküche des Haydnhofes eingerichtet war und die maßlos übertriebene Aufschrift WASCHSALON trug.

Die Tür, die eigentlich versperrt sein sollte, war offen.

Die Sündhofer gab ihre Wäsche in eine Maschine, fügte Waschpulver – WÄSCHT WEISSER ALS WEISS! – hinzu und schaltete ein.

Dann setzte sie sich gegenüber der Maschine nieder, zündete sich eine Zigarette an und schlug die Zeitung *täglich Alles* auf, die dem Mädchenmord im Bau gleich zwei Seiten widmete – ohne allerdings Genaueres zu wissen, weil ja beim Leichenfund kein Lokalreporter anwesend gewesen war. Es gab Fotos des Opfers, der Eltern, der Großmutter und des Pensionisten Neundlinger mit seinem blöd gefressenen Dackel. Der Wohnkomplex des Haydnhofes wurde nicht sehr wohlwollend beschrieben. Weiters wurde darauf hingewiesen, daß es in dieser Gegend von Meidling von Gastarbeitern und illegalen Ausländern nur so wimmelte.

Dann ließ die Sündhofer ihre Zigarette fallen, bückte sich und bemerkte, daß hinter der Waschmaschine so was wie ein Papierknäuel lag.

Die neuen Mieter, dachte die Sündhofer, waren eigentlich keine Leute, sondern richtige Viecher. Kauften sich irgendein Essen, fraßen es, während sie im Waschsalon warteten, aus dem Papierl und warfen dann das Papierl einfach weg.

Sie stand auf, angelte, weil sie eine ordentliche Frau war, das Knäuel hinter der Maschine hervor und stellte fest, daß es einige in Papier gewickelte zermanschte Guglhupfstücke waren.

Daraufhin läuteten bei der Sündhofer die Alarmglocken.

War nicht davon die Rede gewesen, daß die ermordete Christl

ihrer Oma einen Guglhupf bringen wollte? Und daß das Paket mit den Guglhupfstücken nicht neben der Leiche gelegen hatte?

Plötzlich hatte es die Sündhofer eilig. Sie ließ das geöffnete Paket liegen, verließ die Waschküche und sperrte die Tür zweimal zu. Dann rief sie von ihrer Wohnung aus die Nummer 133 an und meldete ihren Fund.

Um 8.20 Uhr läutete eines der Telefone in der MG 2. Um 8.47 Uhr fuhren Stern und Trautmann vor den Haydnhof, parkten in der Steinbauergasse und gingen in den »Waschsalon«.

Fast zur gleichen Zeit traf auch der Kleinbus des Erkennungsdienstes ein. Die EKD-Leute machten sich daran, im »Waschsalon« mögliche Spuren zu entdecken.

Gestern am Sonntag hatte niemand gewaschen. Und heute hatte Frau Sündhofer als erste die Waschküche betreten. Der Täter war vielleicht zuerst hier über das Mädchen hergefallen. Das Paket mit den Guglhupfstücken ließ dies vermuten.

Die EKD-Leute suchten fast drei Stunden ergebnislos und fuhren dann wieder ab.

Im Viertel hatte sich die neuerliche Anwesenheit der Polizei herumgesprochen. Als Folge meldeten sich bei Trautmann und Stern drei Personen, die glaubten, zielführende Angaben machen zu können.

Franz Hacker, ein alter Mann aus der Arndtstraße, wollte am Sonntagmorgen einen Verdächtigen beobachtet haben. Franz Hakker konnte nicht mehr gut schlafen und sah daher schon am frühen Morgen gern aus dem Fenster. »Da ist ein noch jüngerer Mann um den Haydnhof herumgeschlichen«, erzählte er. »Er ist nicht aus unserem *Grätzl*, aber aus dem Bezirk, weil ich ihn schon einmal beim *Spar* in der Niederhofstraße einkaufen gesehen hab'.«

»Aha«, sagte Stern. »Und wann ist das gewesen – ich meine, wann haben Sie ihn beim *Spar* gesehen?«

»Vielleicht vor einem Jahr oder so. Wie ich noch dort ein'kauft hab'. Jetzt geh' ich ja entweder zum *Zielpunkt* oder zum *Mondo*, über dem Gürtel, weil die billiger sind.«

Trautmann hakte den Zeugen im Geist ab.

Dieser Hacker war weit über siebzig und machte auch nicht den Eindruck eines Eidetikers. Meinte aber, sich an einen Mann erinnern zu können, den er vor einem Jahr und dann erst wieder gestern gesehen hatte. Früher, als die Kriminalbeamten noch mit den altmodischen mechanischen Schreibmaschinen gearbeitet hatten, hatte man solche Zeugen *Farbbandvernichter* genannt – weil ihre Aussagen wertlos waren und nur dazu dienten, daß bei der Niederschrift das Farbband abgenutzt wurde.

»Können Sie mir diesen Mann beschreiben?« fragte Stern schon ziemlich desinteressiert.

»Beschreiben? Ja, das ist vielleicht ein bißl schwer«, sagte Hakker unsicher. »Er war halt vielleicht um die vierzig und nicht groß und hat Augengläser aufg'habt. Angezogen war er so, wie alle Leut' um diese kalte Jahreszeit angezogen sind. Kann sein, daß er eine Sportkappe, so eine karierte, aufg'habt hat. Kommt mir fast so vor, wenn ich dran denk'.«

Stern ersuchte den Zeugen, sich für eine allfällige Identifizierung anhand von Fotos bereitzuhalten. Nachdem Franz Hacker gegangen war, sagte Stern zu Trautmann: »Wahrscheinlich Fehlanzeige. Der Mann sagt in jedem Satz mindestens ein Mal *vielleicht*, aber hat sicher wen gesehen. Jedenfalls kann es nicht der Krupa gewesen sein, denn der ist so groß wie ich.«

Auch die junge und sehr redselige Frau Reinthaler aus der Steinbauergasse wollte einen Mann, bekleidet mit graukarierter Sportkappe und grauem Parka, gesehen haben. Auf Trautmanns Frage nach der Größe des Mannes sagte sie, dieser sei etwa einssiebzig gewesen.

»Daß das stimmt, kann ich sogar beschwören, Herr Inspektor«, schnatterte sie im Eilzugtempo. »Ich war mit meinem King, das ist unser Schäfer, äußerln, so gegen halb acht.« Sie lächelte. »Sie wissen ja, wie Hunde sind. Wenn s' einmal draußen sind, müssen s' alle Augenblick, und 's Frauerl muß warten, bis es kalte Füß' kriegt. Ich hab' den Mann ziemlich genau gesehen, wie er aus einem 59er-Bus, der Richtung Philadelphiabrücke unterwegs war, ausgestiegen ist. Dann ist er über den Gürtel, da her, nach Meidling. Aber wo er genau hingegangen ist, hab' ich nicht gesehen, weil mich der King weitergezogen hat.«

»Hat der Mann eine Brille getragen?« fragte Stern. Und: »Wie alt war er Ihrer Meinung nach?«

»Ja, der hat, glaub' ich, eine Brille aufgehabt. Er ist um die dreißig gewesen, aber sicher bin ich mir nicht.«

Trautmann rollte sich eine Zigarette und brummte dabei zu Stern: »Zweimal eine karierte Kappe und eine Brille. Da könnt' was dran sein.« Also wurde auch Frau Reinthaler ersucht, sich zur Verfügung zu halten.

Der dritte Zeuge wollte einen jungen Mann mit rasiertem Kopf in einer Lederjacke mit auffallender Rückenaufschrift gesehen haben. Er glaubte, es habe sich um den älteren Sohn des in der Schallergasse 2 wohnenden Ehepaars Kunkl gehandelt.

Daraufhin gingen Stern und Trautmann die paar Schritte in die Schallergasse.

Sie trafen nur Frau Kunkl zu Hause an – und den noch nicht schulpflichtigen Sohn. Stern und Trautmann merkten bald, daß dieser Tip für die Fahndung ein Flop war. Denn der ältere Sohn, der siebzehnjährige Hans Kunkl, war gestern überhaupt nicht in Wien, sondern mit seinen Freunden Leo Schapira und Gustav Gufner in Steinhaus am Semmering zum Schifahren gewesen.

»Er ist schon am Samstag, ganz zeitig in der Früh, mit seinen Freunden weggefahren und erst gestern spät am Abend wieder zurückgekommen«, sagte Frau Kunkl.

Als Stern und Trautmann wieder zum Haydnhof gingen, sagte Stern: »Ob der Hans Kunkl wirklich in Steinhaus war, wird leicht zu ermitteln sein. Aber eigentlich ist das gar nicht notwendig. Ich bin mir ziemlich sicher, daß der Bursch nichts mit dem Mord zu tun hat.«

Trautmann nickte. »Ich auch. Wenn es stimmt, daß unser Mörder von gestern auch die zwei Mädchen und die junge Frau aus Simmering *g'macht* hat, dann kann's nicht der Kunkl mit seinen siebzehn Jahren sein. Der ist ja zum Zeitpunkt der Simmeringer Morde erst acht Jahr' alt gewesen.«

Trautmann blieb stehen und rollte sich in einem Haustor wieder eine seiner schauerlichen Zigaretten. Dabei sagte er: »Ich tät' mich gefühlsmäßig an die junge Frau halten. Wenn wir der bei uns ein paar Fotos zeigen, ist nichts *verhackt.*«

Es war zwar nichts *verhackt*, aber auch nichts gewonnen.

Denn obgleich Stern und Trautmann Frau Reinthaler im Sicherheitsbüro auf dem Bildschirm einige Dutzend Sexualtäter vorführten, war sie sich hundertprozentig sicher, daß keiner von diesen Männern aus dem 59er-Bus ausgestiegen und nach Meidling gegangen war.

Sie war überzeugt, keine brauchbaren Angaben für ein Phantombild machen zu können. Sicher war sie sich nur, daß der Mann, den sie vorher nie gesehen hatte, einen grauen Parka und eine graukarierte Sportkappe getragen hatte. Sie war allerdings bereit, zu beschwören, daß der Mann eine für sein Gesicht zu große Brille getragen und eine Stupsnase gehabt hatte.

Dann ging Trautmann mit Frau Reinthaler auf einen Sprung in die Kantine, weil sie unbedingt was Kaltes trinken wollte.

Stern, dem Kaffee lieber war, ging ins Dienstzimmer voraus.

Dort berichtete Wasenegger ihm: »Es hat einen Haufen Anrufe zu unserem Mord gegeben, Waldi. Aber die sind alle nichts wert.«

»Wir haben«, mischte sich Berger IV. ein, »die Beschreibungen von fünfzehn verschiedenen Männern notiert. Da sind alle Typen zwischen zwanzig und sechzig Jahren drunter, in den verschiedensten Körpergrößen.«

»Die Leute wollen uns ja helfen«, sagte Monika Suttner. »Aber's bringt eben nichts.«

Stern las sich die Notizen seiner Leute durch. Er stieß dabei auf eine anonyme Anruferin, die am vergangenen Sonntag kurz nach neun Uhr einen etwa dreißigjährigen Verdächtigen mit karierter Sportkappe und Brille auf der Meidlinger Hauptstraße gesehen hatte. Mit ziemlicher Sicherheit sei die Liftjacke dieses Mannes naß und fleckig gewesen.

Dieser Anruf war vor etwa einer Stunde gekommen und von Monika Suttner angenommen worden.

»Die Stimme war eindeutig die einer älteren Frau«, sagte die Suttner. »Die Anruferin hat Dialekt gesprochen. Ihren Namen wollte sie nicht nennen. Sie hat auch nicht angegeben, von wo sie anruft. Das Gespräch war ganz kurz. Die Frau hat unvermittelt aufgelegt.«

Berger IV. ging zur Espressomaschine, füllte sie und schaltete sie ein. Er grinste sarkastisch. »Ein wichtiger Hinweis. Zielführend. Weil in Wien gibt's ungefähr achtzigtausend Männer, die irgendeine Kappe tragen.«

Wasenegger lachte, aber Stern sagte trocken zu Berger: »Mach keine Witze über ernste Sachen, Burli. Wir haben nämlich auch etwas über einen Mann mit Kappe erfahren. Das kann durchaus zielführend sein. Wir haben eine Zeugin, die ihn beschreiben kann, mitgebracht. Sie und Trautmann müssen jeden Augenblick kommen.«

Er hatte kaum geendet, als die Reinthaler und Trautmann hereinkamen.

Trautmann nickte allen zu und setzte sich zur Bildschirmschreibmaschine.

Die Reinthaler grüßte und schaute sich neugierig um. Sie sah Otto Hotwagners Foto mit dem Trauerflor und dessen an der Wand hängende Walther 7.65 und fragte: »Ist die echt?«

»Logisch«, sagte Berger. »So echt wie nur was, junge Frau.«

Und Wasenegger erklärte: »Sie hat einem Kollegen von uns gehört, und wir haben sie als Andenken hingehängt.«

Trautmann rollte sich eine Zigarette und deutete auf den Sessel neben seinem Schreibtisch. »Setzen S' Ihna daher, Frau Reinthaler. Wir werden jetzt eine kleine Niederschrift aufnehmen. Also, sagen S' uns noch einmal Ihren Namen, Vornamen, Ihr Geburtsdatum, die Adresse, den Familienstand und dann, was Sie über den Mann aus dem Bus wissen.«

»Ich heiße Manuela Reinthaler, mit th. Geboren am 26. 8. 1968. Ich wohne in Meidling, Steinbauergasse 16. Ich bin verheiratet und hab' ein Kind.«

Die Reinthaler hatte noch nie eine Bildschirmschreibmaschine gesehen und schaute dem mit vier Fingern schreibenden Trautmann aufmerksam zu.

Dann beschrieb sie, so genau sie konnte, nochmals den Mann mit der graukarierten Sportkappe, den sie gestern früh dabei beobachtet hatte, wie er aus dem 59er-Bus gestiegen und über den Gürtel nach Meidling gegangen war. Sie war sich sicher, diesen Mann entweder bei einer Gegenüberstellung oder auf einem Foto wiederzuerkennen.

Trautmann schrieb trotz seines 4-Finger-Systems alles rasch nieder, ohne Rückfragen machen zu müssen. Er druckte die Aussage aus und ließ die Reinthaler unterschreiben. Dann erbot er sich, sie nach Hause zu bringen, und verließ mit ihr das Dienstzimmer.

Stern sagte Trautmann, daß er nicht mehr zurückzukommen brauche, weil er der ganzen Gruppe bis morgen früh freigebe. Seine Leute mußten sich ja irgendwann mal auch ausruhen.

Währenddessen hatte der Gerichtsmediziner Dr. Danzer in der Sensengasse den Körper der kleinen Christl Schwinghammer untersucht und festgestellt, daß sie offensichtlich vergewaltigt worden war. Es gab mehrere Einrisse in ihrer Vagina, und Dr. Danzer machte einen Abstrich für die DNA-Analyse.

Er stellte an den Armen leichte und mittelschwere Blutergüsse fest, was darauf hindeutete, daß das Kind dem Täter entweder beim Wegschleppen in den Keller oder auch während der Vergewaltigung einigen Widerstand entgegengesetzt hatte.

Am Vorderhals fand Dr. Danzer unverkennbare Male, die davon herrührten, daß der Täter sein Opfer auch gewürgt hatte. Das bestätigte sich, als er Verletzungen am *Cartilago thyroidea,* dem Schildknorpel des Kehlkopfes, fand, die nur durch Würgen verursacht worden sein konnten.

Der Tod des Kindes war aber eindeutig infolge Durchtrennens der *Aorta carotis communis,* der linken Halsschlagader, mit einem scharfen Messer mit Wellenschliff oder eher Zackenschliff eingetreten.

Im Magen des Kindes fand Dr. Danzer unverdaute Guglhupfstücke. Demnach mußte Christl Schwinghammer ganz kurze Zeit nach Einnahme dieser Mahlzeit verstorben sein.

8

Am nächsten Morgen herrschte, im Gegensatz zu den Schneefällen und der Kälte der vergangenen Tage, in Wien fast frühlinghaftes Wetter. Trotzdem glaubte niemand an den Einzug des Frühlings, weil sowohl Rundfunk wie Fernsehen ankündigten, daß der Winter nach diesem kurzen Intermezzo zurückkehren würde. Von Schottland her wälzten sich schon wieder schwere und ausgedehnte Wolkenfelder auf Mitteleuropa zu, die nichts Gutes verhießen.

Hofrat Tamandl vergatterte gleich nach Dienstbeginn seine MG 2 zum Rapport und stolzierte vor ihr auf und ab. Er verlangte, wie immer, zügiges Ermitteln, weil die Öffentlichkeit über den Tod Christl Schwinghammers sehr aufgebracht war. Sie wollte endlich »die Ausforschung der Bestie« sehen, der die Medien auch die Simmeringer Morde anlasteten.

Trautmann, der heute gleichzeitig mit dem Hofrat ins *SB* gekommen war, hörte dessen Tiraden nicht zu. Er dachte immerzu daran, daß Tamandl einen grauen, bis auf die Knie reichenden Parka und eine ebenfalls graue, allerdings nicht karierte Tweedkappe getragen hatte. Da Tamandl auch eine für sein Gesichtchen viel zu große, bis auf die Wangen niederreichende Brille auf seinem Stupsnäschen sitzen hatte, entsprach er durchaus dem Bild, das am Vortag Frau Reinthaler von dem Verdächtigen entworfen hatte.

Das waren natürlich unsinnige Überlegungen, denn der Hofrat war es sicher nicht gewesen. Er war trotz aller manchmal gezeigten Militanz ein Lämmchen von Mann.

Auf der anderen Seite, und darüber hatte Trautmann gestern mit seiner Freundin geredet, konnte man nur selten vom Äußeren eines Menschen auf dessen Innenleben schließen. Man sah zwar Schlägern an, daß sie welche waren, aber sonst blieb alles offen. Er hatte schon einige Mörder gesehen, die wie Ministranten oder Landpfarrer ausgeschaut hatten. Und diese schwarze Witwe, die unlängst lebenslang erhalten hatte, weil sie beweismäßig zumindest einen, wahrscheinlich aber auch andere ihrer Männer umgebracht hatte, sah wie eine nette und humorvolle ältere Dame aus.

Zu große Brille.

Parka.

Sportkappe.

Das war alles, was sie bisher vom Meidlinger Mörder wußten. Oder vielleicht nicht einmal das. Denn dieser Verdächtige war womöglich ein völlig harmloser Mann.

Von dem Mörder, der vor Jahren in Simmering gewütet hatte, gab es überhaupt keine Personenbeschreibung. Aus Tausenden von Angaben und Hunderten Niederschriften hatten die Kollegen nicht einmal im Ansatz ein Bild des Täters gewinnen können. Es war, als ob ein Phantom die Morde begangen hatte.

Hofrat Tamandl erging sich noch in Schmähungen gegen die Journalisten, die sich auch in den heutigen Ausgaben der Zeitungen auf die Polizei eingeschossen hatten. Diese verlangten mehr oder weniger, daß Polizisten auch okkulte Kräfte besitzen sollten. Tamandl schimpfte des weiteren über die zahllosen TV-Krimis. Seiner Meinung nach stellten diese die Arbeit der Kriminalpolizei verzerrt dar und hatten in der Öffentlichkeit die Meinung aufkommen lassen, es müßten doch alle Fälle aufgeklärt werden.

Der kleine Hofrat stelzte schließlich mit purpurrotem Gesicht aus dem Dienstzimmer. Zwischen Tür und Angel verlangte er nochmals nachdrücklichst baldige Ergebnisse.

Die Gruppe ging alle Aufzeichnungen zu den sieben und mehr Jahre zurückliegenden Simmeringer Morden durch. Sie schwärmte aus und verhörte in den folgenden Tagen mehr als hundert damals involvierte Männer. Diese besaßen jedoch alle Alibis und hatten mit dem Mord an Christl Schwinghammer offensichtlich nichts zu tun.

Das einzige, was die Leute der MG 2 bis jetzt wußten, war, daß die zurückliegenden Simmeringer Morde und der Mord im Haydnhof fast sicher vom selben Täter begangen worden waren.

Am 28. März wurde die kleine Christl Schwinghammer unter großer Anteilnahme der Bevölkerung auf dem evangelischen Friedhof in Matzleinsdorf begraben.

Nicht nur die MG 2, sondern auch Kriminalbeamte aus den Kommissariaten Favoriten, Simmering und Meidling waren auf dem Begräbnis. Sie hielten, allerdings vergeblich, nach dem Täter Ausschau, der vielleicht nach Vergewaltigung und Tötung auch noch das Begräbnis seines Opfers miterleben wollte.

Es wurden zwar zwei Männer mit grauer Kappe und einer zu großen Brille vorübergehend festgenommen, jedoch bald wieder freigelassen, weil sie offensichtlich mit dem Mord nichts zu tun hatten.

9

Am folgenden Ostersonntag war klar, daß der Mörder wieder zugeschlagen hatte. Diesmal im Domeshof in Margareten. Keine hundertfünfzig Meter Luftlinie vom Haydnhof entfernt.

An diesem Sonntag erinnerte einen überhaupt nichts an Ostern.

Das Wetter war für die Jahreszeit zu kalt. Es nieselte wieder, ohne daß man genau unterscheiden konnte, ob Wasser oder Schnee vom dunkelgrauen Himmel fiel.

Der im Andenken an einen frühen sozialdemokratischen Stadtpolitiker Domeshof genannte Gemeindebau ist etwas kleiner als der gegenüberliegende Haydnhof. Er ragt wuchtig zwischen Margaretengürtel, Margaretenstraße, Josef-Schwarz-Gasse und Gießaufgasse empor. An seiner gürtelseitigen Front befindet sich eine Skulptur, die einen jungen Mann darstellt, der seine Arme gegen den Himmel reckt. Darunter steht die seinerzeitige Devise der Sozialdemokraten LICHT, LUFT UND SONNE. Diese weist auf die erstmals im Roten Wien der zwanziger Jahre verwirklichte Idee der Gemeindebauten hin, welche den kleinen Leuten ein Leben in menschenwürdigen Wohnungen statt in lichtlosen Zinskasernen ermöglichen sollte.

Der Domeshof gehört zu jenen Gürtelgemeindebauten, die im Bürgerkriegsjahr 1934 stark umkämpft waren, im Zweiten Weltkrieg unter Bombentreffern litten und später wieder aufgebaut wurden. Der frühere vorbildliche Montessori-Kindergarten wurde nicht mehr wiederhergestellt.

Jetzt war gerade im Rahmen der Gürtelrevitalisierung die Sockelrenovierung des Baus im Gang. Man war dabei, an der Gürtelfront, zwischen Innenhof und Straße, einen niedrigeren Trakt für Behinderte zu bauen. Unter dem Hof wurde eine Tiefgarage errichtet.

Für den Domeshof gilt das gleiche wie für den Haydnhof. Seine Gittertore werden nachts fast nie versperrt, und auch die Stiegentore bleiben meist offen.

An diesem Ostersonntag ging die siebzigjährige Johanna Dienst mit ihrem alten und schon kurzatmigen Hund Amalie, einer Mischung aus Dackel, Spitz und Terrier, äußerln.

Es war kurz vor 9.00 Uhr. Johanna Dienst war bereits für das österliche Hochamt in der Meidlinger Notkirche gekleidet. Sie war die einzige Bewohnerin des Domeshofes, die noch in die Kirche ging und zudem aus Tierliebe im Hof wahre Taubenschwärme mit kleinen Weißbrotstücken fütterte. Dies führte ständig zu Streitereien mit den anderen Parteien.

Ein anderer Streitpunkt waren ihre kaputten Venen. Dadurch war sie angeblich dazu gezwungen, ihren Hund gleich vor der Stiegentür sein Geschäft verrichten zu lassen, wobei sie jedesmal zu ihm sagte: »'s Frauli hat wehe Füß'. Tu da, gleich im Hof, geschwind dein Geschäftchen machen, Amalie. Geh!«

Das war auch an diesem Ostersonntag so.

Also trippelte der mit dem Bauch fast den Boden streifende Hund nur ein paar Schritte, pißte kraftlos, trippelte weiter und machte wieder eine kaum nennenswerte Lache. Dann keuchte er zu einem Stapel Paletten, der bei der Baustelle des Behindertentrakts lag; schnüffelte dort herum, trippelte hinter den Stapel, kam aber bald wieder mit gesträubten Haaren hervor und keuchte winselnd zu seinem Frauli.

Weil Johanna Dienst nicht nur fromm, sondern auch neugierig war, ging sie zu dem Palettenstapel, um nachzuschauen, warum der Hund winselte.

Amalie war normalerweise bis auf das Keuchen so stumm wie ein Fisch, kannte weder Bellen noch sonstige Lautäußerungen. Wenn jetzt also das Hunderl winselte, mußte es etwas hinter den Paletten geben.

Nach zwanzig Sekunden wünschte sich die Dienst, sie hätte nie hinter den Palettenstapel geschaut.

Denn zwischen den Paletten und einigen Schalungshölzern lag in seltsam verrenkter Stellung ein totes Mädchen.

Es war mit einem roten Plastikregenmantel bekleidet, hatte aber keine Schuhe an. Sein Gesicht war wächsern weiß, die blonden Haare von Schmutz und Nässe verkrustet. Die Augen des Kindes starrten in das schneewäßrige Nieseln des grauen Himmels.

Johanna Dienst erkannte auf den ersten Blick, daß es sich um die sechs- oder siebenjährige Annabella Hawlicek von der 6er-Stiege handelte. Ihr wurde schlecht, und sie gab, so wie ihr Hund, keuchend winselnde Laute von sich. Sie humpelte so schnell sie konnte zur 6er-Stiege, um die Eltern des toten Kindes zu verständigen.

Kurz vor der Stiegentür blieb sie allerdings stehen.

Die Dienst wußte, daß sie es nicht übers Herz bringen würde, den Eltern der kleinen Annabella von Angesicht zu Angesicht gegenüberzustehen und ihnen zu sagen, daß sie ihr Kind tot im Hof gefunden hatte. Sie eilte daher in ihre Wohnung und rief die Polizei an, um von ihrem grauenvollen Fund zu berichten.

Schon wenige Minuten nach dem Anruf kam ein Streifenwagen mit drei Uniformierten mit weinroten Baretten, die sofort zum Fundort gingen. Gegen 9.30 Uhr trafen fast gleichzeitig die Bezirksinspektoren Hackl und Schrödinger vom Journaldienst der Kripo Margareten, die Mordgruppe 2 aus dem Sicherheitsbüro und der Kleinbus des Erkennungsdienstes ein. Fünf Minuten nach ihnen waren der Stadthauptmann von Margareten und der Polizeiarzt Dr. Glaubauf zur Stelle. Und natürlich waren auch die ersten neugierigen Hausparteien gekommen und harrten im Nieseln aus, obgleich sie wegen des ziemlich hohen Palettenstapels nichts von dem toten Mädchen sehen konnten.

Dann kamen die alarmierten, nur mangelhaft bekleideten Eltern der Kleinen angerannt. Sie kämpften sich durch die Neugierigen zu den sichernden Streifenpolizisten durch. Durften – nachdem klar war, daß sie die Eltern der Kleinen waren – vor zum Palettenstapel, sahen ihr Kind aber nicht, weil die Rücken der amtierenden Kriminalbeamten eine kompakte Mauer bildeten.

Als Stern die überlauten, aufgeregten Stimmen der Hawliceks hörte, die sofort ihr Kind sehen wollten, sagte er zu Trautmann und Monika Suttner: »Nehmts euch der Eltern an. Sie sollen ihr totes Kind vorläufig nicht sehen. Das können wir später machen.«

Die beiden gingen zu den Hawliceks.

Trautmann stellte sich und die Suttner vor und sagte so sanft wie möglich: »Bitte beruhigen Sie sich. Sie können Ihre Kleine jetzt noch nicht sehen. Es ist besser für Sie, bitte. Der Doktor untersucht sie, und die Kollegen von der Spurensicherung haben auch noch zu tun. Könnten wir vorläufig vielleicht in Ihre Wohnung gehen und reden?«

Die Hawliceks erklärten sich erst nach längerem Zureden einverstanden.

Die vier gingen in die Wohnung. Hawlicek schaltete das Radio aus, in dem irgend jemand über Osterbräuche redete, und blieb wie abwesend neben dem Gerät stehen.

Frau Hawlicek war ruhiger als ihr völlig gebrochener Mann und sagte: »Wir waren gestern schon auf der Polizei. Im Kommissariat in der Viktor-Christ-Gasse. Weil unsere Annabella vom Einkaufen nicht zurückgekommen ist. Da haben wir eine Abgängigkeitsanzeige gemacht.«

Trautmann nickte. Er sah den vollen Aschenbecher auf dem Tisch stehen und drehte sich eine Zigarette. Dann fragte er: »Wann genau ist das gewesen? Und wohin ist Ihre Tochter einkaufen gegangen?«

Hawlicek kam zum Tisch und setzte sich schwer auf die Sitzbank. »Zum *Mondo*. Dem neuen Supermarkt am Gürtel. Gleich drüber der Arbeitergasse. Sie hätt' ein paar Kleinigkeiten holen sollen.«

»Das war so gegen halb elf am Vormittag«, mischte sich seine Frau ein. »Wie sie nach einer Stunde noch immer nicht zurück war, bin ich schauen gegangen. Aber die Kassierinnen, die Annabella kennen, haben gesagt, sie war überhaupt nicht da.«

»Daraufhin«, sagte der Mann, »bin ich runter und die Gegend abgegangen. Hab' alle möglichen mir bekannten Leute gefragt, ob sie das Kind gesehen haben.«

»Und«, fragte die Suttner, »war das der Fall?«

»Ja. Die Kellnerin vom *Café Industrie* an der Ecke Arbeitergasse/Gürtel hat durch die Glastür gesehen, wie sie Richtung *Mondo* gegangen ist. Aber sonst niemand.«

»Wir haben dann noch ein paar Leute angerufen, mit deren Kindern Annabella befreundet ist«, sagte Frau Hawlicek. »Es hätt' ja sein können, daß sie dort ist. Kinder sind ja so, daß sie oft irgendwo hingehen und vergessen, daß sie einkaufen sollen.«

»Ist das bei Ihrer Tochter öfter passiert, oder wär' es eine Ausnahme gewesen?« fragte Trautmann.

»Vielleicht ein oder zwei Mal, nicht öfter. Wir sind dann auch gleich, um die Mittagszeit, ins Kommissariat gefahren und haben die Anzeige gemacht«, sagte die Hawlicek. »Wir waren ja wie derschlagen vor Aufregung! Weil doch vor ein paar Tag' das Mädchen im Haydnhof um'bracht worden ist!«

Trautmann drückte seine Zigarette aus und sagte zur Suttner: »Bleib da, Moni, und nimm auf, was es aufzunehmen gibt. Ich geh' wieder runter.«

Er schaute die Hawliceks an: »Wenn's soweit ist, daß Sie zu Ihrem Kind können, lassen wir Sie's wissen.«

Dann ging er zur Wohnungstür, blieb davor stehen und fragte die Hawliceks: «Was für Schuhe hat denn Ihre Kleine angehabt? Hat sie eine Tasche mitgehabt?«

»Rote. So eine Art Stiefeletten mit einer verchromten Schnalle auf der Seite. Die Tasche war weiß, mit einem englischen Autobus drauf. Ein bißl größer wie eine Zeitung. Mit zwei roten Henkeln. Die Tasche hat so gut zu den Stiefeletten und dem Mantel gepaßt«, sagte Frau Hawlicek und begann plötzlich schüttelnd zu weinen.

Trautmann kehrte in den Hof zurück. Er sah, daß die Streifenpolizisten die Neugierigen weiter zurückdrängten, während die Kriminalbeamten den Palettenstapel abtrugen.

Berger IV. berichtete ihm kurz, was der Polizeiarzt inzwischen festgestellt hatte.

»Die Kleine ist wahrscheinlich vergewaltigt worden. Hoserl hat sie keins an. Gewürgt ist sie auch worden. Gestorben aber wahrscheinlich an einem Schnitt durch die linke Halsschlagader. Sie ist ziemlich ausgeblutet. Aber nicht da, wo sie gefunden wurde, weil es da keine Blutspuren gibt. Irgendwo muß es eine ziemlich große Blutlache geben – fragt sich nur, wo. Sie ist, glaubt der Doktor, irgendwann gestern um Mittag herum umgebracht worden und hat zuerst ein paar Stunden seitlich gelegen. Vermutlich hat der Täter sie erst dann auf den Rücken gedreht. Darauf weisen die stärkeren Totenflecke auf der rechten Seite und die fast nicht zu sehenden auf dem Rücken hin. Die Kleine war wahrscheinlich zuerst irgendwo im Warmen und ist erst dann hierher verbracht worden, wo es in der Nacht nur zwischen zwei und drei Grad gehabt hat. Deshalb ist über den genauen Todeszeitpunkt schwer was zu sagen.«

Wasenegger trat zu den beiden.

»Es ist die gleiche G'schicht' wie in Simmering und drüben in Meidling, Burschen. Alle fünf weisen den Schnitt durch die linke Halsschlagader auf. Wenn man annimmt, daß der Täter seine Opfer zuerst gewürgt, dann vergewaltigt und am Schluß aufgeschnitten hat, muß man doch dran denken, daß er Rechtshänder ist.«

»Muß aber nicht sein«, wandte Berger ein.

»Liegt aber nahe«, sagte Trautmann, »wenn man sich vorstellt, daß das Opfer beim Vergewaltigen auf dem Rücken liegt und danach der Täter an der linken Halsseite schneidet. Kein Mensch arbeitet über die Hand.«

Inzwischen hatte das Nieseln aufgehört, und es war böiger Wind aufgekommen.

Die EKD-Leute durchsuchten jetzt zentimeterweise den Rohbau des Behindertentrakts, fanden aber nicht die geringste Blutspur. Offensichtlich war das Mädchen nicht im Rohbau ums Leben gekommen.

Der Polizeiarzt setzte sich mit dem Gerichtsmedizinischen Institut in Verbindung und ordnete die Abholung der Leiche an.

Die Glocken der nicht weit entfernten Meidlinger Notkirche läuteten das österliche Hochamt ein.

Trautmann rief die Suttner an und sagte ihr: »Du kannst jetzt mit den Eltern von dem Mädel runterkommen. Aber bereite sie vor, daß sie kein schöner Anblick erwartet.«

Die Leiche des Kindes wurde vorläufig mit einer schwarzen Plastikplane bedeckt, deren Ecken wegen des immer stärker werdenden böigen Windes mit Steinbrocken aus dem Rohbau beschwert wurden.

Dann kamen die Hawliceks.

Stern hob einen Zipfel der Plane an und ließ sie das weiße Gesicht ihres toten Kindes sehen. Die Hawliceks brachten kein Wort heraus, sondern nickten nur stumm. Dann begannen beide zu weinen und wankten ein paar Schritte zurück.

Währenddessen befragten die Leute der MG 2 und die Beamten des Kommissariats Margareten die Hausbewohner, ob sie etwas Außergewöhnliches bemerkt oder die kleine Annabella vielleicht in Begleitung eines Mannes gesehen hatten.

Das brachte jedoch keine Ergebnisse.

Gestern hatten wegen des schlechten Wetters nur wenige Hausbewohner die Wohnung verlassen. Und diese hatten nur rasch die feiertäglichen Einkäufe besorgt. Stern, Trautmann, Wasenegger, Berger IV. und die Suttner fragten gezielt, ob jemand einen etwa dreißigjährigen bebrillten Mann – eventuell mit dunklem, insbesondere grauem Parka und ebensolcher, vielleicht auch karierter, Sportkappe – gesehen hatte.

Dabei erfuhren sie, daß gestern einige Männer unterwegs gewesen waren, auf die die Beschreibung paßte. Aber sie stammten alle aus dem Viertel und ihre Namen und Adressen waren diesem oder jenem bekannt. Bis auf eine Ausnahme hatten sie alle Einkaufstaschen dabeigehabt.

Die Leute der MG 2 schrieben sich die Namen dieser Männer auf, um sie später für alle Fälle unter die Lupe zu nehmen.

Heute hatten sich ein paar Leute Zeitungen aus den an den Hoftoren angebrachten Plastikbehältern geholt. Sie hatten dabei aber nur die anderen Zeitungskäufer aus dem Bau oder Parteien, die mit ihren Hunden äußerln gingen, gesehen. Ein Verdächtiger war weder heute noch gestern aufgefallen.

Ab dem frühen Nachmittag war der Hof des Gemeindebaus wieder unbelebt.

Die Leiche der Annabella Hawlicek war abgeholt worden. Die Leute verdauten in den Wohnungen das üppige Osteressen.

Sie hatten einen angenehm vollen Magen. Im Fernsehen hatten sie den schon klapprigen polnischen Papst gesehen, der »der Stadt Rom und der Welt« den Ostersegen erteilt hatte; auch dem Mann, der den Tod Annabellas auf dem Gewissen hatte.

Die Eheleute Hawlicek brachten natürlich keinen Bissen hinunter. Sie hatten das Telefon abgestellt, lagen schweigend auf den Betten; sie wußten nicht, wie sie das Unglück verkraften sollten, und wären am liebsten genauso tot wie ihre Tochter gewesen.

Nach einiger Zeit stand Hawlicek auf und meinte: »Das ganze Daliegen bringt nichts. Ich hol' uns Schlaftabletten.«

Er ging in die Küche, nahm aus der Medikamentenlade die Schachtel mit den Tabletten, füllte ein Glas mit Wasser und kehrte ins Schlafzimmer zurück. Dort nahm er schweigend zwei Tabletten, spülte sie hinunter und legte sich wieder hin.

Seine Frau tat so, als würde sie ebenfalls zwei Tabletten nehmen, klemmte sie aber mit der Zunge ein. Sie trank nur einen kleinen Schluck und legte sich auch wieder hin.

Als sie merkte, daß ihr Mann eingeschlafen war, stand sie auf, ging in die Küche und spuckte die halb zergangenen Schlaftabletten in die Spülwanne. Danach drehte sie sämtliche Hähne des Gasherdes auf.

Ihr Mann hatte die lästigen Zündsicherungen ausgebaut, weil ihnen das ständige Ausgehen der Flamme, wenn sie den Drehgriff zu kurz gedrückt hatten, auf die Nerven ging. Als Installateur konnte er ja so was.

Dann ging sie ins Zimmer zurück, zum Gaskamin, und zog den Schlauch vom aus der Wand ragenden Sicherheitshahn. Öffnete den Hahn und legte sich wieder aufs Bett. Nahm sechs Schlaftabletten, spülte sie hinunter und schloß die Augen.

Bald würde alles so sein, als hätten sie, ihr Mann und die kleine Annabella nie gelebt. Jetzt spielte nichts mehr eine Rolle. Alle Wünsche, Sehnsüchte und Hoffnungen waren gegenstandslos geworden. Der neue Mazda 623, die geplante Anschaffung eines größeren Fernsehapparates, der schon zum Nähen vorbereitete Stoff für ein neues Sommerkleid und all die anderen Sachen, die sie in nächster Zeit hätten tun wollen, waren so uninteressant, als wären sie nie gedacht worden. Das ganze Leben war zu einem Nichts zusammengeschrumpft.

Die Beamten des Kommissariats Margareten und die EKD-Leute waren in ihre Dienststellen zurückgefahren.

Stern rief den Hofrat an und teilte ihm die bisherigen Fakten mit.

Er wartete die Antwort Tamandls nicht ab, sondern schaltete das Handy aus und sagte zu seinen Leuten: »Daß wir ins *SB* fahren, zahlt sich nicht aus. Wir werden hier irgendwo was essen.«

Das erwies sich aber leichter gesagt als getan. Denn sowohl das *Café Industrie* als auch alle anderen Lokale des Viertels – bis auf eines – hatten wegen des Feiertags geschlossen. Das Lokal, das offen hatte, war, wie Wasenegger anmerkte, »ein Scheißlokal, in dem man für teures Geld nur besseres Hundefutter bekommt«.

Stern, Trautmann, Wasenegger, Berger und die Suttner setzten sich also in die zwei Pkws, in denen sie gekommen waren, und klapperten Margareten ab. Sie landeten in einem China-Restaurant am Bacherplatz, das bis halb drei offen hatte, fanden noch einen freien Tisch und entschieden sich für Pikante Suppe und Ente auf Szechuan-Art. Die Suttner bestellte sich eine vegetarische Mönchsspeise und aß diese mit Stäbchen. Berger hatte sich zwar auch Stäbchen geben lassen, wechselte dann aber zu der ihm geläufigeren Gabel.

Trautmann rief seine Freundin an und sagte ihr, daß es auch heute leider sehr spät werden würde.

»Wenn ich auch nichts weiß«, keppelte diese, »so weiß ich trotzdem eines: Wenn ich mir noch einmal einen Mann nehm', dann keinen von der Polizei! Jeden Tag ist was anderes!«

Trautmann lächelte die anderen entschuldigend an und sagte ins Handy:« Reg dich nicht auf, Gitti. Was soll ich denn machen? Dienst ist halt Dienst.«

»Ja«, keppelte seine Freundin zurück. »Und Privatleben Privatleben! Servus.«

Trautmann steckte das Handy wieder ein und rollte sich, obgleich er mit seiner Ente noch nicht fertig war, eine seiner schauerlichen Zigaretten. Er hatte wieder seinen stumpfen Blick und war bis in die Glatze hinein rot geworden.

»Sonst ist meine Gitti nicht so«, brummte er. »Aber heut' hätten wir am Abend ein bißl essen gehen wollen.«

Stern lächelte leicht. »Wir alle hätten heut' was am Abend machen wollen, Trautmann. Aber im *SB* ist's halt so, daß wir uns was vornehmen, aber oft nicht dazu kommen, weil's eben Dienst ohne Ende gibt.«

10

Nach dem Mittagessen ermittelte die MG 2 bei den bebrillten Männern, die am Vortag mit dunklem Parka und ebensolcher Sportkappe gesehen worden waren.

Julius Platzer wohnte im kleinen und namenlosen Gemeindebau neben dem Domeshof. Er hatte kein Alibi, schied aber infolge seines hohen Alters – er war einundachtzig – und seiner offensichtlichen Gebrechlichkeit aus. Er war so kraftlos, daß er mehrmals am Tag in den *Mondo*-Markt einkaufen ging, weil ihm eine Last über eineinhalb Kilo zu schwer zum Tragen war.

Josef Grundmann wohnte im selben Bau. Er war Samstag zwei Mal ausgewesen, allerdings beide Male in Begleitung seiner Frau.

Hans Scherzer war in unmittelbarer Nähe des Domeshofes, in der Josef-Schwarz-Gasse, zu Hause. Er war um die sechzig und ein mehrfach ausgezeichneter Amateurfotograf. Er hatte am Vormittag des gestrigen Tages die Wohnung verlassen, um mit der Straßenbahn in die Arbeiterkammer in der Prinz-Eugen-Straße zu fahren und sich die dortige Fotoausstellung, deren Eintrittskarte er noch besaß, anzusehen. Anschließend war er mit zwei Freunden noch in einer Innenstadtgalerie und danach in mehreren Lokalen gewesen. Hatte sich verplaudert und war erst gegen 23.00 Uhr nach Hause zurückgekommen.

Anton Zechmeister wohnte in der vom Fundort nicht weit entfernten Diehlgasse. Er war bezirksbekannter Fußballfanatiker und Funktionär eines Meidlinger Unterklassevereins. Er hatte den gestrigen Vormittag mit seiner Familie zu Hause verbracht. Nach dem Mittagessen war er mit seinen zwei halbwüchsigen Söhnen zu seinem in der Steinbauergasse geparkten Auto gegangen und dann zum Meidlinger Sportplatz gefahren, auf dem die Vorkämpfe des Jugend-Osterturniers stattgefunden hatten.

Oswald Suntil war fünfzig und wegen seiner sehr schlechten Augen in Frühpension. Seine Brille hatte Gläser von zwölf Dioptrien links und zehn rechts. Er hatte gestern vormittag seine Wohnung in der Brandmayergasse verlassen und war zum Grab seiner Frau auf dem Meidlinger Südwestfriedhof gefahren, um ihr ein paar Palmkätzchen hinzulegen. Er war infolge seiner physischen Behinderung, die ihn trotz Brille wie ein Halbblinder umhertappen ließ, absolut unverdächtig.

Der im Domeshof wohnende achtzehnjährige Friedrich Hawelka hatte sich den ganzen Vormittag über mit seinem in der Josef-Schwarz-Gasse stehenden defekten Moped befaßt. Er kam als Täter schon deswegen nicht in Frage, weil er zur Zeit der Simmeringer Morde noch ein Kind gewesen war und damals außerdem im niederösterreichischen Wetzleinsdorf gewohnt hatte.

Auch Erwin Strutz und Michael Bergmann schieden als Verdächtige aus. Sie waren zur vermuteten Tatzeit außerhalb Wiens gewesen und konnten das auch belegen.

Alle acht Befragten kamen als Täter nicht in Frage. Die MG 2 war um keinen Millimeter weitergekommen.

Um 18.00 Uhr waren die Leute der MG 2 wieder im Sicherheitsbüro. Berger IV. kochte besonders starken Kaffee, und alle außer der Suttner rauchten wie die Schlote.

Wasenegger trank zu hastig, verbrannte sich die Zunge und sagte: »Da scheiß' ich drauf.«

Dann steigerte er sich hinein und ließ seinem Frust freien Lauf. »Ich scheiß' überhaupt auf alles! Jedes Mal, wenn's Feiertage gibt, wird wer um'bracht. Wie wenn sich die Mörder das aussuchen täten!«

Stern grinste dünn. »Es werden auch an gewöhnlichen Tagen Leute ermordet, Karli. Vergiß das nicht.«

Trautmann sagte nichts. Er trank den Kaffee auf einen Zug aus, verbrannte sich wie Wasenegger die Zunge und stellte sich rauchend ans Fenster.

Wegen des schlechten Wetters war weder auf der Roßauer Lände noch auf der Brigittenauer Lände was los. Natürlich kam an so einem deprimierenden, naßkalten Tag kein Hund auf die Idee, mit dem Auto irgendwohin zu fahren. Jeder hockte zu Hause und glotzte ins Fernsehen, in dem sowieso nur Scheiß gespielt wurde.

Seine Gitti natürlich auch. Und er stand da und glotzte aus dem Fenster auf Nirgendwas.

Zwei Kinder waren umgebracht worden.

Die Frage war, von wem.

Er, Trautmann, wußte wenigstens, wer seine Kleine auf dem Gewissen hatte.

Knappe achtzehn und bildhübsch war sie gewesen, als sie in einem Gebüsch des Resselparks an einer Überdosis verreckt war. Weil das Heroin stärker als üblich gewesen war. Wie die Gerichtsmedizin festgestellt hatte, hatte sie das *Polnische Kompott* verwendet. Ein Heroin, das die Polen aufs Geratewohl zusammenbrauten und das einmal stärker, einmal schwächer war. War es stärker, war die Nadel, die man sich reinhaute, das letzte, was man von dieser Welt sah.

Wer war schuld? Die Polen? Nein. Schuld waren die Eltern, also er und seine damalige Frau. Liebe hätte das Mädel gebraucht. Zuneigung und Verständnis für seine jungen Jahre.

Sie hätten's gern g'nommen, aber kriegt haben s' es nicht. Sie hätten's gern g'nommen, aber jetzt ist's zu spät sang der »Wiener Extremschrammler« Neuwirth auf einer CD.

Auch sein Mädel hätte die Liebe der Eltern oder zumindest die des Vaters gern genommen. *Aber kriegt hat s' es nicht.*

Wegen Ehekrieg und Dienst und anderer Blödsinnigkeiten hatte er keine Zeit gehabt, sich um das Kind zu kümmern. Als ihn seine Frau verlassen hatte und er Alleinerzieher geworden war, hatte er andere Sorgen gehabt, als das Mädchen hie und da an sich zu drücken und zu fragen: Brauchst was? Willst was reden mit mir? Ist alles okay bei dir?

Er hatte sich in den Dienst verbissen und war mehr im Kommissariat als zu Hause gewesen. Daß die Kleine gute Noten nach Hause gebracht hatte, hatte ihm schon gereicht. Darum hatte er auch übersehen, daß sie schwer süchtig war, obgleich er das als *Kiberer* mit zugemachten Augen hätte sehen müssen. Aber er, das Arschloch, hatte nichts bemerkt. Erst als er die Fotos von seinem tot daliegenden Kind mit seinem dunkel angelaufenen Gesicht gesehen hatte, waren ihm die Augen aufgegangen.

Aber jetzt ist's zu spät.

Zu spät war es auch für die zwei Kinder und die junge Frau aus

Simmering, die vor Jahren demselben Mann zum Opfer gefallen waren, der jetzt wieder am Werk war und zwei weitere Kinder umgebracht hatte. Kinder, die geliebt worden waren, aber trotzdem ins Gras hatten beißen müssen. Gewürgt. Vergewaltigt. Durch einen Schnitt über die Halsschlagader getötet. Und der Mörder, vielleicht bekleidet mit Parka und Sportkappe, lief noch immer frei herum.

Trautmann öffnete das Fenster einen Spalt breit, warf den Zigarettenstummel hinaus, rollte sich eine neue Zigarette und schloß das Fenster wieder. Er wartete darauf, daß die anderen wieder vom Otto zu reden anfingen.

Er brauchte nicht lange zu warten.

Denn Berger IV. sagte: »Wenn das der Otto wissen tät', tät' er im Grab keine Ruhe finden. Daß wir den Simmeringer Mörder nicht gefunden haben, hat ihm 's Leben abgefressen.«

»Mir frißt's es auch ab«, brummte Wasenegger. »Und wenn ich niemand mehr erwisch', den Sauhund tät' ich gern derwischen.«

»Das möchten wir alle, Karli«, sagte Stern. »Irgendwann werden wir ihn kriegen.« Er schaute in die Runde. »Aber heute sicher nicht mehr. Daher: Wer mag, kann nach Hause gehen.«

Es meldete sich aber nur Monika Suttner, die wenigstens den Osterabend mit ihrer alten Mutter verbringen wollte.

Als die anderen noch mal über die Parallelen zwischen den Simmeringer und den Meidlinger Morden redeten, kam Trautmann eine Idee. Er fragte: »Wann sind die Simmeringer Morde eigentlich genau gewesen?«

»Der erste vor neun Jahren«, brummte Wasenegger. »Warum?«

»Ich mein', zu welcher Jahreszeit?« fragte Trautmann weiter.

»Warum willst denn das wissen?« sagte Berger. »Ist doch wurscht.«

»Mir nicht. Weil mich interessiert die Kappe von dem Mann.«

»Die Kinder sind damals in der kalten Jahreszeit umgebracht worden«, sagte Stern. »Die junge Frau aber Anfang Herbst.« Und irritiert:« Was willst denn mit seiner Kappe?«

»Nichts«, sagte Trautmann langsam. »Nichts. Aber gewöhnlich trägt man eine Kopfbedeckung nur, wenn es kalt ist.«

Wasenegger zuckte mit den Schultern. »Manche tragen s' auch, wenn's warm ist. Außerdem war in den drei Simmeringer Fällen nie von einem mit Kappe die Rede.«

Trautmann stellte sich wieder ans Fenster.

Die Kappe spielte also nur in den neuen Fällen eine Rolle. Oder auch nicht. Es wäre aber interessant, zu wissen, ob der Simmeringer Mörder auch eine getragen hatte. Im Herbst wie im Winter.

Zwischen dreißig und vierzig ... Also mußte der Mann damals um die zwanzig oder dreißig gewesen sein.

Warum trug jemand überhaupt eine Kopfbedeckung? Weil ihm kalt war. Und in der warmen Jahreszeit? Jeder Trottel zwischen zehn und siebzig rannte mit einer der amerikanischen Baseballkappen herum. Wurscht, ob mit dem Schirm nach hinten oder vorn. Aber das waren keine warmen Kappen.

Es gab natürlich auch Männer, die eine Kappe trugen, weil sie infolge einer Krankheit oder einer Chemotherapie unter Haarausfall litten und sich nicht glatzköpfig präsentieren wollten.

Trautmann wandte sich den anderen zu und sagte: »Burschen, ich hab' eine Idee.«

»Ah, da schau her«, grinste Berger. »Und was für eine?«

Trautmann wollte schon antworten, als sein Blick auf das Foto Otto Hotwagners und dessen ehemalige 7,65er-Walther fiel. Plötzlich fühlte er sich wieder als Eindringling, der der Gruppe statt des guten alten supergescheiten Otto auf den Wecker ging.

Er schüttelte langsam den Kopf und brummte: »Eh keine. Es war nur *ein Schas mit Quasterln*. Vergeßts das.«

Stern, Wasenegger, Berger IV. und Trautmann blieben noch bis gegen 19.30 Uhr im Dienstzimmer, schauten sich die Simmeringer Akten an und dachten im Kreis.

Dann hatte Stern das Gefühl, daß sie hier nur Zeit vergeudeten, und schickte seine Leute heim.

Trautmann saß schon im Wagen, um zu seiner Freundin nach Kaisermühlen zu fahren. Er startete den Motor aber nicht, sondern blieb, die Hand am Zündschlüssel, sitzen und stellte sich alle möglichen Männer mit Sportkappen vor.

Er hatte fast eine Stunde ohne Ergebnis gegrübelt, als er endlich den Zündschlüssel drehte und nach Hause fuhr.

11

Nach dem ostersonntäglichen Abendsegen in der Meidlinger Notkirche trippelte die siebzigjährige Johanna Dienst über den Gürtel nach Margareten und zum Domeshof.

Der Gottesdienst war wieder sehr, sehr schön und herzergreifend gewesen, wenn auch Johanna Dienst – wie immer, wenn sie diese Kirche besuchte – den Eindruck gehabt hatte, daß ein paar Leute durch ihre Anwesenheit das Gotteshaus entweiht hatten.

Ihrer Meinung nach sollten nur wirklich fromme und gottesfürchtige Leute eine Kirche betreten dürfen. Leute wie sie, beispielsweise. Aber nicht jemand, der ein von Gott verbotenes Leben führte, wie die meisten es taten. Allerdings war deren Strafe schon unterwegs. Wenn sie dereinst vor dem ewigen Richter standen, würde das Schwert Gottes herniedersausen und ihrem Lotterleben ein Ende machen, egal, wie oft sie scheinheilig eine Kirche besucht hatten.

Gladius Dei, hatte Hochwürden heute in der Predigt gesagt – und, für einfache Leute wie die Dienst, dazu erklärt, daß das *Schwert Gottes* heiße –, vollendet immer das, was irdischer Gerechtigkeit nicht gelingt. Denn ER ist groß und weiß alles. SEIN ist das Reich und die Macht und die Herrlichkeit, in Ewigkeit. Und die Dienst hatte erschauernd ihr Amen gemurmelt. Das Schwert Gottes hatte sie auf die vielen unwürdigen Kirchenbesucher bezogen, obgleich der Priester damit eigentlich das Gericht über den gewissenlosen Mädchenmörder gemeint hatte.

Die Dienst holte aus der Wohnung den Hund Amalie und ließ ihn einige Male im Hof seine Notdurft verrichten. Danach ging sie die paar Schritte bis zur 6er-Stiege, weil sie unbedingt wissen wollte, wie die Eltern der kleinen Annabella deren Tod bis jetzt verkraftet hatten.

Sie schlurfte mit dem Hund bis zur Wohnungstür der Hawliceks und klopfte. Erst zaghaft, dann stärker. Dann drückte Johanna

Dienst, weil sich drinnen niemand rührte, auf den Klingelknopf. Erst kurz, dann lange und fordernd.

Damit hatte die neugierige alte Frau die letzte Handlung ihres Lebens gesetzt. Denn während sie noch den Finger auf dem Klingelknopf hatte, erschütterte eine Explosion die 6er-Stiege. Die Wohnungstür wurde durch den Explosionsdruck aus Schloß und Angel gerissen, prallte gegen die kleine alte Frau und deren Hund und löschte beider Leben schlagartig aus.

Unmittelbar danach wurde es nicht nur in der Stiege lebendig.

Leute kamen auf den Gang gelaufen. Aus der Nebenwohnung wankte die blutüberströmte Nachbarin der Hawliceks. Die Fenster zum Hof öffneten sich. Die Leute, die einen Ausblick auf die 6er-Stiege hatten, sahen ein großes Loch in der Hausfront, dort wo früher die Fenster der Hawliceks gewesen waren.

Die Feuerwehr traf bereits vier Minuten nach der Explosion ein, weil einer ihrer Stützpunkte unweit des Domeshofes lag. Zwei Funkstreifen kamen wenig später.

Feuerwehrleute und Polizisten stürmten die Stiege empor und in die verwüstete Wohnung.

Im Schlafzimmer fanden sie die toten Hawliceks.

Der Mann hatte eine klaffende Wunde auf der Brust, die wahrscheinlich von dem durch den Raum geflogenen schweren Gaskamin stammte. Dieser lag unweit der Betten auf dem Boden und war an einer Ecke sichtlich blutig und mit Fleischfetzen bedeckt.

Die Frau war ebenso staubbedeckt wie ihr Mann, hatte aber keine sichtbaren Verletzungen. Sie lag auf dem Rücken im Bett, ihr Kopf hing über die Bettkante herab. Der später eintreffende Rettungsarzt stellte fest, daß sie mit großer Wahrscheinlichkeit an einem Genickbruch gestorben war. Er nahm an, daß sie im Liegen entweder vom Oberteil der Aufsatzkommode oder dem Fernsehapparat getroffen worden war und ihre Halswirbel dem Schlag nicht standgehalten hatten.

Etwa eine Viertelstunde nach der Explosion trafen auch der Stadthauptmann und zwei Kriminalbeamte aus dem Kommissariat Margareten ein. Der Stadthauptmann informierte sich kurz über das Vorgefallene, zog sein Handy und ließ über die Polizeifunkzentrale den Führer der Mordgruppe 2, Oberst Stern, verständigen.

Stern erhielt den Anruf, als er mit seiner Familie im Restaurant Zimmermann saß und den ersten Schnitt in sein goldbraunes Cordon bleu machte. Er entschloß sich, wenn auch hastig, zu Ende zu essen. Dann rief er nacheinander Wasenegger, Berger IV. sowie Trautmann an und beorderte sie in den Domeshof. Die Suttner ebenfalls zu informieren, hielt er für nicht notwendig. Die sollte ruhig mit ihrer Mutter einen netten Abend verbringen.

Wasenegger lag mit seiner Frau bereits im Bett und verfolgte im Fernsehen eine amerikanische Komödie.

Berger IV. schaute sich eben mit Frau und Kindern den Film *Excalibur* auf Video an.

Trautmann stand unter der Dusche, als er Sterns Anruf erhielt.

Alle drei hätten am liebsten ihr Handy entweder gegen die Wand oder aus dem Fenster geworfen. Aber natürlich machten sie sich trotzdem fertig, steckten ihre Waffen ein und fuhren zum Domeshof.

Sie kamen zu einer lebhaften Debatte von Hausbewohnern dazu, die sich, weil sie die wahre Explosionsursache noch nicht erfahren hatten, in allerhand Vermutungen ergingen.

Allgemein glaubte man an eine Bombe, konnte sich aber nicht erklären, wie diese in die Wohnung gekommen und gezündet worden war. Der Hawlicek hatte sich zwar mehrfach für im Bau wohnende Ausländer eingesetzt – aber hatte man ihn deshalb einfach in die Luft gesprengt? War die kleine Hawlicek vielleicht auch von Rechtsextremisten umgebracht worden oder ihr Tod nur ein zufälliges Zusammentreffen mit dem der Eltern gewesen? Wieso waren die Dienst und ihr Hund eigentlich vor der Wohnungstür der Hawliceks gewesen, wenn sie doch auf einer anderen Stiege gewohnt hatten? Andererseits: Was würde jetzt mit der erst vor kurzem basisrenovierten 6er-Stiege werden? Würde deren neuerliche Renovierung zu Lasten der an der Explosion unschuldigen Hausbewohner gehen, oder würde eine Versicherung den Schaden zahlen?

Fragen über Fragen, die immer hitziger debattiert wurden, bis der Einsatzleiter der Feuerwehr dem ein Ende machte. Er verkündete öffentlich, die Explosion sei durch ausgeströmtes Gas aus freiwillig geöffneten Hähnen verursacht worden, was eindeutig auf einen Doppelselbstmord der Hawliceks schließen ließe. Jedenfalls wäre deren Wohnungstür versperrt gewesen, und die Schlüssel hätten innen gesteckt, also hätten nur sie das Gas ausströmen lassen können.

Stern, Wasenegger, Berger IV. und Trautmann kamen zu dem Schluß, daß sie hier im Grund unnötig waren, und brachen ihren Einsatz ab.

Stern rief im Restaurant Zimmermann an und erfuhr, daß seine Familie bereits das Lokal verlassen hatte. Er fuhr nach Hause, um den Abend wenigstens einigermaßen familiär ausklingen zu lassen.

Auch Berger IV. fuhr weg.

Wasenegger und Trautmann hatten keine Lust, ebenfalls nach Hause zu fahren. Sie schauten sich nach einem Lokal um, entdeckten an der nahen Ecke Margaretengürtel/Schönbrunner Straße ein Gasthaus und gingen hinein.

Wie sich Wasenegger zu erinnern glaubte, war hier in seiner Kinderzeit eine große und immer gut besuchte Stehweinhalle gewesen. Jetzt gehörte das Lokal einem Türken. Es war zwar noch immer groß, aber keine Stehweinhalle mehr.

Das Lokal war schlecht beleuchtet. Die meisten der viel zu vielen Tische waren unbesetzt. In einer Ecke stand ein Fernsehapparat, der sehr laut und schlecht eingestellt war. Davor saßen einige jüngere Türken, die sich ein Match von Galatasaray gegen irgendwen ansahen.

Wasenegger und Trautmann bestellten sich je eine Portion Döner Kebab und ein großes Bier. Der Wirt brachte das Verlangte und ein paar große Stücke türkischen Brots. Sie begannen zu essen und über die Morde zu reden.

»Merkwürdig ist«, sagte Wasenegger mit vollem Mund, »daß bei den ganzen Lustmorden, wenn wir einen Täter finden, nie ein Ausländer drunter ist. Bisher waren alle noch Österreicher.«

»Das kommt vielleicht daher«, meinte Trautmann, »daß die Ausländer, mit denen wir zu tun haben, doch andere Menschen sind.«

Er schaute Wasenegger an. »Nicht, daß ich das rassistisch mein', Karli. Die Ausländer sind genauso ungut wie unsere Leut', wenn's drauf ankommt. Aber wenn die morden, machen s' das entweder aus Eifersucht oder weil s' von einem Landsmann *gelegt* worden sind. Oder aus Blutrache oder so was. Aber zum Morden aus Lust sind die viel zu normal – oder, wennst willst, primitiv. Komplexler sind immer nur unsere.«

Wasenegger nickte. »Unsere Gruppe und auch die anderen haben schon genug ausländische Mörder *müllisiert*. Die bringen zwar auch Weiber um, aber nicht aus Lust. Die Ausländer kennen als Motive Habgier, Haß, Rachsucht oder gekränkte Ehre.«

»Es gibt eben vor allem bei uns Männer, die sexuell nicht richtig ticken«, sagte Trautmann. »Ich als normaler Mensch kann mir zwar vorstellen, daß einer eine erwachsene Frau vergewaltigt und umbringt, weil er halt einen Haß auf die Frauen hat. Aber daß er so was einem Kind antut, ist mir zu hoch.«

»Mir auch«, brummte Wasenegger.

Er trank das Bier aus, winkte dem Wirt, bestellte ein zweites und sagte mehr zu sich als zu Trautmann: »Das Ungute ist, daß es, glaub' ich, nicht bei den zwei Kindern bleiben wird. Nachdem, was die Psychiater sagen, kommt bestimmt noch ein drittes Opfer, eine erwachsene Frau, dazu.«

Trautmann bekam wieder seinen stumpfen Blick. »Auf das, was die Psychiater sagen, wird geschissen. Die sind ja selber teppert. Und wenn sie mit noch so vielen gescheiten Beweisen auffahren. Ihr obergescheites Täter-Profil können s' als Häuslpapier verwenden.«

»Jetzt redest wie der alte Otto«, meinte Wasenegger. »Der hat auch immer gesagt, daß die Psychiater selber ins Narrenhaus gehören.«

»Weil er kein Trottel war«, bemerkte Trautmann und bestellte sich beim Wirt ebenfalls noch ein Bier. »Der Otto Hotwagner war sicherlich ein guter Mann. Nur daß ihr mich immer wieder mit ihm vergleichts, geht mir halt auf den Hammer. Er war eben er, aber ich bin ich.«

Wasenegger grinste. »Das wissen wir eh. Es ist halt nur so, daß wir den Otto eben im Blut haben und er für uns immer ein bißl dasein wird, auch wenn er nimmer lebt.«

Trautmann sagte nichts darauf. Es war ja auch nichts zu sagen.

Es gab in allen Kommissariaten legendäre Figuren, die nach ihrem Tod noch um eine Spur lebendiger als vorher waren. An denen andere immer wieder gemessen wurden.

Er würde nie eine solche Figur werden. Trautmanns gab es bei der Polizei wie Sand am Meer. Leute, die ihr Bestes gaben, was aber meist um eine Spur zu wenig war. Er war ein gewöhnlicher *Pflasterhirsch* und würde nie zur Legende werden. Sobald er *die Patschen beutelte* oder in Pension ging, würde er vergessen sein.

Legenden hatten immer Ideen. Kamen aus dem Bauch heraus auf eine Spur. Er blieb immer schon im Ansatz stecken. Zerbrach sich den Kopf über die Frage, wann und warum einer eine Kappe trug. Einer, der wie ein Vieh mordete. Obgleich ein Vieh überhaupt nie mordete. Zumindest nicht aus den gleichen Motiven wie der angeblich höherstehende Mensch.

Trautmann schaute lustlos auf das zweite Bier, das der Wirt mit freundlichem Lächeln vor ihn hinstellte.

In der Ecke der Türken brandete plötzlich lauter Jubel auf, weil vermutlich Galatasaray ein Tor geschossen hatte.

Durch das große Fenster sah Trautmann die Einsatzwagen der Feuerwehr zum Stützpunkt zurückfahren. Diese Burschen hatten es gut. Machten ihre Arbeit, und wenn sie damit fertig waren, fuhren sie heim. Denen konnte es wurscht sein, warum es gebrannt hatte oder warum etwas explodiert war.

12

Am nächsten Tag, dem Ostermontag, berichteten die Nachrichtensendungen des Fernsehens über den Tod der Hawliceks und zeigten nochmals das Foto von Annabella – mit den üblichen Aufrufen an die Bevölkerung, bei der Lösung des Falles mitzuhelfen.

Die MG 2 hatte frei und traf erst am folgenden Dienstag, dem 1. April, wieder in ihrem Dienstzimmer zusammen.

Berger IV. hatte noch nicht einmal die Espressomaschine eingeschaltet, als der kleine Hofrat Tamandl in den Raum fegte. Er war natürlich von Stern schon am Ostersonntag über die Vorgänge im Domeshof informiert worden, wollte aber alles nochmals detailliert hören. Während Sterns Bericht wurde sein Gesicht immer röter.

Dann explodierte er und sagte mit kippender Stimme: »Alles schön und gut, Oberst – aber das weiß ich bereits. Ich will aber umgehend wissen, was die Gruppe des weiteren zu unternehmen gedenkt!«

Tamandl zog Kreise durchs Dienstzimmer, blieb vor jedem Mitglied der Gruppe kurz stehen und fixierte sein Gegenüber mit stechendem Blick. Dann stellte er sich vor das Fenster und sagte: »Meine Herren – und die Dame! Sie wissen wie ich, daß wir nicht zur Verwaltung der Kriminalität, sondern zu deren Aufklärung Polizisten geworden sind! Die Bevölkerung will von uns Ergebnisse und nicht bloß im Fernsehen lancierte Aufrufe zur Mitarbeit sehen!«

Er drehte sich um, ging zu Bergers Schreibtisch und hob den darauf liegenden Packen Zeitungen hoch. Er ließ ihn knallend wieder auf die Tischplatte fallen und sagte: »Die Presse, meine Herren! Schon gelesen?«

»Nein, Herr Hofrat«, antwortete Stern ruhig. »Wir werden das nachholen, obgleich wir sicher nichts Neues erfahren werden.«

Tamandl hob das zuoberst liegende *täglich Alles* hoch und las dozierend die Schlagzeile. »Quosque tandem … Wie lange noch darf der Sexualmörder frei herumlaufen?«

Dann die *Kronen Zeitung*. »Nach Tod von Annabellas Eltern: Wiener Polizei im Kreuzfeuer der Kritik.«

Auch alle anderen Blätter schrieben in einem ähnlichen Tonfall und forderten geeignete Maßnahmen zur Aufklärung der Verbrechen. Außerdem wärmten sie die Simmeringer Morde neu auf – sowie vier weitere ungeklärte Morde an Frauen aus der jüngeren Vergangenheit.

Tamandl hustete demonstrativ und öffnete das Fenster, obgleich der Raum noch vergleichsweise rauchfrei war. Nur Wasenegger und Trautmann pafften. Dann stellte er sich vor den um einiges größeren Stern und wollte erneut loslegen, als das Telefon auf Waseneggers Schreibtisch läutete.

Wasenegger hob ab, meldete sich, horchte und fragte dann den Anrufer: »Und das stimmt? Oder soll das ein saudummer Aprilscherz sein?«

Er horchte wieder und sagte: »Ist gut. Danke. Wir kommen sofort.« Dann legte er auf, schaute auf Berger und sagte: »Beeil dich mit dem Kaffee, Burli. Sonst brauchen wir ihn nimmer.« Und zu den anderen: »Wir wissen jetzt, wo die kleine Annabella umgebracht worden ist. In einer Bauhütte zwischen dem Gaudenzdorfer und dem Margaretengürtel. Schräg vis-à-vis vom Domeshof. Dort werden Erdarbeiten gemacht, deshalb gibt es die Bauhütte. In der haben heut' früh die Arbeiter eine Blutlache und ein blutiges Kinderhoserl gefunden.«

Daraufhin brach Hektik aus.

Tamandl wäre am liebsten sofort weggefahren, aber die Leute der MG 2 tranken noch hastig ihren Kaffee, was keine fünf Minuten dauerte.

Dann fuhr die Gruppe mit Tamandl, der sich das nicht nehmen ließ, in drei Autos zu der Bauhütte. Diese stand im Niemandsland, auf einem etwa vierzig Meter breiten Grünstreifen zwischen den Gürtelfahrbahnen.

Vor der Bauhütte warteten einige Arbeiter und der Partieführer.

»Ich heiß' Burggraf und bin der Vorarbeiter hier«, stellte sich der Partieführer vor. »Wie wir heut' in der Früh gekommen sind, haben wir sofort gesehen, daß unsere Hütte aufgebrochen worden ist. Fehlen tut zwar nichts, aber … Na, schauen S' selber. Verändert haben wir nichts.«

Stern betrat als erster die kleine Bauhütte, in der es einige Hokker, einen Tisch und jede Menge Werkzeuge gab. Die eingetrocknete Blutlache seitlich des Tisches war nicht zu übersehen. Auch nicht das vor Blut steife Höschen, das an einer der Schaufeln hing.

Stern verließ die Hütte und ordnete an: »Vorläufig geht keiner hinein. Wir nicht und die Arbeiter auch nicht.« Dann zog er das Handy und rief den Erkennungsdienst an.

An diesem Tag war das Wetter zumindest ein bißchen besser. Es gab weder Regen noch böigen Wind. Es sah danach aus, als würde bald die Sonne durch die Wolkendecke brechen und ein paar wärmende Strahlen zur Erde schicken.

Um 8.40 Uhr traf der Bus des Erkennungsdienstes ein, und die Spurensicherer gingen an die Arbeit. Sie ließen nur Stern in die Hütte, was Tamandl zwar aufregte, er aber nicht zu ändern vermochte. Die EKD-Leute unterstanden nicht seinem Kommando, sondern waren eine selbständige Gruppe.

Um 8.45 Uhr bremste sich der Journalist Göttlicher, Mitarbeiter einer Tageszeitung, vor der Bauhütte ein und wurde von Wasenegger sofort in die Schranken gewiesen.

»Du kannst gleich wieder retour fahren«, brummte er Göttlicher an. »Vorläufig gibt's für dich und die anderen Schmierer weder was zu sehen noch zu wissen.«

»Du bist ein komplettes Arschloch«, regte sich Göttlicher auf. »Der alte Otto wär' nicht so *etepetete* wie du gewesen und hätt' mir wenigstens einen kleinen *Zund* gegeben. Ich hab' halt den EKD-Wagen fahren gesehen und bin ihm nach, weil ich mir denkt hab', wegen nichts fahrt der nicht aus.«

»Denk lieber nicht, und laß den Hotwagner in seinem Grab«, mischte sich Trautmann ein. Er hatte wieder seinen stumpf-kalten Blick. »Zuerst machen wir unsere Arbeit, dann kannst du die deine machen.«

Tamandl, der um Schadensbegrenzung bemüht war und die Zeitung nicht noch mehr gegen die Polizei aufbringen wollte, schlug sanftere Töne an. Er ersuchte Göttlicher, sich vorläufig in ein Café zu setzen, wo er später von ihm persönlich näher informiert werden würde.

»Na gut«, murrte Göttlicher. »Setz' ich mich halt ins *Industrie*, das schon offen hat.« Dann fuhr er davon.

»Weiß jemand, wo dieses *Industrie* ist?« fragte Tamandl seine Leute.

»Das weiß jeder«, brummte Wasenegger. »Gleich da, Ecke Arbeitergasse/Gürtel.«

Berger setzte hinzu: »Im *Café Industrie* hat der Otto einmal einen ganz heißen *Zund* gekriegt. Das war im Fall des Chirurgen, der mit zwanzig oder mehr Messerstichen umgebracht worden ist. In seiner Ordination in der Blindengasse. Vor drei oder vier Jahren, Hofrat.« Und dann: »Wir haben heut' noch kein Frühstück g'habt. Ich könnt' uns ein bißl was holen.«

Er ging zu einem der Autos, fuhr weg und kam nach etwa zwanzig Minuten mit einem großen Plastiksack Leberkässemmeln zurück. »Ich weiß nicht, von was die Leut' hier leben«, sagte Berger mürrisch. »Ich hab' bis zur Station Gumpendorfer Straße fahren müssen, bis ich was 'kriegt hab'.«

Er öffnete den Sack und verteilte die Semmeln, die alle dick belegt waren. »Vom Roßfleischhacker. A la bonheur.«

Tamandl gab seine Semmel sofort zurück, weil er sich vor Pferdefleisch ekelte. Seine Mutter hatte ihm schon als Kind eingedrillt, daß nur arme Leute Pferdefleisch essen würden, und daran hatte er sich auch als erwachsener Mann gehalten. Als er aber sah, mit welchem Genuß seine Leute aßen, fühlte er sich doch frustriert. Er nahm sich vor, demnächst ein paar Deka Pferdeleberkäs zu versuchen. Schließlich aß ja auch der Oberst Stern welchen.

Er kämpfte kurz mit sich und sagte dann: »Dieses *Café Industrie* ist also am Gürtel, ganz in der Nähe?«

»Ja«, sagte Wasenegger. »An der Ecke Arbeitergasse.«

»Dann gehe ich zu Fuß dorthin und versuche, diesen Journalisten für uns amikal zu stimmen«, sagte der kleine Hofrat. »Eine Buttersemmel wird man dort ja bekommen können?«

»Dort kriegen Sie alles, Herr Hofrat«, grinste Berger IV. »Nur unsern Mörder nicht.«

Tamandl überhörte diese Geschmacklosigkeit und watschelte in Richtung Arbeitergasse davon.

Trautmann konnte nicht an sich halten und sagte zu Berger: »Wennst im Schädel soviel wie in der Goschn hättest, wärst auch schon Hofrat, Burli.«

Berger verschluckte sich beinahe und brummte zu Trautmann: »Und du führst schon den gleichen Spruch wie unser alter Otto. Nur daß d' statt Gruppeninspektor ein Abteilungsinspektor bist.«

Kurz darauf hatten die EKD-Leute ihre Arbeit abgeschlossen und ließen auch Wasenegger, Berger, die Suttner und Trautmann in die Bauhütte.

»Wir haben alles dokumentiert«, erklärte der Gruppenführer Mag. Trautenberger. »Sicher ist der Mord an der Kleinen in dieser Hütte begangen worden. Wir haben Abstriche von Blut und möglicherweise auch von Sperma. Auf dem Boden waren auch, so scheint es uns, Hautfetzen, ein abgebrochener Nagel sowie Haare zu finden. Sobald wir alles analysiert haben, kriegt ihr Bescheid. Jetzt können auch die Bauarbeiter wieder in die Hütte.«

Kurz vor 10.30 Uhr kamen die Leute der MG 2 ebenfalls ins *Café Industrie* und setzten sich zu Tamandl und Göttlicher.

Tamandl hatte inzwischen Göttlicher einen großen Braunen, eine Flasche Bier und zwei Schnäpse gezahlt und wie eine Maschine auf ihn eingeredet. Denn die Zeitung, für die Göttlicher arbeitete, war zwar nicht gerade sein Blatt, aber mächtig. Es gab keine Lobby, in der nicht einer ihrer Leute herumhing. Darum hatte Tamandl auch nicht vergessen, einige Male zu erwähnen, daß eigentlich er, Hofrat Tamandl, die MG 2 führte. Es fraß ja schon lange an ihm, daß einer seiner Kollegen immer mit vollem Titel genannt wurde, er aber nicht. Und es wäre doch wirklich nett, in einem Bericht über ein geklärtes Verbrechen den Satzanfang *Unter Führung von Hofrat Dr. August Tamandl gelang es der Kriminalpolizei* ... zu lesen.

Außer Tamandl und Göttlicher saßen zwei alte Zeitung lesende Männer an den Tischen. Vor dem Dart stand ein massiger Mann, der seine Pfeile ins Zentrum zu werfen versuchte, aber wenig Erfolg dabei hatte. Die Kellnerin war damit beschäftigt, die Tische zu decken. Vermutlich aßen hier ziemlich viele Leute das Mittagsmenü.

Stern berichtete dem Hofrat und Göttlicher, was der Erkennungsdienst in der Bauhütte festgestellt hatte. Er ließ aber Einzelheiten, wie die möglichen Spermaspuren, Hautfetzen und den abgebrochenen Nagel, aus.

Tamandl nahm den Bericht zur Kenntnis. Aus den Augenwinkeln schaute er auf Göttlichers Notizblock und war zufrieden, als er sah, daß Göttlicher den *Leiter aller Mordgruppen, Hofrat Dr. August Tamandl,* mehrmals in seinen Notizen festgehalten hatte.

Um 11.15 Uhr erhielt Oberst Stern einen Anruf vom Sicherheitsbüro. Dort hatte sich ein anonymer Anrufer gemeldet und angegeben, die Polizei solle einen gewissen Ludwig Stößl überprüfen. Der Mann wohne in Margareten, in Gürtelnähe, und sei nicht richtig im Kopf. Zumindest, sagte der Anrufer, befasse sich dieser Stößl immer wieder mit Kindern, hauptsächlich kleinen Mädchen. Und er sei, obwohl er als ungefährlich gelte, überhaupt nicht koscher.

Stern bedankte sich, sagte den anderen aber vorläufig nicht, was er erfahren hatte.

Er wartete, bis Hofrat Tamandl mit Göttlicher, der ihn ins Sicherheitsbüro bringen wollte, wegfuhr und informierte erst dann seine Leute.

Trautmann rief das Zentralmeldeamt an und erfuhr, daß ein Ludwig Stößl, geb. am 28. 4. 1929 und verheiratet, im 5. Bezirk, in der Siebenbrunnengasse 42, gemeldet war.

Stern schaute auf die Uhr und sagte zu Trautmann: »Du kannst mit der Monika dort ermitteln, was es mit diesem Mann auf sich hat. Mir erscheint er als Jahrgang 1929 zwar ein bißchen zu alt für die letzten Morde, aber was weiß man. Wir anderen fahren ins *SB* zurück, essen und gehen dann dem EKD auf die Nerven.«

Dann zahlte er und verließ mit Wasenegger und Berger IV. das Café.

Trautmann und die Suttner entschieden sich dafür, noch schnell was zu essen. Trautmann bestellte sich eine Flasche Bier und das Mittagsmenü aus Suppe, Wiener Schnitzel und einer kleinen Mehlspeise. Monika Suttner nahm einen Salatteller und ein Glas Soda.

Nachdem sie gegessen hatten, gingen sie zu ihrem bei der Bauhütte geparkten Wagen und fuhren in die Siebenbrunnengasse.

Trautmann und die Suttner wurden zunächst von der massigen Frau Stößl nicht eingelassen. Beide mußten sich mit Dienstausweis und *Kokarde* legitimieren, ehe sie ihnen, noch immer mißtrauisch, die Tür freigab.

Ludwig Stößl saß am Küchentisch und las in einem bereits zerfledderten Comicheft über die Abenteuer von Lucky Luke. Auf dem Tisch lagen weitere ebenso zerfledderte Hefte.

Stößl war ein drahtiger Mann, schaute jünger aus als er war und hatte, obwohl es in der Küche warm war, einen grauen, flachen Schnürlsamthut auf dem Kopf. Dessen hintere Krempe war so an den Hutkorpus gepreßt, daß man diesen Hut von weitem ohne weiteres für eine Sportkappe halten konnte.

Stößl schaute nicht auf, als Trautmann und die Suttner hereinkamen, sondern las schmunzelnd und die Lippen bewegend die Sprechblasen in den Bildern.

»Wiggerl«, sagte Frau Stößl zu ihrem Mann. »Wiggerl! Die Polizei ist da und will was von dir! Hast was g'macht?«

Stößl blickte sie an und antwortete monoton: »Wiggerl nix gemacht. Polizei wieder gehen.« Und mit aggressivem Unterton: »Wiggerl jetzt lesen! Polizei uninteressant. Andere Firma gehen. Dort fragen.«

Dann las er, wieder die Lippen bewegend, weiter.

»Wissen S' was«, sagte Frau Stößl, »kommen S' mit ins Zimmer. Und sagen S' mir, um was es geht. Mit dem Mannsbild ist ja nicht zu reden, wenn er nicht will.«

Im Zimmer bot sie Trautmann und der Suttner Stühle an und begann zu lamentieren. »Was ich mit dem Menschen mitmach', geht auf keine Kuhhaut. Er ist ja ärger wie ein kleines Kind! Tag und Nacht muß ich auf ihn aufpassen! Manchmal geht er spazieren, sagt, er kommt gleich wieder – und dann bleibt er zehn Stund' aus, und ich glaub' schon, es ist ihm was passiert!«

Dann fragte sie abrupt: »Wegen was seids denn ihr jetzt kommen und gleich zu zweit? Hat der Wiggerl was Polizeiliches angestellt?«

»Nein«, sagte Trautmann. »Ich glaub' eher nicht. Wir kommen nur, weil wir … «

Dann entdeckte er einen Aschenbecher auf dem Tisch und fragte: »Darf ich?« Wartete die Antwort nicht ab und drehte sich eine Zigarette. Zündete sie an, paffte kurz und fragte: »Was hat denn eigentlich Ihr Mann, Frau Stößl? Ich mein', irgendwie dürft' er ja ein bißl behindert sein.«

»Ein bißl ist gut«, brummte die Frau. »Einen Klopfer hat er, wie ein Eckhaus! Dabei war er vorher … Ein Aneurysma sagen die Ärzte dazu. Ihm ist, wie er kurz vor sechzig war, im Hirn eine Ader geplatzt, und seitdem ist er – teppert. Aber nicht direkt. Ich mein', er weiß schon, was er tut, und hilft mir auch im Haushalt. Geht einkaufen, wenn ich ihm einen Zettel mitgeb', und alles. Mit die Händ' kann er sozusagen noch fast alles wie früher, als er noch Bauarbeiter war. Aber weil ihm im Hirn was 'platzt ist, ist er irgendwie kopfmäßig wie ein kleines Kind geworden. Er redet wie ein Kind, liest Kinderbüchln und schaut sich im Fernsehen Kinderfilme an. Wenn man ihm was sagt, muß man auch wie zu einem kleinen Kind reden, weil er den Wortschatz von unsereinem nicht mehr hat.«

»Tragisch«, sagte die Suttner. »Das tut uns leid.«

»Glauben S', mir nicht?« sagte die Stößl. »Aber was ist, das ist halt.« Sie schaute die beiden an und fragte: »Also, wegen was seids ihr 'kommen?«

Trautmann machte rasch zwei Züge, ehe er antwortete. »In der Gegend sind zwei Mädchen ermordet worden. Wissen Sie das?«

»Logisch. Es war ja im Fernsehen. Aber was hat das mit meinem Mann zu tun?«

Plötzlich lief Frau Stößl rot an und sagte fast tonlos: »Sie werden doch nicht glauben … « Dann unvermittelt schrill: »Sie werden doch nicht glauben, daß das mein Wiggerl war?«

»Aber nein«, sagte Trautmann beruhigend und schaute sie mit seinem wärmsten Blick an. »Vorläufig glauben wir gar nichts, Frau Stößl. Wir müssen halt nur jedem Hinweis nachgehen.«

»Hinweis?!« regte sich die Frau auf. »Hinweis! Da bringt ein Viech Kinder um, und ein anderes Viech geht her und zeigt den Wiggerl an, weil der manchmal mit Kindern spielt!« Und fast bittend: »Da ist doch nichts dabei, Herr Inspektor! Überhaupt nichts! Das ist ja dem seine Krankheit! Mit Erwachsenen kann er ja nicht reden. Will er auch nicht, weil ihn die wie einen Teppen behandeln. Es nehmen ihn ja nur die Kinder im Einsiedlerpark wie er ist. Nur die Kinder! Aber die sind doch seine Freunde. Die wird er doch nicht umbringen!«

»Bitte, beruhigen Sie sich doch«, bat die Suttner. »Wir fragen doch nur, wie wir hundert und mehr Leute fragen!«

Und Trautmann setzte hinzu: »Nach dem, was wir von Ihnen gehört haben, kommt Ihr Mann nicht in Frage. Außerdem müßt' er in der letzten Zeit zweimal mit blutigen Kleidern nach Haus' gekommen sein – und das ist er doch nicht?«

»Aber woher denn! Der Wiggerl kommt überhaupt nie mit einem dreckigen G'wand nach Haus'! Und schon gar nicht mit einem blutigen! Überhaupt! Was mein Wiggerl ist, so sammelt der auf der Straße jede Raupe auf und tragt sie zum Randstein, damit keiner drüberfahrt! Wie soll denn der ein Kind abstechen, wie's im Fernsehen geheißen hat? Und vorher noch vergewaltigen! Wir haben doch selber zwei Kinder! Einen Buben mit sechsunddreißig und ein Mädel mit achtundzwanzig! Und drei Enkerln! Die sind doch sein ein und alles!«

Daraufhin fragte Trautmann nur mehr formhalber, ob Ludwig Stößl während der Osterfeiertage und am 16. März allein unterwegs gewesen war.

»Was am 16. März war, weiß ich nicht mehr«, sagte Frau Stößl. »Aber zu Ostern ist er zu Haus' gewesen, weil's doch schlechtes Wetter gab und er eh ein bißchen verkühlt war. Nur am Ostersamstag ganz in der Früh ist er beim *Mondo* am Gürtel einkaufen g'wesen.«

Daraufhin hakten Trautmann und die Suttner Ludwig Stößl vorläufig ab. Sie verabschiedeten sich und fuhren ins Sicherheitsbüro zurück.

13

Die folgenden Tage brachten nichts Neues.

Das Labor stellte fest, daß das Blut und das blutige Höschen in der Bauhütte eindeutig von der kleinen Annabella stammten, aber das hatten die Leute der MG 2 sowieso angenommen.

Auch die gerichtsmedizinische Untersuchung ergab nur das, was ohnehin schon bekannt war. Annabella Hawlicek war am Karsamstag vergewaltigt und anschließend ermordet worden.

Im vorläufigen Bericht, den die Mitglieder der Mordgruppe 2 erhalten hatten, las sich das so: *A. Hawlicek ist mit an Sicherheit grenzender Wahrscheinlichkeit mit Gewalt zum Tatort (Bauhütte) verbracht worden. Davon zeugen starke Blutunterlaufungen an den Armen. Anschließend wurde sie gewürgt und vergewaltigt. Epiglottis (Kehldeckel) und Larynx (Kehlkopf) weisen starke Druckstellen, aber keine tödlichen Verletzungen auf. Das Hymen wurde penetriert. Es finden sich auch leichtere Verletzungen am Ostium vaginae (Scheideneingang) und Praeputium clitoridis (Vorhaut des Kitzlers), jedoch keinerlei Spermaspuren; weder in der Vagina noch auf den sie umgebenden Hautflächen. Der Tod der Obduzierten ist zweifelsfrei durch tiefreichende Durchtrennung der Aorta carotis communis bis zur Trachea erfolgt.*

Außerdem stand im Bericht, daß unter den Fingernägeln des Opfers Hautfetzen gefunden worden waren, die mit großer Wahrscheinlichkeit vom Täter stammten. Diese waren mit entsprechenden Präparaten von Hautresten aus den Simmeringer Morden und dem im Haydnhof verglichen worden und wiesen dieselbe Herkunft auf. Und wie erwartet war die Durchtrennung der Halsschlagader auch wieder mit einem Messer mit einer wellengeschliffenen oder ausgezackten Klinge erfolgt.

»Das heißt«, resümierte Wasenegger, »daß die Kleine genauso wie die anderen *gemacht* worden ist. Außer, daß der Täter diesmal keinen Samenerguß gehabt hat.«

»Fragt sich, warum nicht«, merkte Berger IV. an.

»Das spielt doch keine Rolle«, sagte Stern. »Der Täter kann gestört worden sein oder die Erektion verloren haben – was weiß ich ... Vielleicht hat er ein Kondom ... «

Trautmann schaute vor sich hin und wagte sich tastend zu einer Überlegung vor: »Ich bin zwar schon lang genug bei der *Kiberei*, aber eins frag' ich mich bei solchen Sachen immer wieder. Wie bringt ein Mann seine Nudel ...«, er verbesserte sich mit einem Seitenblick auf die Suttner, »sein Glied in die Scheide von einem kleinen Mädchen?«

»Na, mit Gewalt«, brummte Wasenegger. »Außerdem gibt's doch auch Männer mit einem Kleinen, oder?«

Stern legte den vorläufigen Befund der Gerichtsmedizin in die Mappe mit der Aufschrift ANNABELLA HAWLICEK zurück. Er bemerkte trocken: »Wenn wir den Täter haben, könnts ihn das selber fragen, Burschen. Wir geh'n's wieder mit Volldampf an.«

In den folgenden drei Wochen ging die Mordgruppe 2 zahlreichen Hinweisen nach. Verdächtige Personen, die in Telefonanrufen genannt worden waren, wurden einvernommen und überprüft, doch das brachte nichts. Und obgleich es eher eine Verzweiflungshandlung war, klapperten Stern, Wasenegger, Berger, die Suttner und Trautmann alle Geschäfte ab, die Tauchermesser verkauften. Wenn sich ein Verkäufer an einen Kunden, der ein solches Messer gekauft hatte, erinnern konnte und diesen auch namhaft machte, stießen sie aber lediglich auf Personen mit einem wasserdichten Alibi. Vermutlich kam bei der Aktion deshalb nichts heraus, weil der Täter möglicherweise für alle seine Morde dasselbe Messer benutzt hatte. Kein Verkäufer konnte sich natürlich daran erinnern, wer vor zirka neun Jahren – so lange lagen ja die Simmeringer Morde zurück – ein solches Messer gekauft hatte.

Trautmann biß sich an der Frage fest, wer wann warum eine Kappe trägt. Er hatte die Idee, sich in Spitälern, die Chemotherapien durchführten, Listen all jener Patienten zu besorgen, die altersmäßig in Frage kamen und einen irreparablen Haarausfall erlitten hatten. Doch schon bei seinen ersten Gesprächen erntete er seitens der Ärzte und Krankenschwestern nur ein mitleidiges Lächeln. Diese Leute zu erfassen war für ein Krankenhaus so gut wie unmöglich.

Allmählich versiegten auch die gutgemeinten oder denunziatorischen Hinweise aus der Bevölkerung, und die beiden Mädchenmorde wurden über dem Wust des Alltäglichen langsam vergessen.

Gesprächsthemen waren jetzt die Verurteilung einer sadistischen Frau, die ihr Pflegekind jahrelang in eine sargähnliche Holzkiste gesperrt hatte; das verlorene Fußballänderspiel gegen Schottland; und eine dumm-freche Ansage des Fraktionsführers der Freiheitlichen Partei, der sich an die Kirche anbiederte. Er meinte, man sollte doch zugunsten des vorherrschenden und kulturprägenden Christentums in Österreich davon absehen, immer mehr art- und wesensfremde Angehörige des Islam aufzunehmen.

Ein paar Tage lang waren die Volksbegehren gegen die Gentechnik und zur Gleichstellung der Frauen ein Thema; dann wurde wieder einmal für oder gegen den designierten neuen Burgtheaterdirektor polemisiert. Außerdem gab es noch zahlreiche andere Ereignisse, welche die Leute mehr als zwei ermordete Mädchen interessierten; wie zum Beispiel das fast winterkalt gewordene Wetter oder die Verhaftung eines Schlagersängers, der zur Finanzierung seiner Sucht seine Freundin auf den Strich geschickt und selber Raubüberfälle begangen hatte. Außerdem kündigte sich in der Sozialdemokratie ein Kleinkrieg bezüglich des neu zu wählenden Parteivorstandes an, gab es die üblichen aufgeblähten Geschichteln, die sich bei näherem Hinsehen als Nichts entpuppten, aber die Leute vorübergehend doch interessierten.

Daß die alte Frau Dienst und ein paar Tage später die drei Hawliceks zu Grabe getragen wurden, interessierte nur die Hausparteien, einige Leute aus dem Viertel und die Leute der MG 2.

Aber dann schlug der Serienmörder wieder zu.

14

Am 1. Mai herrschte im sozialdemokratisch dominierten 12. Bezirk schon in den frühen Morgenstunden gesteigerte Aktivität. Allerdings war das alles nichts im Vergleich mit dem Trubel früherer Jahre, als schon kurz nach 6.00 Uhr früh Leute auf geschmückten Rädern unterwegs und die Fenster der Häuser mit der roten Fahne und den drei Pfeilen geschmückt waren. Jetzt waren nur mehr wenige Fenster dekoriert, hing nur mehr von den Gemeindebauten die rot-weiß-rote Staatsfahne, belebten nur wenige Fußgänger mit roten Papiernelken im Knopfloch die Straßen.

Der wuchtige sechsstöckige Bau der Gemeinnützigen Siedlungs- und Baugenossenschaft GESIBA, der sich seit Jahren zwischen Flurschützstraße, Aßmayergasse, Längenfeldgasse und Böckhgasse breitmacht, war weder mit der rot-weiß-roten Fahne noch mit Fähnchen geschmückt. Der Bau besitzt einen hübschen Innenhof – man betritt ihn von der Flurschützstraße her durch einen merkwürdigen Eingang. Durch seine Mauern und Säulen erinnert dieser an ein Labyrinth.

Weiters findet man in diesem *Grätzel* Ecke Längenfeldgasse einen großen *ADEG*-Markt und auf Seite der Flurschützstraße, neben dem weitläufigen Gemeindebau *Am Fuchsenfeld,* einen mittelgroßen Park; daneben erstreckt sich der jetzt nicht mehr verwendete Platz einer Straßenbahnwerkstätte, auf dem ein mächtiger querlaufender Baukran vor sich hin rostet. Auch sieht man das Firmengebäude einer einstmals sehr erfolgreichen, jetzt aber zugrundegegangenen Textilherstellerfirma. – Der Block steckt wie ein fauler Zahn im Viertel.

Im GESIBA-Bau dachte kaum jemand an den 1. Mai.

Denn die Leute, die hier wohnten, waren längst soweit arriviert, daß sie sich entweder als besserer Mittelstand oder überhaupt als Betuchte fühlten, die mit dem *Tag der Arbeit* nichts mehr zu tun hatten. Und mochten sie auch zum Teil Mitglieder der SPÖ sein, kamen sie doch nicht auf die Idee, heute zu marschieren oder irgendwo im Spalier zu stehen. Ihre Partei war ja längst in der Regierungskoalition mit der christlichen ÖVP, stellte seit Jahren den Bundeskanzler und die wichtigsten Minister, beherrschte den politikverfilzten Staat und legte auf die Meinung kleiner Mitglieder keinen Wert mehr.

Wer am 1. Mai noch marschierte, waren alte oder junge Leute, die etwas von der Partei brauchten, also Aktivität zeigen mußten; bereits in der Wolle gefärbte Sozialdemokraten, Jugendliche, die noch Illusionen hatten, und Abgeordnete, die sich wenigstens ein Mal im Jahr mit der Basis zeigen mußten; weiters alle möglichen ländlichen Musikkapellen, die mehr oder weniger gekonnt Märsche spielten und nach Beendigung des Maiaufmarsches auf dem Rathausplatz sofort in ihre Dörfer zurückfuhren.

Wirklich lebhaft waren um diese frühe Stunde, gegen 7.00 Uhr, eigentlich nur die Ausländerkinder, für die das Trara mit Marschierenden, Fahnen, Blaskapellen und dem ganzen Drum und Dran noch etwas Außergewöhnliches darstellte. Sie durchstreiften das Viertel und warteten, bis sich die ersten Anzeichen des Maiaufmarsches zeigten.

Unter ihnen waren der zehnjährige Mustafa Karandoglu mit seinen jüngeren Brüdern Ali und Mohammed. Sie hatten zwei kleine Spielzeugtrompeten, ein paar übriggebliebene Silvesterknaller und einen Miniaturhubschrauber aus grau-rotem Plastik dabei, der sich durch einen Gummizug von einer Plattform aus in die Höhe schnellen ließ. Diesem fehlten zwar schon der Rotor und ein Teil der Schwanzflosse, aber spielen ließ sich mit ihm noch allemal.

Mustafa spannte den Gummizug an, ließ den Hubschrauber aufsteigen und freute sich über den Jubel der kleineren Brüder. Alle drei schauten zu, wie der Hubschrauber in die Höhe schnellte, vom Wind erfaßt wurde, in Richtung des Eingangs des GESIBA-Hofes flog, zu trudeln begann und jenseits der Mauern wie ein Stein absackte.

Sie rannten ihm nach, bogen um Mauern und Säulen und blieben plötzlich wie angewurzelt stehen. Denn neben einem der

Seitenpfeiler lag eine regungslose Frau in einer schon getrockneten Blutlache.

Ali und Mohammed liefen sofort zur Flurschützstraße zurück, aber Mustafa näherte sich langsam der Frau. Er bemerkte, daß diese einen klaffenden Schnitt an der linken Halsseite hatte. Ihr Haar war blutverschmiert; im offenstehenden, mit Blut verkrusteten Mund fehlten einige Vorderzähne. Der Rock der Frau war hochgerutscht. Mustafa sah, daß sie eine rasierte Schamgegend hatte und es auch rund um ihren Geschlechtsteil eingetrocknetes Blut gab.

Natürlich wußte er aus den Pornovideos seines Vaters, die er sich manchmal heimlich anschaute, wie nackte Frauen aussahen, selbst gesehen hatte er aber noch keine. Seine Mutter wusch sich in seinem Beisein nicht und zog sich nur im bereits dunklen Zimmer aus.

Mustafa drehte sich um. Er vergaß auf den abgestürzten Hubschrauber. Plötzlich hatte er es ziemlich eilig, zu seinen Brüdern zu kommen.

Bevor er diese erreichte, sah er einen Streifenwagen der Polizei einbiegen und langsam die Flurschützstraße Richtung Philadelphiabrücke fahren. Mustafa rannte auf die Fahrbahn und breitete die Arme aus.

Der Streifenwagen blieb stehen. Ein Polizist und eine Polizistin stiegen aus.

»Bist teppert?« schrie der Polizist Mustafa an. »Willst, daß wir über dich drüberfahren, Tschuschenbankert?!« Und zu seiner Kollegin sagte er: »Wär' eh kein Schaden – aber den Zores, den wir kriegerten.«

»Nix teppert!« sagte Mustafa mit Nachdruck. »Polizei – Freund und Helfer! Steht auf Plakat in Wachzimmer! Ich finde tote Frau!«

»Wo denn?« fragte die Polizistin.

Ihr Kollege meinte: »In seinem Hirn. Wichtig machen will sich das Gfrast.«

Aber Mustafa ging schon voran und ermunterte die Polizistin: »Nix wichtig machen! Mustafa sehen mit eigenen Augen – dort!«

Die beiden Polizisten gingen Mustafa nach. Der Polizist zog dabei bereits ein Handfunkgerät.

»Na, servus Kaiser«, brummte er, als sie vor der toten Frau standen. »Das haben wir heut' 'braucht.«

Seine Kollegin sagte gar nichts, sondern kämpfte mit aufsteigender Übelkeit. Erst nach einer Weile meinte sie: »Ich geh' und stell' den Streifenwagen ordentlich hin.«

Der Polizist schaltete das Funkgerät ein und meldete sich: »Leo 39 an Leo. Bitte kommen.«

»Leo an Leo 39«, krächzte es aus dem Gerät. »Was gibt's? Hat der Umzug schon angefangen? Kommen.«

»Nein«, sagte der Polizist, »aber wir haben eine tote junge Frau gefunden. Moment!« Er ging die paar Schritte bis zur Tafel mit der Hausnummer. »Im GESIBA-Bau. Flurschützstraße 36. Liegt hinter dem Eingang. Ist schon länger tot, wie's ausschaut. Ist, glaub' ich, vergewaltigt worden. Hat den Hals aufgeschnitten. Kommen!«

»Fundstelle sichern!« kam es aus dem Funkgerät. »Ich veranlasse alles Nötige.«

Die Polizistin kehrte mit einer Rolle rot-weißem Plastikband zurück und klebte es an den Pfeilern des verschachtelten Eingangs fest.

Ihr Kollege sagte zu Mustafa: »Also ... Wie heißt du? Wo wohnst du? Wann und wieso hast du die tote Frau gefunden?«

Während Mustafa Namen und Adresse nannte, tauchten auch seine Brüder auf. Die Polizistin hielt sie zurück. Mustafa erzählte, daß er und seine Brüder den Aufmarsch hatten sehen wollen, vorher mit dem Hubschrauber gespielt hatten und dabei auf die tote Frau gestoßen waren.

Um 7.20 Uhr kamen die ersten Hausbewohner aus einer der vorderen Stiegen. Es waren ein alter, dicker, stiernackiger Mann mit Sportkappe, der sich beim Gehen auf einen Stock stützte, und eine etwas jüngere schlanke Frau. Beide hatten rote Papiernelken angesteckt.

»Was ist denn los?« fragte der Mann kurzatmig. »Was macht denn die Polizei in unserem Hof?«

»Man hat eine Frau ermordet«, erklärte die Polizistin. »Bitte halten Sie sich an die Absperrung – und gehen Sie nicht vorbei, wenn Sie nicht müssen.«

»Müssen tu' ich gar nichts«, keuchte der alte Mann. Seine Frau sagte hastig und mit kleiner Stimme: »Wenn da eine Tote liegt, geh' ich nicht vorbei! Ich will so was nicht sehen!«

Sie drehte sich um und ging schnell zu ihrer Stiege zurück.

»Frauen«, sagte der alte Mann zum Polizisten, »halten nichts aus, und die meine schon gar nicht. Wir Männer sind da anders.«

Der Polizist nickte zustimmend. »Logisch. Dafür sind wir ja auch Männer.«

Dann meinte er: »Es tät' vielleicht nicht schaden, wenn S' Ihnen die Frau anschauen. Vielleicht können Sie sie identifizieren.« Und mahnend: »Aber nur, wenn S' Ihnen das zutrauen! Ein schöner Anblick ist das nicht.«

Der Mann machte einen Schritt auf die Absperrung zu. »Das macht mir nichts aus. Ich war vor meiner Pensionierung bei der Rettung und hab' jahrzehntelang nur häßliche Anblicke gehabt, Inspektor.«

Er trat bis zum Plastikband vor, schaute auf die Tote und sagte: »Nie gesehen, Inspektor. Die kenn' ich nicht. Aus unserem Bau ist sie nicht, und vom Spazierengehen und Einkaufen kenn' ich sie auch nicht.« Und, nach einer Pause: »Nicht, daß ich mich als Gscheiterl aufspielen will. Aber's könnt' eine Türkin sein. Die tun sich ja alle unten rasieren.«

Dann kamen zwei junge Leute in blauen Hemden und mit roten Halstüchern aus einer Stiege.

Die Prozedur wiederholte sich. Sie schauten sich die Tote an und kannten sie ebenfalls nicht.

»Wir sind«, erzählte der junge Mann, »gestern ziemlich spät nach Haus' 'kommen. Da haben wir die Tote nicht bemerkt. Wenn sie schon dagelegen wär', hätten wir sie sicher gesehen. Weil wir sind ja direkt an der Stelle vorbei.«

Und zu seiner Begleiterin: »Es muß schon gegen Mitternacht gewesen sein, was, Gerti?«

»Ja. Eher später.«

»Wie ist denn die Beleuchtung da?« fragte die Polizistin. »Ausreichend oder eher schlecht?«

»Nicht besonders«, sagte der junge Mann. »Aber sehen tut man genug. Ich hab', bevor wir in den Hof gegangen sind, mich umgeschaut. Das tu' ich immer, weil die Gegend nicht besonders sicher und der Eingang so verwinkelt ist. Ich lass' meine Frau immer draußen warten und schau' nach, ob sich nicht einer versteckt. Weil man weiß ja nie.«

Und erklärend: »Ich trainier' schon drei Jahre Taekwondo und hab' vor niemandem Angst. Ich hab' den schwarzen Gürtel. Aber Schauen ist besser.«

Der Polizist notierte sich Namen und Türnummer des jungen Mannes und dazu: *Taekwondo-Kämpfer. Hat um Mitternacht keine Leiche gesehen.*

Dann entließ er die beiden. Auch der stiernackige alte Mann ging auf die Flurschützstraße.

Nun kamen immer mehr Leute aus den Stiegen. Der Polizist und seine Kollegin hatte alle Mühe, sie entweder zurückzuhalten oder, wenn sie unbedingt den Hof verlassen wollten, an der provisorischen Absperrung vorbeizudirigieren.

15

Kurz nach 7.30 Uhr trafen der Stadthauptmann des zwölften Bezirks, Hofrat Dr. Werner Schwager, die Journalbeamtin Mag. Irene Janczik, der leitende Kriminaloberst Max Schlichting und vier Mann der Gruppe Hornberger aus dem nahen Kommissariat Meidling auf dem vor Neugierigen wimmelnden Hof ein.

Kurze Zeit später kamen die Mordgruppe 2 und die Leute vom Erkennungsdienst. Gefolgt vom in Meidling wohnenden und trotz der frühen Stunde bereits alkoholisierten Polizeiarzt Dr. Kammerer.

Bei der Toten handelte es sich um eine auffallend zartgliedrige junge Frau zwischen zwanzig und dreißig, mit weißblond gesträhnten dunkleren Haaren. Kleidung – bis auf das Höschen – und Schuhe waren vollständig vorhanden. Die Tote trug Strümpfe mit Strapsen.

Die Frau war nach der vorläufigen Angabe des unverläßlichen, weil immer alkoholisierten, Dr. Kammerer seit etwa fünf oder sechs Stunden tot.

Ihr Körper wies außer der klaffenden Schnittwunde an der linken Halsseite noch Schnittverletzungen am Bauch und in der Vagina auf. Einige ihrer Vorderzähne waren offensichtlich ausgeschlagen worden, und um das rechte Auge hatte sie ein starkes Ringhämatom. Das Gesicht der jungen Frau war dunkel verfärbt, und man sah ausgeprägte Würgemale, was darauf schließen ließ, daß sie brutal gewürgt worden war.

Es hatte den Anschein, daß der Täter in ihrem Fall weitaus brutaler als bei den Simmeringer Morden und den zwei Mädchen vorgegangen war – wenn es sich um denselben Täter handelte.

Möglicherweise hatte sich die junge Frau auch heftiger als die bisherigen Opfer gewehrt.

Die Tote hatte weder Tasche noch Papiere bei sich, war aber augenscheinlich nicht beraubt worden, weil sie drei goldene Halsketten, eine goldene Armbanduhr mit ebensolchem Band, zwei ebenfalls goldene Armbänder und an den Fingern beider Hände mehrere Ringe trug.

Unter der Leiche wurde ein Sicherheitsschlüssel an einer kurzen Kette und einem K-förmigen Anhänger gefunden. In einer Ecke des labyrinthischen Eingangs lagen die ausgeschlagenen Vorderzähne der Toten.

Trautmann schaute sich den Schlüssel an und sagte: »Den Anhänger kenn' ich. Weil meine Gitti den gleichen zu Haus' hat. Der ist von einem *Kaindl*-Großmarkt. Es kriegen ihn Kunden, die Geschäftsleute sind und deswegen auf *Kaindl*-Großmärkten einkaufen können, wo alles billiger ist.«

»Welches Geschäft hat denn deine Gitti?« fragte Berger IV.

»Sie hat in Kaisermühlen eine Trafik und hat als Selbständige vom *Kaindl* eine Verkaufskarte und den Anhänger gekriegt«, antwortete Trautmann.

Weil die Fundstelle aus festem Beton war, fanden die EKD-Leute außer einigen Kratzern keine Spuren. Diese konnten aber auch schon vor dem Mord vorhanden gewesen sein und sagten überhaupt nichts aus. Die EKD-Leute sicherten die ausgeschlagenen Zähne und verwahrten sie in einem Plastiksäckchen.

Während Wasenegger kleine Stoffstücke sämtlicher Kleidungsstücke der unbekannten Toten auf ein steifes Formular klebte – das im Amtsgebrauch deshalb als *Kleiderkarte* bezeichnet wird –, befragten Stern, Berger, die Suttner und Trautmann die Hausparteien. Aber niemand hatte während der Nacht etwas Auffälliges gehört oder gesehen.

Einer der Kriminalbeamten des Kommissariats sah immer wieder auf die Tote und bemerkte zu seinen Kollegen: »Erst war ich mir nicht sicher, aber jetzt glaub' ich fest, daß ich das Gesicht schon einmal gesehen hab'.«

»Und wo, meinst du, könnte das gewesen sein?« fragte ihn der Kriminaloberst.

»Ja, wenn ich das jetzt so auf die Schnelle wüßt' …«, brummte der Kriminalbeamte. Plötzlich hellte sich sein Gesicht auf, und er sagte: »In unserem *Koat*! Irgendwo unter den Abgängigen!«

»Dann fahren Sie sofort zurück, und schauen Sie, ob Sie das verifizieren können«, ordnete der Stadthauptmann an.

Danach ging er zu Stern und informierte ihn: »Wenn wir Glück haben, Kollege, werden wir die Frau identifizieren können. Einer meiner Leute glaubt, daß wir sie in unserer Vermißtenkartei haben.«

Der Beamte kam nach fünfzehn Minuten zurück. Er hielt ein Formular mit Foto in der Hand. »Was hab' ich gesagt! Ein Griff und ... Das müßt' sie sein.«

Stern und seine Leute schauten sich das Fahndungsblatt an. Die Frau auf dem Foto war die Tote.

Es handelte sich unzweifelhaft um die sechsundzwanzigjährige Türkin Jarmilla Gülgel aus der im Bezirk befindlichen Tivoligasse. Sie hatte dort, auf Nummer 42, mit einer anderen Türkin namens Lalisha Göcmen zusammen gewohnt und war von dieser am 14. April als abgängig gemeldet worden.

Jarmilla Gülgels Eltern und Brüder wohnten gleichfalls in Meidling, in der Ruckergasse. Sie hatten Jarmilla vor einem Jahr verstoßen, weil sie – wie ihre Wohnungskollegin Göcmen – in der Niederhofstraße in einem miesen Nachtlokal für türkische Gastarbeiter namens *Galata Serail* als Tänzerin und sicher auch als Gelegenheitsprostituierte gearbeitet hatte.

Die EKD-Leute deckten die Tote mit einer schwarzen Plastikplane zu und fuhren danach ins Sicherheitsbüro zurück. Aus dem Kommissariat kam eine junge Polizistin, die bis zum Eintreffen des Leichentransportes Wache halten sollte.

Der Meidlinger Stadthauptmann, die Journalbeamtin und die Kriminalbeamten zogen ab. Für sie war der Fall erledigt, und es gab eine Abgängige weniger in Meidling.

Der Polizist und seine Kollegin, welche als erste bei der Toten gewesen waren, setzten sich wieder in den Streifenwagen und fuhren langsam zum Bezirkstreffpunkt der 1.-Mai-Demonstranten.

Stern teilte seiner Gruppe verschiedene Aufgaben zu: »Wasenegger und Berger fahren zu den Eltern und Geschwistern der Toten, in die Ruckergasse. Du, Trautmann, fährst in die Tivoligasse, wo die Tote gewohnt hat. Vielleicht triffst du ihre Mitbewohnerin an. Ich und Monika schauen uns diese *Blashüttn* näher an. Mit den Buben, die die Tote entdeckt haben, reden wir später. Morgen. Kann auch sein, daß wir sie überhaupt nicht brauchen. Sie haben die Tote ja nur gefunden, wissen aber sonst nichts.«

Als Wasenegger, Berger, Trautmann, die Suttner und Stern zu ihren Wagen gingen, klangen, vom starken Wind herangeweht, Marschmusik und rhythmisches Schreien auf. Offensichtlich war eine besonders aktive Gruppe der Sozialdemokraten schon am Marschieren.

16

Die Wagen der MG 2 fuhren gemeinsam die kurze Strecke bis zum Kreisverkehr in der Steinbauergasse und weiter in die Niederhofstraße, wo sie sich trennten.

Die Niederhofstraße führt von der Steinbauergasse ein bißchen schräg zur Meidlinger Hauptstraße. Man findet dort den kleinen Migazziplatz mit der Kirche des Johannes Nepomuk, einen trostlosen Park, den Meidlinger Markt, das Hauptgebäude der *Buchgemeinschaft Donauland* und einen großen *Interspar*-Supermarkt, dessen unterirdische Garage vor mehr als dreißig Jahren Schauplatz eines Verbrechens gewesen war.

Damals gehörte der Supermarkt einer Firma namens *Tivoli*. In deren Garage hatte ein Meidlinger Polizist zwei Zuhälter gelockt, die ihn wegen seiner Homosexualität erpreßt hatten. Zu dieser Zeit galt Homosexualität als Verbrechen nach § 129 Strafgesetzbuch. Die Karriere des ehrgeizigen Polizisten wäre unrühmlich beendet worden, wenn sich herausgestellt hätte, daß er homosexuell war. Das Rendezvous der drei erfolgte in der Nacht und endete damit, daß der Polizist die zwar bewaffneten, aber nichtsahnenden Erpresser kurzerhand erschoß, ihre Waffen aus dem Hosenbund zog und sie ihnen in die Hände drückte. Er gab an, die beiden auf frischer Tat bei einem Einbruch ertappt und in Notwehr erschossen zu haben. Der Polizist wurde ein paar Tage lang als Held gefeiert, dann aber durch die Aussagen einiger Prostituierter als Mörder entlarvt. Er verschwand lebenslänglich hinter Gittern.

Stern brachte seinen Wagen Ecke Ignazgasse zum Stehen. Dann stiegen er und die Suttner aus und schauten sich das euphemistisch *Galata Serail* genannte kleine Nachtlokal an, dessen innere Trostlosigkeit schon von außen erkennbar war.

Es war eine jener viertklassigen *Blashüttn* für Ausländer, deren Logen derart klein und eng sind, daß man in ihnen höchstens einen Steh- oder Schoßfick machen oder sich einen blasen lassen kann. Die Inneneinrichtung bestand aus uralten Marmortischen und farblos gewordenen Holzsesseln. Der Teppichboden sah aus, als wäre eine Elefantenherde darübergetrampelt. Auf die Wand hinter dem kleinen Podium hatte ein absolut Unbegabter ein paar Palmen und ein perspektivisch falsches Serail mit nackten Frauen gemalt, die Brüste wie das Euter einer *Milka*-Kuh und schwellende Ärsche hatten. Die Beleuchtung war schlecht; wahrscheinlich deshalb, damit man die Trostlosigkeit nicht gar so genau sah und die Besucher sich wenigstens Reste von Illusion bewahren konnten.

Jetzt war das Lokal leer – bis auf Eyüp Duncer, den Besitzer, der aufräumte. Der massige Mann hatte das Radio auf volle Lautstärke gedreht, damit die türkische Musik die jetzt überall erklingende Marschmusik der 1.-Mai-Kapellen übertönte.

Als Stern und die Suttner eintraten, befingerte Duncer seinen großkalibrigen Revolver, der im Hosenbund steckte, ließ aber die Hände davon, als sich Stern als Polizeibeamter legitimierte. Dann sagte er entschuldigend und radebrechend, daß sich »eine ehrliche Mann mit ehrliche Geschäft vor schlechtes Mensch jeder Art« schützen müsse.

»Wien nix gut. Zwölfter Bezirk nix gut. Gibt Erpressung, Schutzgeld, Streit wegen Mädels oder wegen Kunde wollen nix zahlen. Auch politisch' Sach' nix gut. Fundamentalistische Islam sein gegen Mädels, drohen, daß alle kastrieren oder bringen um. Auch mich bedrohen, aber ich immer Waffe bei mir.«

Duncer gab sofort zu, daß Jarmilla Gülgel bei ihm gearbeitet hatte, aber so wie alle anderen Frauen sozialrechtlich nicht angemeldet gewesen war.

»Macht nix«, sagte er. »Frau arbeit einmal ja, einmal nein. Brauchen nix Krankenkassa und Urlaub. Kommt, geht wie will. Österreich bedeuten Beruf machen frei.«

Darum, setzte Duncer auf Fragen Sterns fort, sei ihm das Ausbleiben der Gülgel nicht aufgefallen. Er wisse auch nicht, welchen Männern sie in seinem Lokal zu Gefallen gewesen war oder ob sie einen Freund gehabt hatte. Er war erstaunt, daß sie wahrscheinlich seit dem 13. April nicht mehr im Lokal gewesen war.

Auch für die Polizei stand die Frage, was die Gülgel seit dem

14. April gemacht hatte, nicht im Vordergrund. Wichtig war, wer sie ermordet hatte.

Die Suttner hatte eine blitzartige Eingebung. Sie fragte Duncer, ob ihm unter seinen Gästen ein Österreicher – also kein Stammgast – aufgefallen war, der eine Kappe getragen hatte.

Duncer sagte nur selbstgefällig: »Wer kommt in *Serail* – nix Hut am Kopf. Muß nehmen runter Hut oder Kapp'. Wer nicht nimmt runter, kriegen von mir Watschn! In mein' Lokal Ordnung, weil Lokal für Gentlemen. Nix Gentlemen mit Hut oder Kapp' am Kopf, wenn Damen da.«

Duncer war bereit, beim Fahnenträger des Propheten, Eyüp, dessen Namen er trug, zu schwören, daß sich außer gelegentlich einem Polizisten nie ein Österreicher in seinem Lokal blicken ließ.

»Österreich und Wien selbe wie viele Land«, erklärte er. »Alles Mensch, aber eines türkisch, anderes österreichisch, anderes Tschusch. Nix gleich Mensch. Nix mischen. Türkisch Mann, wenn allein und will Dame, kommt zu mir. Bosnisch Tschusch gehen zu *Agram Grill*. Serbisch Mann gehen Krichbaumgasse zu *Gvozden*. Kroatisch Mann gehen Zeleborgasse zu *Duschan*. Österreichisch Mann in *Gasthaus Wiener*. Miteinander nur, wenn eingesperrt von Polizei, Hufelandgasse. Nur dort Mensch sein gleiches. Aber nix, wann gehen in Lokal.«

Und nachdrücklich: »Alles Mann mit Hut oder Kapp' nur gehen auf Gasse. Sonst Watschn von Eyüp.« Er zeigte stolz seine riesigen, wurstfingrigen Hände. »Gentlemen, wenn Dame da, immer nur Kopf ohne. Zu Hause vielleicht Hut oder Kapp'. Nix bei Eyüp. Da Ordnung.«

Wasenegger und Berger IV. trafen die Familie Gülgel zu Hause an.

Auch in diesem ebenerdigen Zimmer-Küche-Loch mit Blick auf die zur Wienerbergbrücke hin ansteigende Ruckergasse spielte das Radio überlaut türkische Musik.

Die Frau stand am Herd und kochte. Der Vater saß mit einem erwachsenen Sohn am Küchentisch. Der andere Sohn schaute aus dem Fenster auf die vorbeiziehenden Marschierer und zischte: »Alles Arschloch. Kommunist. Gehören tot.« Er zog den Abzugshahn einer imaginären Maschinenpistole durch und machte »Brrrrr!«.

Wasenegger zeigte seine *Dienstkokarde* und sagte: »Polizei.« Und zum Sohn am Fenster: »Laß die draußen leben. Das sind ja eh keine Kommunisten, hörst. Nur Sozialdemokraten.«

Dann schaute er Berger an und brummte: »Sag's du ihnen, Burli. Mir ist heut' nicht danach.«

Berger IV. fragte zuerst im Amtston: »Wohnt hier die Familie Gülgel?« Und als der Vater nickte, gebremster: »Sie haben eine Tochter, die Jarmilla heißt. Stimmt das?«

Der Vater schaute auf die Tischplatte und sagte nichts.

Der Sohn am Fenster schaute auf die Gasse hinaus und war ebenfalls still.

Der Sohn am Tisch schaute auf Berger und meinte: »Jarmilla ist für uns tot. Eine Hure. Eine fremde Frau.«

Die Mutter wandte sich den beiden Kriminalbeamten zu und erklärte leise: »Ja. Haben eine Tochter. Jarmilla heißt. Aber nix mehr wohnt bei uns. Weg. Nix wissen, wo.«

Nun meldete sich auch der Vater. »Wollen auch nix wissen! Nix mehr Tochter!« schrie er haßerfüllt. »Kind hören auf Vater – brav. Jarmilla hören nicht. Hure. Weg aus Familie. Allah wissen alles. Kennt nix mehr Jarmilla Gülgel. Weg. Aus. Nie gelebt.«

Wasenegger wandte sich der Mutter zu. »Kommen S', Frau Gülgel«, sagte er so sanft wie möglich. »Setzen S' Ihnen nieder. Ich hab' Ihnen was Trauriges zu sagen.«

Die Frau starrte ihn an und begann stumm zu weinen.

»Ihre Tochter«, sagte Wasenegger, »lebt leider nicht mehr. Wir haben sie heute früh tot aufgefunden.«

Daraufhin trat Stille ein.

Man hörte die Schritte der Marschierenden in der Ruckergasse überlaut. Eine Stimme gellte: »Wir brauchen keine neuen Abfangjäger! Wir brauchen Lehrstellen für die Jugend!«

Dann begann die Blaskapelle den Kaiserjäger-Marsch zu spielen.

Gleichzeitig skandierte ein Sprechchor: »Das Rote Wien marschiert! Hoch die Sozialdemokratie!«

Plötzlich begann Frau Gülgel zu wanken und wäre mit Sicherheit hingestürzt, hätten sie ihre beiden Söhne nicht aufgefangen. Dann warf sie den Kopf zurück, schrie erst gellend und wimmerte dann.

Vater Gülgel stand auf und stellte sich Brust an Brust mit Berger, der nach seiner riesigen Kings Cup im Schulterholster tastete.

»Laß die *Puffn* stecken«, sagte Wasenegger und schob Vater Gülgel ein Stück von Berger weg.

»Regen S' Ihnen ned auf«, sagte er. »Mein Kollege hat Ihre Tochter ja nicht um'bracht.«

Vater Gülgel starrte ihn mit unverhülltem Haß an. »Scheiß Österreich. Scheiß Polizei. Scheiß alles Mensch da. Jarmilla brav, bis kommen daher. Da werden Hure. Da werden machen tot. Da! Da!! Da!!!«

Er ging zum offenen Fenster, warf es zu und stellte sich mit dem Gesicht zur schimmeligen Wand. »Da schlecht. Österreich schlecht. Türkei schlecht. Alles Land schlecht. Ganze Welt schlecht.«

Dann blieb er mit dem Gesicht zur Wand stehen und sagte kein Wort mehr, bis die Beamten die Wohnung verlassen hatten.

Vorher versuchten Wasenegger und Berger aber, von der Mutter und den Söhnen wenigstens irgendeine brauchbare Information zu bekommen. Alle drei sagten jedoch immer wieder dasselbe.

Jarmilla wäre ein braves Mädchen und dann eine brave türkische Frau gewesen.

Sie hatte in Wien die Volks- und Hauptschule besucht, dann eine Friseurlehre angetreten und nie Grund zur Klage gegeben.

Mit Männern hätte sie nie etwas zu tun gehabt, sie hätte ihnen nicht einmal ins Gesicht geschaut. Dann sei sie aber in eine türkische Volkstanzgruppe eingetreten und dort in schlechte Gesellschaft geraten. Habe alle möglichen Leute kennengelernt, die es mit der Religion nicht mehr so genau nahmen. Habe zu lügen begonnen und sei später heimgekommen, als es die Eltern erlaubt hatten.

Dann habe sie eine gewisse Lalisha Göcmen, eine Hure, kennengelernt. Sei von zu Hause weg und habe fortan auch als Hure gelebt. Und wäre mithin für die Familie gestorben gewesen.

Auf die Frage, ob die Familie Gülgel für das Begräbnis sorgen würde, schüttelte der Vater verneinend den Kopf.

Und der am Tisch sitzende Sohn, der am besten Deutsch konnte, meinte: »Werfen Sie die Hure auf eine Deponie. Vögel oder Hunde sollen sie fressen.«

Die Mutter sagte nichts darauf. Sie schaute Wasenegger und Berger IV. nur an und ging aus dem Raum.

Trautmann redete in der Tivoligasse, in der fast nur Ausländer zu wohnen schienen, mit Jarmillas Freundin Lalisha Göcmen.

Deren Zimmer-Küche-Wohnung befand sich in einem abbruchreifen Haus, das, wie Trautmann feststellte, zur Wohnung in eklatantem Gegensatz stand. Die Küche war sichtlich neu und mit aller modernen Technik ausgestattet. Das überladene Zimmer schaute wie das eines orientalischen Luxusbordells aus.

Zwar war Trautmann noch nie in einem orientalischen Bordell gewesen – er kannte, beruflich, nur einige Wiener Bordelle und Stundenhotels –, doch stellte er sich ein solches genau so vor wie dieses Zimmer mit dem breiten Doppelbett in der Mitte.

Die Göcmen mochte um die dreißig sein und war sehr füllig. Sie empfing Trautmann in einem lächerlich kurzen Seidenschlafrock, der ihre ausufernden Formen kaum umspannte.

Trautmann zeigte seinen Ausweis und sagte: »Es tut mir leid, Frau Göcmen. Aber ich muß Ihnen leider sagen, daß Ihre Freundin Jarmilla Gülgel nicht mehr am Leben ist.«

Die Göcmen schluckte, machte große Augen und fragte unverhältnismäßig ruhig: »Sie ist tot? Wieso?«

»Sie ist ermordet worden. Heute früh haben wir sie in einem Hauseingang der Flurschützstraße 36 tot aufgefunden«, antwortete Trautmann.

»Dann waren es ihre Brüder oder der Vater oder alle drei!« schrie die Göcmen, die ausgezeichnet Deutsch sprach. »Ich hab' gewußt, daß sie es tun werden. Sie sind alle drei Mörder!«

Trautmann schüttelte fast unmerklich den Kopf. Er meinte: »Vielleicht stimmt das. Aber die Jarmilla haben sie nicht umgebracht. Das war ein anderer, Frau Göcmen. Das ist das einzige, was wir bisher ganz sicher wissen.«

Und nach einer Pause: »Sie sagen, die Gülgel-Männer sind Mörder. Wissen Sie von einem Mord, den sie begangen haben? Haben Sie eine Vermutung? Oder sagen Sie das nur so aus Wut?«

Lalisha Göcmen setzte sich auf das breite Bett und zeigte dabei viel quellendes Fleisch. Sie deutete auf einen der zierlichen Sessel und sagte ruhiger: »Alle Religionsfanatiker sind Mörder. Alle Fundamentalisten. Ob die Gülgels schon wen ermordet haben, weiß ich allerdings nicht.«

Trautmann mit seinen fünfundneunzig Kilo ließ sich sehr vorsichtig auf dem Sesselchen nieder. Er entdeckte einen fast vollen Aschenbecher und begann, sich eine Zigarette zu rollen.

»Vielleicht wissen Sie was anderes, Frau Göcmen. Sie und die anderen Frauen im *Galata* geben sich im Lokal mit Männern ab. Intim. Sie verstehen, was ich meine?«

»Natürlich«, sagte die Göcmen. »Dazu sind wir ja da.«

»Sind das nur Türken und andere Ausländer oder auch Österreicher?«

»Nur Türken. Keine anderen Ausländer. Auch Österreicher nicht. Ins *Galata* kommen nur Türken.«

»Wissen Sie vielleicht«, tastete sich Trautmann weiter vor, »ob die Gülgel möglicherweise außerhalb ihrer Arbeit im *Galata* mit Österreichern eine Beziehung hatte?« Er bemühte sich, nicht allzusehr auf das Fleisch der vor ihm Sitzenden zu schauen.

»Nein«, sagte die Göcmen und zündete sich gleichfalls eine Zigarette an. »Jarmilla … hat nur mit türkischen Männern Sex gemacht.«

Sie blies den Rauch in Trautmanns Richtung, dachte nach und bemerkte langsam: »Oder – doch. Sie hatte kurze Zeit einen österreichischen Freund, aber das hat nicht gehalten. Er ist krank geworden und wollte sie deshalb nicht mehr sehen.«

»Warum nicht?« fragte Trautmann. »War denn seine Krankheit so schwer oder ansteckend? Vielleicht eine Geschlechtskrankheit? Oder AIDS?«

»Nein. Jarmilla sagte mir damals, er habe eine Hautkrankheit und werde im Spital behandelt. Und dann sind ihm alle Haare …« Sie suchte nach dem richtigen Wort und sagte unsicher: »Er hat die Haare verloren. Überall. Am ganzen Körper. War häßlich geworden und schämte sich vor Frauen.«

In Trautmann klingelten alle Alarmglocken.

Der Mann hatte als Folge einer Krankheit überall am Körper die Haare verloren. Schaute nur mehr wie ein Stück Fleisch aus. Konnte seine Haarlosigkeit am Körper durch Kleidung kaschieren. Außer am Kopf. Weshalb er eine Kappe trug. Wie der Mann, der die zwei Mädchen auf dem Gewissen hatte. Wahrscheinlich auch die heutige Tote. Und die vor einigen Jahren in Simmering Ermordeten.

Er fragte: »Wissen Sie, wie der Mann geheißen oder ausgesehen hat?«

»Nein. Ich hab' ihn ja nie gesehen. Und Jarmilla hat mir nie gesagt, wie er heißt.«

»Wissen Sie vielleicht, was er von Beruf war und wo er ungefähr gewohnt hat?«

»Nein«, sagte die Göcmen. »Ich weiß nur, daß Jarmilla in ihn verliebt war. Weil er der beste Mann von der Welt war, wie sie sagte. Mehr hat sie mir nie über ihn erzählt. Er war ihr ganz großes Geheimnis.«

Trautmann drückte seine Zigarette aus und rollte sich gleich die nächste.

»Aber Sie wissen«, fragte er weiter, »wann das gewesen ist? Ich meine, die Beziehung Ihrer Freundin zu diesem Mann? Bis er eben krank und häßlich wurde und nichts mehr mit ihr zu tun haben wollte?«

Lalisha zuckte mit den Schultern, wobei der zu knappe Hausmantel zu rutschen begann und den Ansatz enormer Brüste freigab.

Sie versuchte ein leichtes Lächeln, sah aber, daß Trautmanns Augen Kälte ausstrahlten. Rasch zog sie den Mantel wieder über die Schultern.

»Ja … Wann ist das gewesen …? Vielleicht vor ein paar Monaten. Voriges Jahr im Herbst, vielleicht aber auch schon im Sommer. Ich weiß es nicht genau.«

Mehr war von Lalisha Göcmen nicht zu erfahren. Deshalb verabschiedete sich Trautmann und bedankte sich für die Mitarbeit. Er gab ihr seine dienstliche Visitkarte – für den Fall, daß ihr zu Jarmillas Bekannten oder dem Freund doch noch was einfallen sollte. Weiters schrieb er ihr für alle Fälle auch seine Privatnummer auf. Dann verließ er die Wohnung.

Während er über die abbröckelnde gewundene Stiege hinunterging, hielt er sich kurz am hölzernen Handlauf fest, der an der Mauer befestigt war; unterließ das aber, als er merkte, daß dieser noch desolater als die Stiege war und nur wie durch ein Wunder noch nicht heruntergefallen war.

Als Trautmann wieder in der Tivoligasse stand, hörte er Marschmusik. Er ging die paar Schritte bis zur Ruckergasse und sah einen Zug von Sozialdemokraten von der Wienerbergbrücke her heranmarschieren.

Es waren etwa hundert Frauen, Männer und Kinder. Voran gingen die Funktionäre; unter ihnen der frühere Präsident des Gewerkschaftsbundes, ein Abgeordneter zum Nationalrat und ein paar Gesichter, die Trautmann aus Zeitungen und Fernsehen kannte.

Über ihnen schwebte ein straßenbreites rotes Transparent mit der Aufschrift DAS SCHÖPFWERK – FÜR GENOSSEN KLIMA! Eine Blaskapelle der Straßenbahner spielte den Deutschmeister-Marsch. Dessen flotte Rhythmen paßten schlecht zu dem eher müden Dahinziehen der Marschierenden. Nach der Kapelle kamen an die zwanzig Jugendliche in blauen Hemden und mit roten Halstüchern, die ein Transparent mit den Worten FÜR EINE NEUE SPÖ! trugen.

Neben dem Zug gingen ein paar uniformierte Polizisten und Polizistinnen, aus deren Funkgeräten ständig irgendwelche Stimmen Anweisungen quäkten. Am Ende des Zugs fuhr ein Streifenwagen im Schritttempo. Die wenigen Zuschauer reagierten kaum. Nur einige winkten dem ehemaligen Gewerkschaftspräsidenten und den anderen Funktionären zu.

Trautmann erkannte einen der Männer im Streifenwagen, einen Polizeioffizier mit den Rangabzeichen eines Majors. Der Typ hieß Egon Trampitsch und war mit ihm in die Polizeischule gegangen.

Ein *Arschloch aus dem Waldviertel,* damals der größte Streber des ganzen Hauptkurses. Hatte immer alles besser gewußt. War ein *Ohrenbläser* und *Arschkriecher* gewesen. Ein gelernter Installateur, der die Matura nachgeholt und sich mit Hilfe der SPÖ in den Offizierskurs gepreßt hatte. Jetzt war er zwar Major, aber sicher noch immer ein Arschloch. Aber immerhin ein *Leitender Beamter.* Während er, Trautmann, es nur zum *Dienstführenden,* Abteilungsinspektor und *Pflasterhirschen* gebracht hatte.

Trautmann stieg in seinen Wagen und startete den Motor.

Als er langsam und gegen die Einbahn zur Schönbrunner Straße fuhr, besserte sich seine Laune. Denn während die anderen in der Gruppe noch von nichts eine Ahnung hatten, wußte er bereits, wo der Serienmörder zu suchen war.

Unter denen, die in letzter Zeit an Krebs erkrankt und mittels Chemotherapie behandelt worden waren. Oder es war jemand, der wegen einer Hautkrankheit die Haare verloren hatte. Weshalb er bei jeder Witterung eine Kappe trug.

17

Die MG 2 traf noch vor dem Mittagessen im Sicherheitsbüro zusammen.

In der Zwischenzeit war auch Hofrat Tamandl gekommen, um eine Pressekonferenz abzuhalten und den Journalisten zumindest ein paar Brocken hinzuwerfen.

Er hatte ihnen berichtet, daß mit großer Wahrscheinlichkeit derselbe Täter für die heutige Tote, die ermordeten Mädchen und die Taten in Simmering verantwortlich war. Das heutige Opfer sei dank der ausgezeichneten Arbeit der Kriminalisten bereits als die sechsundzwanzigjährige Jarmilla Gülgel identifiziert worden.

Weil sich aber einige Journalisten zu süffisanten und provozierenden Fragen hatten hinreißen lassen, war Tamandl plötzlich aufgesprungen und hatte sich ins Dienstzimmer der MG 2 geflüchtet.

Dabei hatte er erfahren, daß es heute in der Kantine Surbratenschnitzel mit Semmelknödel oder Erdäpfelsalat gab – ein guter Grund, mit seinen Leuten zu essen und den Weight-Watchers-Diätplan seiner Frau sausen zu lassen.

Während Tamandl sich still auf Berge von Kalorien und ausuferndes Blutfett freute, kam Trautmann und berichtete, was er von der Freundin und Wohnungsgeberin der Toten erfahren hatte. Und natürlich servierte er auch den an Krebs oder einem Hautleiden erkrankten ehemaligen Freund von Jarmilla Gülgel als möglichen Verdächtigen.

»Ich glaub' eher nicht, daß da was dran ist«, brummte Wasenegger.

Auch Berger IV. war skeptisch. »Gesetzt den Fall, der Glatzerte hat die zwei Mädeln und die Türkin *gemacht*. Okay, ist ja möglich. Aber wer sagt uns, daß er vor neun Jahren, wie er wahrscheinlich noch nicht Krebs gehabt hat, auch die drei aus Simmering *heimdraht* hat? Das kommt mir schon so vor wie aus einem Fernsehkrimi.«

»Sein kann natürlich alles«, meinte Stern, »weil, wenn's ganz schief hergeht, kann auch ein Besenstiel schießen. Aber wahrscheinlich ist's nicht.«

Monika Suttner stellte sich auf Trautmanns Seite und sagte: »Erinnerts euch! Der Otto und ich sind seinerzeit, in den Mordfällen Stoisits, gerade durch einen Kriminalroman auf den Rächer draufgekommen. »

Sie sprach damit einen Fall an, in dem ein Vater mit Wissen seiner Frau sein eigenes siebenjähriges Mädchen mißbraucht, mißhandelt, erwürgt und schließlich in die Donau geworfen hatte. Kurz darauf waren er und seine Frau selbst ermordet worden. Als Täter wurde später ein scheinbar harmloser Ingenieur ermittelt.

Gelöst hatten damals Hotwagner und die Suttner den Fall, nachdem die Suttner einen Krimi von Andrew Vachss gelesen hatte. Dessen Hauptperson ist ein obskurer Privatdetektiv, der Fälle von Kindesmißbrauch durch Ermordung des Täters erledigt, weil er von einem regulären Gerichtsverfahren nichts hält. Der Wiener Ingenieur war auf die gleiche Weise gegen die Eltern der kleinen Stoisits vorgegangen.

»Ja«, sagte Berger zur Suttner. »Das war aber eine Ausnahme. Sonst kannst alle Krimis schmeißen. Weil das, was sich ein Schreiber ausdenkt, und die Realität sind zweierlei.«

Tamandl löste die Debatte auf und drängte zum Besuch der Kantine.

Während alle außer der Suttner Surbraten aßen, entschied sich der Hofrat dafür, es mit Trautmanns Idee wenigstens zu versuchen.

»Meine Dame und die Herren«, sagte er mit vollem Mund, »es wird vielleicht nichts nützen, kann aber auch nichts schaden, wenn Herr Trautmann seine Idee auf einem Nebengleis verfolgt, während die anderen der Gruppe auf die übliche Art vorgehen.«

»Okay, Herr Hofrat«, sagte Stern. »Wenn Sie das anordnen, werden wir's so machen.«

Daran hielt sich die Gruppe in den nächsten Tagen.

Stern, Wasenegger, Berger IV. und die Suttner arbeiteten sich nochmals durch den Wust von Niederschriften aus den zurückliegenden Simmeringer Fällen durch. Sie befragten weiters Dutzende Leute aus der Umgebung der drei letzten Tatorte und legten neue Niederschriften an, kamen aber keinen Schritt weiter.

Niemand aus der Gegend um die Flurschützstraße hatte einen Verdächtigen mit Kappe gesehen. Niemand kannte einen solchen Mann. Außer natürlich den alten, stiernackigen ehemaligen Rettungsmann, der sich beim Gehen auf einen Stock stützen mußte und als Täter nicht in Frage kam.

Es gab auch niemanden im Viertel, von dem man wußte, daß er sich in letzter Zeit einer Chemotherapie unterzogen hatte. Zwar wurde allerhand getratscht, wodurch ein paar Kleinkriminelle ins Netz der Polizei gerieten. Auch konnte ein unbedeutender Dealerring ausgehoben werden, und bei einem jugendlichen Rechtsradikalen stellten die Kriminalbeamten ein Arsenal von Gaspistolen und Gassprühdosen sicher. Aber in den Mordfällen blieb alles so undurchsichtig wie zuvor.

Der Erkennungsdienst meldete sich mit der Feststellung, daß die vier ausgeschlagenen Zähne aus der Flurschützstraße verschiedenen Ursprungs waren. Drei stammten von der toten Jarmilla Gülgel, der vierte war mit Sicherheit nicht von ihr. Man ging davon aus, daß sich die Frau in ihrem Todeskampf so heftig zur Wehr gesetzt hatte, daß sie dem Mörder einen Zahn ausgeschlagen hatte.

Der Gerichtsmediziner Dr. Danzer stellte eindeutig fest, daß die winzigen Haut- und Fleischfetzen des Zahnes mit denen übereinstimmten, die sich unter den Fingernägeln der kleinen Annabella Hawlicek aus dem Domeshof und denen der Jarmilla Gülgel aus dem GESIBA-Bau befunden hatten.

Weiters zeigte der Obduktionsbericht der Gülgel, daß der Täter in ihrem Fall brutaler als bei den beiden Kindern vorgegangen war.

Denn ihr Kehlkopf und ihr Kehldeckel waren durch Würgeeinwirkung in einem Maße geschädigt, daß dies in kurzer Zeit zum Tod durch Ersticken geführt hätte; auch wenn der tödliche Schnitt in die linke Halsschlagader unterblieben wäre.

Die Stiche in der Vagina und in der Bauchgegend waren ihr durch dasselbe Werkzeug zugefügt worden. Außerdem hatte der Täter an der Gülgel – möglicherweise kurz nach Eintritt ihres Todes – einen Geschlechtsverkehr vollzogen. Die Prellungen und das

Brillenhämatom am Auge waren auf Griffe oder Schläge zurückzuführen.

Es war anzunehmen, daß der Täter ebenfalls Verletzungen erlitten hatte. Die Fingerknöchel beider Hände der Gülgel wiesen Abschürfungen auf, wie sie üblicherweise bei Schlägereien entstehen. Es lag nahe, beim Täter Gesichtsverletzungen, wie zum Beispiel Kratzer oder Schlagmale, zu vermuten.

»Schön und gut«, sagte Stern, als er den Bericht vorzeigte, »aber viele Leute weisen alle möglichen kleineren Gesichtsverletzungen auf. Und auch ein fehlender Zahn ist nichts Außergewöhnliches.«

Trautmann wurde bei seinen Recherchen in den Krankenhäusern von der Suttner unterstützt.

Sie hatten bald eine Liste von sechzehn Männern im Alter von zwanzig bis fünfundvierzig Jahren beisammen, die infolge einer Chemotherapie einen vollständigen Haarausfall erlitten hatten. Patienten, die durch eine Hautkrankheit ihre Haare verloren hatten, konnten nicht ermittelt werden.

Die Auflistung der Chemotherapierten war, wie Wasenegger mürrisch brummte, nur zum Arschauswischen gut. Denn obgleich sich die ganze Gruppe mit diesen sechzehn Leuten beschäftigte, gab es keine brauchbare Spur.

Vier der Männer waren ihrem Krebsleiden bereits erlegen. Drei hatten Wien verlassen und waren zu ihren Eltern gezogen. Sie hatten, wie die Kriminalabteilungen der Gendarmerie auf dem Wege der Amtshilfe feststellten, absolut glaubwürdige Alibis. Ein Mann hatte Selbstmord verübt, sich vor einen Zug der U-Bahn geworfen. Sieben weitere mußten ebenfalls als mögliche Täter ausgeschieden werden. Der letzte auf der Liste, ein Zuhälter, hatte bereits wieder volles Haar. Er trug seit mehr als drei Monaten eine üppige Rasta-Frisur; um diese zu verdecken, hätte er sich eine riesige Kappe aufsetzen müssen. Außerdem hatte er sich, wie mehrere Zeugen aussagten, während der letzten Wochen fast ausschließlich in dem Hurencafé *Alcatraz* am Lerchenfelder Gürtel aufgehalten, um seine drei *Pferdchen* in Trab zu halten.

18

Am 11. Mai, dem Muttertag, erhielt Trautmann um 23.00 Uhr zu Hause einen Anruf.

Er lag bereits mit seiner Freundin im Bett. Er hatte sich mit ihr einen langweiligen Fernsehfilm angeschaut. In diesem hatte ein fast siebzigjähriger Schauspieler versucht, einen um zwanzig Jahre jüngeren Feuerwehrmann, einen Hansdampf in allen Gassen, darzustellen.

Danach war ein Bericht über die kriminellen Umtriebe höchster iranischer Politiker, die Morde an prominenten Gegnern in Österreich, Frankreich und Deutschland in Auftrag gegeben hatten, gefolgt. Die Mörder in Österreich und Frankreich waren zwar von der Polizei ausgeforscht, infolge Interventionen aus Regierungskreisen aber außer Landes gelassen worden.

Die Deutschen hatten die Berufskiller jedoch festgenommen und verurteilt, was zu einem Einfrieren der Beziehungen zwischen dem Iran und allen EU-Staaten geführt hatte.

Trautmann und seine Freundin hatten gerade ihre über dem Bett angebrachten Leselampen ausgeschaltet und sich zum Schlafen zurechtgelegt, als das Telefon läutete.

»Ich lass' es läuten«, brummte Gitti Schimek. »Um diese Zeit kann doch nur ein Trottel anrufen. Oder einer, der sich verwählt hat. Oder einer, der uns *sekkieren* will.«

Sie nahm dann aber doch den Hörer des neben dem Bett stehenden Telefons ab und sagte ziemlich schläfrig: »Ja. Was ist denn?« Und hörte eine Frauenstimme, die aufgeregt fragte, ob der Herr Trautmann zu sprechen wäre.

»Wer sind S' denn überhaupt?« war die Antwort.

»Ich heiße Lalisha und muß unbedingt sofort mit dem Herrn Inspektor reden!« sagte die Frauenstimme hörbar aufgeregt.

Gitti Schimek stieß Trautmann an und sagte sauer: »Da will eine unbedingt mit dir reden, Trautmann. Da hast. Nicht einmal am Muttertag lassen die einen in Ruh'! Was ist denn das für eine Frau, die um Mitternacht mit dir telefonieren will?«

Trautmann wälzte sich herum und griff nach dem Hörer. »Weiß ich doch nicht.«

Dann meldete er sich und wurde von einem Redeschwall zugedeckt.

»Sie müssen sofort kommen, Herr Inspektor! Gleich! Ich bin bedroht worden, wegen Jarmilla! Will aber am Telefon nicht darüber reden! Bitte kommen Sie sofort ins *Galata*. Ich warte dort auf Sie! Unbedingt! Bitte!«

Trautmann brummte : »Ist gut. Ich komme.«

Er gab Gitti Schimek den Hörer zurück und sagte: »Leg auf. Ich muß weg.«

»Was? Jetzt? Mitten in der Nacht mußt zu dem Weib? Wer ist denn die überhaupt?«

Während Trautmann sich ankleidete und die Pistole in den hinteren Hosenbund schob, erklärte er: »Die mich angerufen hat, ist eine türkische Hur' aus Meidling. Sie war eine Freundin von der, die in der Flurschützstraße um'bracht worden ist.«

Er rollte sich eine seiner Zigaretten und zündete sie an. Dann beugte er sich zu Gitti Schimek und küßte sie flüchtig. »Tut mir leid. Aber was soll ich machen. Dienst ist Dienst.»

Als er die Wohnung verließ, brummte er zu sich: »Scheißdienst.«

Dann sperrte er die Stiegentür auf und ging quer über den Hof zur Schiffmühlenstraße, in der er den Wagen geparkt hatte.

Als Trautmann ins *Galata* kam, war es kurz nach halb zwölf. Er hatte flott fahren können, weil um diese Zeit kaum Verkehr war.

Natürlich war Meidling völlig zugeparkt. So war es, seit der Nachbarbezirk Margareten zur Kurzparkzone erklärt worden war und viele Margaretner hierher auswichen, um gratis parken zu können. Die Autos standen sogar zwischen den Marktständen und auf den Gehsteigen herum.

Im *Galata* herrschte mäßiger Betrieb.

Es gab leise türkische Musik aus den Lautsprechern. Vor zwei Logen waren die Vorhänge zugezogen. An einem Tisch saßen drei gelangweilt dreinsehende Animierdamen und warteten auf Gäste.

Der Lokalbesitzer stand im Hemd und mit dem Revolver im Hosenbund hinter der Theke. Er schaute sich mit einigen Männern ein türkisches TV-Programm an, in dem offensichtlich auch von den iranischen Mördern die Rede war.

Trautmann stellte fest, daß die Göcmen nicht im Lokal war. Er ging zur Theke und fragte den Wirt: »Wo ist die Lalisha?«

»In Loge 2«, brummte der Wirt mundfaul. »Kommt bald. Was zu trinken?«

»Ja«, sagte Trautmann. »Ein dunkles Bier, wennst hast.«

»Hab' ich, Inspektor. Für Polizei hab' alles.« Der Wirt angelte eine Flasche aus dem unter der Theke angebrachten Kühlschrank. »Ist gut, wenn kalt?«

Trautmann nickte, öffnete die Flasche und trank einen großen Schluck. Er prostete dem Wirt zu, der schon wieder auf den Bildschirm blickte und beiläufig sagte: »Dem Herrn von Polizei viele Jahre und Gesundheit!«

Trautmann rollte sich eine Zigarette. Er bemerkte, daß ein paar Männer aufstanden, Geldscheine auf den Tisch legten und das Lokal verließen, als sie das Wort Polizei hörten.

Nach etwa fünf Minuten wurde der Vorhang von Loge 2 zurückgezogen, und Lalisha kam mit einem älteren Türken heraus.

Sie ging sofort auf Trautmann zu und sagte leise: »Danke, daß Sie gekommen sind. Aber, bitte, reden wir nicht hier. Bei mir zu Hause.«

Trautmann war einverstanden. Er nahm noch einen Schluck, während Lalisha zu dem Wirt einige türkische Sätze sagte.

Der Wirt nickte, ohne den Bildschirm aus den Augen zu lassen. Lalisha holte aus der Garderobe ihren leichten Mantel und zog ihn über. Dann verließen sie das Lokal.

Sie gingen schweigend die kurze Strecke bis zur Tivoligasse.

Unterwegs begegneten sie zwei Betrunkenen, die einander jeweils einzureden suchten, daß das Lokal U4 entweder das Schärfste von ganz Wien oder eine *Scheißhüttn* war, wie es sie nur *im verfickten Meidling* gab.

Ein jugendlicher Sprayer besprühte ein paar Marktkioske mit einem Kürzel, das Dum-Dum, Sum-Sum oder was ganz anderes bedeuten konnte.

Ecke Ruckergasse/Tivoligasse bemühte sich eine Streifenwagenbesatzung um einen Mann, der auf dem Gehsteig lag und besoffen oder high war. Dabei sprang Trautmann der umfangreiche Hintern der sich über den Liegenden beugenden Polizistin mit Pferdeschwanzfrisur ins Auge.

Lalisha Göcmen redete erst, nachdem sie stark duftenden türkischen Kaffee gebraut hatte. Sie setzte sich Trautmann gegenüber.

»Heute«, erzählte sie, »war im *Galata* ein Gast, der vorher noch nie da war. Er hat Sekt bestellt und ist mit mir gleich in die Loge gegangen.«

Trautmann nippte an seinem Kaffee und drehte sich schon wieder eine seiner *Stinkadores-Zigaretten.* »Und?«

»Ich hab' natürlich geglaubt, er will Sex, und hab' ihm an die Hose gegriffen«, sagte die Göcmen. »Aber er hat meine Hand weggestoßen und in meiner Sprache gesagt: Nimm deine Hand von mir, du Hure.«

»Aber!« sagte Trautmann paffend. »Und was hat er dann wirklich von dir gewollt?«

»Er hat mir gedroht, wenn ich weiter gegen Allahs Gebote lebe, werde es mir wie Jarmilla und anderen Moslemfrauen gehen. Dann hat er die Hand zum Hals gehoben und so getan, als würde er sich den Hals abschneiden.«

»Und«, fragte Trautmann, »was war weiter?«

»Dann hat er mir Geld für den Sekt gegeben und gesagt: Das war die letzte Warnung. Wir machen keinen Spaß. Denk daran, Hure. Und ist gegangen.«

»Hast du den Mann schon vorher einmal gesehen?« fragte Trautmann. Und als die Göcmen den Kopf verneinend schüttelte: »Wie hat er ausgesehen?«

»Nicht groß. Etwa so wie Sie. Genauso kräftig. Mit schwarzen Kraushaaren bis fast zu den Augenbrauen. Auch der Duncer kennt ihn nicht. Seine Freunde auch nicht.«

Trautmann drückte die Selbstgerollte aus, drehte sich die nächste und sagte: »Dein Kaffee ist gut. Könnt' ich noch einen haben?«

Die Göcmen stand auf und ging zum Herd. Während sie Zukker, Kaffee und Wasser in die kleine Kupferkanne gab, fragte sie: »Was soll ich jetzt machen? Im *Galata* aufhören?«

»Wär' sicher nicht schlecht«, erwiderte Trautmann. »Aber auf der anderen Seite ist's halt dein Beruf. Es muß auch solche wie dich geben. Ich hab' nichts gegen euch. Huren hat's schließlich schon immer 'geben. Wahrscheinlich seit Adam und Eva. Und logisch auch Leut', denen's eine Freude macht, andere durch Drohungen zu erschrecken. So einer wird der wahrscheinlich auch sein. Ein Trittbrettfahrer, der's ausnützt, daß eine Türkin um'bracht worden ist. Aber der, der die Jarmilla *g'macht* hat, ist das nicht.«

Trautmann schaute die Göcmen an und meinte weiter: »Jedenfalls mußt du eine *Anzeige wegen gefährlicher Drohung gegen Unbekannt* machen. Der Typ gehört aus dem Verkehr gezogen. Geh morgen ins Kommissariat in der Hufelandgasse. Zum Inspektor Tillich. Ich werd' ihn gleich in der Früh anrufen und von dir erzählen.«

Die Göcmen schaltete den Herd ein und fragte ängstlich: »Und wenn der Mann kein Idiot war und mich wirklich ermorden will?«

»Das wird er nicht tun«, sagte Trautmann möglichst beruhigend. »Wenn so was schon vorgekommen wär', täten wir das wissen. Eine Gruppe, die so was macht, gibt's in Wien nicht. Und sogar, wenn es sie gäb', würde sie nur politische Morde begehen. Aber keine an Frauen, die nicht nach dem Willen Mohammeds leben. Wir werden das aber trotzdem ernst nehmen und in dieser Richtung ermitteln.«

Die Göcmen servierte den kochenden Kaffee, setzte sich wieder Trautmann gegenüber und schaute ihn intensiv an.

Trautmann verbrannte sich trotz aller Vorsicht die Unterlippe, trank aber trotzdem schluckweise weiter.

Er war sich sicher, daß der Mann, der Lalisha bedroht hatte, ein Spinner war. Ein Fanatiker, der zwar drohte, aber nichts unternahm. Hinter den meisten *gefährlichen Drohungen* stand ein Typ, der viel zu feige war, wirklich etwas zu tun. Leute, die etwas taten, redeten vorher nicht darüber.

»Hast du deinem Chef was von dem Mann gesagt?« erkundigte Trautmann sich.

»Nein.«

»Das solltest du aber machen. Er dürfte ein Typ sein, bei dem es schnell *Bröseln* gibt, wenn einer Schwierigkeiten macht. Wenn er's weiß, wird er sich mehr um das kümmern, was in seinen Logen passiert.«

Trautmann stand langsam auf und schaute auf seine Uhr. Es war kurz vor 1.00 Uhr.

Er faßte zusammen: »Also, der Mann war kräftig, etwa 1,75 Meter groß und hatte dichtes, bis fast zu den Augenbrauen reichendes dunkles Kraushaar. Wie alt war er – ungefähr?«

»Vielleicht fünfzig«, sagte die Göcmen.

Dann fiel ihr noch ein: »Er hatte viele tiefe Falten auf der Stirn. Und die Stirn war fast bucklig. Und an der Hand, mit der er mich von seiner Hose fortgestoßen hat, fehlte ihm ein Teil eines Fingers.«

»Welche Hand war das?« fragte Trautmann. »Welcher Finger? Und wieviel fehlte?«

»Ich glaub', seine rechte Hand. An der hatte er einen dieser dikken Ringe aus Rotgold, wie sie unsere Männer gerne tragen. Am Finger daneben fehlte der erste Teil. Glaub' ich.«

»Du meinst, das erste Glied des Mittelfingers? Oder war es der kleine?«

»Nein, der mittlere. Glaub' ich.«

»Was war das für ein Ring – außer, daß er dick und aus Rotgold war? Hatte er einen Stein? Oder war er ohne Stein, mit irgendeinem Zeichen drauf?«

»Ohne Stein. Aber dort, wo sonst ein Stein ist, war der Ring aus lichterem Gold. Vielleicht war auch was drauf eingraviert«, sagte die Göcmen.

Trautmann machte sich Notizen in einem Taschenkalender aus dem Jahr 1995.

Er hatte zu Hause haufenweise nicht gebrauchte abgelaufene Taschenkalender, die seiner Freundin in der Trafik übriggeblieben waren und die sie nicht mehr zurückgeben konnte. Diese hatten harte Deckel und ein besseres Papier als die handelsüblichen Notizbücher, die seine Kollegen verwendeten.

»Alles das sagst du heute dem Tillich, im *Koat*. Vergiß nichts.«

Er stand auf und gab der Göcmen die Hand.

»Also, ich dank' dir schön. Auch für den Kaffee. Und vergiß nicht aufs *Koat* in der Hufelandgasse zu gehen. Abteilungsinspektor Tillich, Gruppe 3.«

Als er aus der Wohnung ging und dabei die im hinteren Hosenbund steckende Glock zurechtschob, stellte die Göcmen fest: »Sie tragen eine Waffe.«

»Logisch«, brummte Trautmann. »Es hat halt jeder sein Werkzeug. Ihr habts ein Packerl *Präserln* im Handtaschl, damits ihr kein AIDS oder keinen *Syph* aufreißts. Dein Boß und ich, wir hab'n halt die *Puffn*, damit wir uns wo anhalten können, wenn's ungut wird.«

Dann fragte er sie noch: »Wieso kannst du eigentlich so gut Deutsch?«

»Weil ich in Wien die Schule besucht hab'«, sagte die Göcmen und fragte dann zögernd: »Glauben Sie, es hätte einen Sinn, wenn ich auch eine Waffe hätte? Würde ich überhaupt eine Erlaubnis von der Polizei bekommen?«

»Glaub' ich nicht«, sagte Trautmann. »Da soviel geschossen wird und das Waffengesetz verschärft werden wird, ist da für dich nichts drin. Aber das kannst du auch den Tillich fragen. Nur, ich glaub' nicht, daß eine *Puffn* was nützen tät'. Am End' schießt du dich noch selber an. Mit so was muß man umgehen können. Also, servus, und bleib sauber.«

Die Göcmen schloß hinter ihm die Wohnungstür und versperrte sie mehrmals.

Trautmann zündete sein Feuerzeug an, um den Taster für die Nachtbeleuchtung zu finden. Er drückte drauf, aber im Stiegenhaus blieb es finster. Also tastete er sich über die abbröckelnden Stufen hinunter.

Als er unten war, hörte er den Schnarrton des Türöffners, den die Göcmen von ihrer Wohnung aus betätigte.

In der Tivoligasse und der Ruckergasse war kein Mensch zu sehen. Ein leerer Nachtbus fuhr die Ruckergasse bergan.

Trautmann ging zu seinem Wagen und fuhr nach Kaisermühlen zurück.

Er sperrte die Wohnungstür so leise wie möglich auf, zog sich im Vorzimmer Schuhe und Kleider aus und legte seine Waffe unter den Kleiderhaufen. Er hätte sie entladen und das Magazin getrennt aufbewahren sollen. Oder er hätte die Glock in eine Lade sperren müssen, zu der nur er den Schlüssel hatte. Das war Vorschrift. Andererseits: Kinder hatten sie keine in der Wohnung, und seine Freundin würde die Waffe nie anrühren.

Dann tappte er ins Zimmer und legte sich möglichst vorsichtig ins Bett, um die Gitti nicht zu wecken. Über seinen nächtlichen Ausflug konnte sie in der Früh auch noch keppeln.

19

Um 7.30 Uhr saßen die Mitglieder der MG 2 in ihrem verrauchten Dienstzimmer beim Frühstück.

Alle tranken Milchkaffee. Die Männer stopften noch ofenwarme Leberkässemmeln in sich hinein. Nur Oberst Stern beließ es bei einer.

Trautmann berichtete von dem Anruf der Göcmen und seinem nächtlichen Gespräch mit ihr, stieß aber wie erwartet auf ein nur geringes Interesse.

Denn ob dieser Türke mit einem kürzeren Finger und gebukkelter Stirn nur ein harmloser Spinner war oder nicht – als Täter kam er nicht in Frage.

»Deinen Türken kannst dir um den Hals hängen«, brummte Wasenegger und biß ein großes Stück von seiner Semmel ab. »Das mit der Gülgel war keine Allah-Geschichte.«

Und Berger IV. setzte noch eins drauf. »Wenn die türkische Hur' den Otto angerufen hätt', hätt' der seinen Hintern keinen Millimeter aus dem Bett gehoben.«

Trautmann bekam wieder seinen desinteressiert-stumpfen Blick, angelte nach der nächsten Leberkässemmel und sagte nichts.

Langsam ging ihm dieser Berger auf den Hammer. Was wußte dieser junge Bub, der mit einer Riesenkanone im Holster sogar aufs *Häusl* ging, schon. Dem konnte es doch wurscht sein, was der Otto Hotwagner in diesem Fall getan hätte.

Als Berger wieder anfing und »Unser Otto hätte ...« sagte, unterbrach ihn Stern, der Trautmanns Reaktion bemerkt hatte, ziemlich resolut: »Hör auf, Burli! Sag dem Trautmann nicht immer vor, was der Otto g'macht hätt'!« Und weniger scharf: »Der Trautmann ist kein Anfänger und weiß schon selber, was er tun und lassen soll. Der war schon Polizist, wie du noch im Kinderwagerl g'sessen bist. Klar?«

»Klar«, murmelte Berger und lief langsam rot an.

Trautmann schaute Stern mit einem warmen Blick an. »Danke, Chef.«

»Sag nicht Chef zu mir«, meinte Stern. »Ich heiß' Ewald, also sag wie die anderen Waldi zu mir.«

Er grinste leicht. »Jetzt muß auch ich über den Otto reden, aber das soll keine Spitze gegen dich sein, Trautmann. Es geht nur um das *Waldi*. Das hat er erfunden, und seither sagen's ihm alle nach.«

Trautmann lächelte kurz, griff nach dem Telefon und rief Tillich im *Koat Meidling* an.

»Paß auf, Robert«, sagte er nach den Einleitungsfloskeln. »Es wird eine Türkin zu dir kommen und eine *Anzeige wegen gefährlicher Drohung gegen Unbekannt* machen. Nimm dir einen Zettel, und schreib auf, was ich dir jetzt sag'.«

Dann wartete er, bis Tillich brummte: »Geht schon«, und diktierte: »Der Unbekannte ist Türke, ungefähr fünfzig, etwa 1,75 Meter groß und kräftig. Er hat dunkles Kraushaar, vorn fast bis zu den Augenbrauen. Trägt einen Ring aus Rotgold, so einen Bomber, wie viele Türken ihn tragen. Wahrscheinlich rechts. An dieser Hand fehlt ihm vermutlich das erste Glied des Mittelfingers. Das Mädel, das kommen wird, heißt Lalisha Göcmen und wohnt in der Tivoligasse. Ende der Durchsage. Grüß deine Frau schön von mir, und laß wieder von dir hören, wennst was hast. Servus.«

Danach gab es wieder die alltägliche Routine. Vergleichen von Niederschriften, nochmaliges Überprüfen von Alibis und allerhand Mutmaßungen aus der Bevölkerung, die zwar gutgemeint waren, aber leider zu nichts führten.

Gegen 10.00 Uhr rief Tillich an und sagte: »Servus, Trautmann. Deine Türkin war schon bei mir, und wir haben eine Anzeige aufgenommen. Aber nicht gegen einen Unbekannten, weil wir haben den Mann schon.«

»Das ist aber flott 'gangen«, wunderte sich Trautmann. »Ihr seids ja schneller wie wir im Sicherheitsbüro, hörst.«

»Logisch«, sagte Tillich behaglich. »Weil wir sind ja gute *Kiberer*. Im *SB* sind ja außer dir nur lauter Krücken.«

»Das hast du gesagt«, brummte Trautmann grinsend. Und ernst: »Na – und wer ist's?«

»Ein Trottel«, meinte Tillich am anderen Ende der Leitung. »Er heißt Mehmed Yerbacan. Ein schwerer Psycho. Hat durchgedreht und gestern noch drei andere Türkinnen wegen ihres Lebenswandels bedroht. Alles bei uns, in Meidling. Heut' früh hat er eine Spielerrunde in einem türkischen Beisl in der Vivenotgasse bedroht, ist aber von denen zusammeng'haut worden. Die Funkstreife hat intervenieren müssen. Es war wie in einem *Tatort-Krimi*. Die uniformierten Kollegen haben den Yerbacan gerade über den Gang geführt, als deine Türkin ihn g'sehen und erkannt hat.«

»Brav, brav, Tillich«, lobte Trautmann. »Aber ich komm' lieber kurz vorbei und *keil'* den Typen *aus*. Sicherheitshalber.«

Er angelte den Parka vom Haken und sagte zu den anderen: »Ich fahr' auf einen Sprung ins *Koat Meidling*. Vielleicht gibt's da was für uns. Pfüat euch.«

Tillich saß an einem chaotisch wirkenden Schreibtisch, auf dem einige Fotos lagen. Es handelte sich offenbar um Männer zwischen dreißig und fünfzig. Einer von ihnen war glatzköpfig.

»Was sind denn das für Herzerln?« fragte Trautmann.

»Arschlöcher«, brummte Tillich. »Wir haben sie im Zusammenhang mit einem Kinderpornoring bei uns gehabt. Sie sind aber nur Kunden für den Scheiß. Wurden auf freiem Fuß angezeigt.« Er schob die Fotos auf einen Haufen. »Ich lass' dir jetzt den Türken kommen, wennst magst.«

Trautmann befragte Yerbacan nur flüchtig. Schon nach dessen ersten Worten wußte er, daß er unnötig hierhergefahren war. Der Mann glaubte sich von Mohammed dazu ausersehen, die Wiener Türken auf Vordermann zu bringen, kam aber als Serienmörder nicht in Frage. Er hatte auch keinen ausgeschlagenen Vorderzahn, sondern trug ein grauenhaftes Gebiß von der Krankenkassa, das eher zu einem Pferd als zu einem Menschen gepaßt hätte.

Dann bedankte Trautmann sich bei Tillich, streifte den Haufen Fotos nochmals mit einem desinteressierten Blick und fuhr ins *SB* zurück.

Während Trautmann außer Haus war, schaute der kleine Hofrat ins Dienstzimmer der Gruppe 2.

Er war frustriert, weil ein besonders schönes Exemplar seiner

Topfpflanzensammlung den Geist aufgegeben hatte. Außerdem hatte er einen Anruf des Generaldirektors für Öffentliche Sicherheit erhalten und diesem keine Fortschritte berichten können.

Der Generaldirektor hatte ihn sanft, aber bestimmt *niedergebügelt.* »Vielleicht wissen Sie noch nicht«, sagte er, »daß ich am kommenden Sonntag an der Fernseh-Talkrunde *Zur Sache* teilnehmen werde. Ich werde sicherlich Angriffen ausgesetzt sein, weil unsere Sonderkommission die Briefbombenattentäter und die Bombenleger von Oberwart noch nicht ausgeforscht hat. Ich hätte ganz gerne etwas für uns Günstiges in die Diskussion eingebracht.«

Tamandl wußte natürlich bereits, daß der Generaldirektor an der Sendung *Zur Sache* teilnehmen sollte. Er fand, daß die im Haas-Haus am Stephansplatz stattfindende TV-Runde genauso beschissen war wie die protzige Architektur des Haas-Hauses selbst.

Dieses aus Glas und Stahl bestehende Monstrum hockte wie ein Saurier aus *Jurassic Park* auf dem historischen Stephansplatz. Es paßte zu dem Dom wie eine Faust aufs Auge und verschandelte den ganzen Platz nach allen Regeln der Kunst. Und genauso verschandelte die TV-Diskussion den Bildschirm, weil es da immer einen Teilnehmer gab, an dem sich die anderen die Füße abputzten.

Diesmal würde es der Generaldirektor für Öffentliche Sicherheit sein. Man würde ihm die Ineffizienz der Polizei vorwerfen, die nicht imstande war, endlich die Briefbombenattentäter oder den Frauen- und Mädchenmörder zu fassen. Und und und …

Tamandl stellte sich die süffisanten Mienen der Journalisten vor, die seinem hohen Vorgesetzten das Leben schwermachen würden.

Er würde am Sonntag mit seiner Frau zu Hause vor dem TV-Gerät sitzen und sich von ihr in etwa das gleiche, nur mit schärferem Unterton, anhören müssen. Sie würde wieder lang und breit ventilieren, daß er seinerzeit, nach Erlangung des Doktorats, einen schweren Fehler gemacht hätte, weil er zur Polizei gegangen war.

»Wenn du wenigstens die Laufbahn eines Staatsanwalts oder eines Richters angestrebt hättest«, hörte er sie geradezu schon keppeln. »Ganz zu schweigen davon, daß du Rechtsanwalt hättest werden können. Oder Notar. Aber nein, dich hat es zur Polizei gezogen. Wahrscheinlich, weil du die Hofratsuniform mit ihrem halben Kilo Goldfäden im Aug' gehabt hast.«

Der kleine Tamandl reckte sich so hoch wie möglich, schaute auffällig auf Hotwagners drei Ordner mit *auf Frist gelegten*, das heißt unerledigten, Mordfällen und bemerkte süffisant: »Man wird die Anlegung eines vierten Ordners ins Auge fassen müssen, meine Dame und die Herren, wenn Sie nicht weiterkommen. Kein direktes Ruhmesblatt für die MG 2. Wahrlich keins.«

Wasenegger, der Tamandls Abneigung gegen Tabakrauch kannte, zündete sich sofort eine Zigarette an und paffte wie eine Maschine in dessen Richtung.

Berger IV. tat, als würde er äußerst aufmerksam die Notizen auf seinem Blockzettel studieren, auf den er während der Rede des Hofrats einen glatzköpfigen Kugelmann gekritzelt hatte.

Stern sagte ganz ruhig: »Man sollte höheren Ortes nicht unzufrieden sein, Herr Hofrat. Wir tun, was wir können. Mehr als ermitteln können wir nicht. Es gibt keine zielführenden Hinweise aus der Bevölkerung, und weder die Briefbombenattentäter noch unser Serienmörder tragen eine Tafel, die sie als solche kenntlich macht.«

Daraufhin drehte sich Tamandl auf dem Absatz um und stolzierte wortlos aus dem Dienstzimmer.

Er fühlte sich aber auch in seinem garantiert rauchfreien Büro nicht wohl. Mißmutig betrachtete er die auf einem Regal angeordneten Polizeikappen aus aller Herren Länder.

Schließlich ging Tamandl zu seinen Lieblingen, den mitten im Raum aufgebauten Grünpflanzen, die Otto Hotwagner hinter seinem Rücken immer nur *Beserlpark* oder *hofrätliche Krauthäupteln* genannt hatte.

Wahrscheinlich hatte auch der immer so impertinent schauende Neue in der MG 2, dieser Trautmann, bereits einen herabsetzenden Namen für sie erfunden. Obwohl sie ungleich wertvoller als er waren. Denn sie spendeten Sauerstoff, während er mit seinen grauenhaften Selbstgedrehten diesen vernichtete.

Tamandl stellte sich knapp vor seine Lieblinge und sog deren frischen Geruch ein.

Wenn auch die Worte geschrieben sind, kam ihm ein altes chinesisches Gedicht in den Sinn, *nicht pflückt die Blumen, sind lebend*

Wesen – die Worte vermögen nichts gegen den Wind, denn der Wind kann nicht lesen.

Genauso war es. Der Wind konnte nicht lesen. Aber die Menschen. Auch die aus der MG 2. Trotzdem rauchten sie immer wieder in seinem Büro und achteten seine Pflanzen gering. Weil sie als Polizisten, als *Bütteln*, kein Gefühl für Poesie und keine Achtung vorm Leben, in welcher Form auch immer, hatten. Außer dieser Monika Suttner, die wie ein Lämmchen in die Horde der MG 2 geraten war.

Tamandl ging zu seinem Schreibtisch und zog die Lade auf, in der er die 6.35er-Pistole und einige Geräte zur Pflege der Topfpflanzen aufbewahrte. Nahm ein Schäufelchen heraus, ging zur Stellage mit den Pflanzen und grub die Dahingeschiedene behutsam aus.

Dabei erinnerte er sich an die Worte Buddhas: *Alles Leben ist Leiden. Das Nichterlangen von Gewolltem ist Leiden. Das Verlieren von Lieben ist Leiden. Alles, ihr Mönche, die ganze Welt ist für den Unerleuchteten Leiden.*

Ein wahreres Wort war nie gesagt worden, dachte Tamandl. Auch der Verlust einer Topfpflanze bedeutete Leiden. Wer kein Buddha war, litt ununterbrochen.

Nur: Ein kleiner Hofrat der Polizeidirektion Wien, der mit einem zänkischen Weib verheiratet und von unfähigen Beamten umgeben war, hatte nicht die geringste Chance auf Erleuchtung. Das war seine Tragödie.

20

Der 4. Juni, ein Mittwoch, war ein Frühsommertag wie er im Buche steht.

Es wehte kein Lüftchen, und die Temperatur betrug um 6.00 Uhr morgens angenehme 17 Grad. Laut Wetterbericht würde es schön bleiben und die Mittagstemperatur etwas über 23 Grad im Schatten betragen.

Trotz der frühen Stunde herschte auf dem Margaretengürtel und in den umliegenden Gassen beinahe reges Treiben. Viele Bewohner des Viertels starteten ihre Autos oder strebten der nächsten Bus- oder Straßenbahnhaltestelle zu, um zur Arbeit zu fahren. Einige ältere Leute führten ihre Hunde äußerln.

Auch die Müllwagen mit den Müllauflegern, von den Wienern *Coloniamänner* oder *Mistkübler* genannt, waren bereits unterwegs. Sie fuhren aus der Garage in der Einsiedlergasse in alle Richtungen, um den Dreck der Großstadt abzuholen.

Je zwei Mann pro Wagen standen auf den Trittbrettern und warteten auf den nächsten Halt; rollten dann die auf dem Gehsteig stehenden oder in den Höfen aufgestellten Plastik- oder Blechcontainer herbei. Sie stellten diese auf die Hebevorrichtung des Müllwagens und schauten zu, wie sie automatisch hochgezogen wurden. Dann wurde – nicht sichtbar für die Müllaufleger – der Inhalt der Behälter in den Kastenaufbau gekippt. Die leeren Container wurden danach automatisch herabgelassen.

Einer der riesigen Lkws mit der Aufschrift DIE GEMEINDE WIEN SORGT FÜR SIE – IHRE MA 48 rollte gemächlich durch die von der Reinprechtsdorfer Straße zum Gürtel führende Brandmayergasse und versperrte dabei ungerührt den anderen Fahrzeugen den Weg. Der Wagen hielt vor jedem Haustor der Gasse; unter anderem auch vor dem Gittertor des wegen seiner verglasten Loggien *Glaskastlbau* genannten Gemeindebaus.

Der Chauffeur Heiglmaier blieb im Führerhaus sitzen und las

in einem Kleinformat die neuesten Tratschereien und Skandale. Er vertiefte sich in das auf der Seite 5 prangende Bild einer halbnackten Schönen. Dann ging er zum Sportteil über und informierte sich, warum der Fußballklub Austria trotz Trainerwechsels wochenlang sieglos geblieben war.

Währenddessen schoben die Aufleger Sarközi und Mitteregger die Container heran. Sie entleerten sie und schoben sie wieder in den Hof des Gemeindebaus zurück.

Als sie ihren Wagen voll beladen hatten, fuhren sie zur Müllverbrennung Flötzersteig am Stadtrand.

Dort erlebten Sarközi, Mitteregger und die Leute von der Deponie bei der Entleerung des Wagens dann eine grausige Überraschung. Denn neben allem möglichen Abfall und Dingen, die eigentlich getrennt und nicht in den Hausmüll gehörten, kollerte auch eine Frauenleiche heraus, deren Körper durch die weiterschiebenden Zahnräder im Inneren des Müllaufbaus ziemlich zerstört worden war.

Die Frau mochte etwa fünfzig oder älter sein. Ihr Gesicht war von den Zahnrädern kaum verletzt worden. Durch die Schmutzschicht des Mülls konnte man jedoch erkennen, daß es durch zahlreiche Schnitte entstellt und dunkel angelaufen war. Die Frau war mit einer Bluse und einem offensichtlich blutgetränkten Rock bekleidet. Sie trug allerdings keine Schuhe.

Sarközi bekreuzigte sich. Einer der Deponiemänner sagte: »Da scheiß' ich drauf. Eine Leich', und noch dazu auf nüchternem Magen.«

Der Vorarbeiter wurde weiß und würgte: »Nicht weitermachen. Sofort die Anlage abstellen. Da muß die Polizei her.«

Dann machte er sich auf in Richtung Büro, um Meldung zu erstatten.

Es war 10.30 Uhr.

21

Als die MG 2 mit Hofrat Tamandl und der Erkennungsdienst, die mit Blaulicht und Hupe durch den starken Verkehr zum Flötzersteig gerast waren, gegen 11.00 Uhr ankamen, war dort schon die Hölle los.

Bei der noch halb unter dem Müll begrabenen Frauenleiche standen einige Leute der Verbrennungsanlage, vier Uniformierte, eine Journalbeamtin und Major Hipfinger, der Abteilungskommandant der Ottakringer Kriminalpolizei, der den Stadthauptmann vertrat; weiters waren die Gruppeninspektoren Cerny und Weißenböck anwesend.

Die Leute von der MG 2 nickten allen zu und betrachteten die auf der linken Seite liegende tote Frau.

Berger IV. beugte sich zu ihr nieder, und Stern sagte rasch: »Nicht anrühren, Burli.«

»Tu' ich eh nicht«, sagte Berger.

Er richtete sich auf und schaute die anderen an. »Wetten möcht' ich drauf, daß die am Hals aufgeschnitten ist. Aber durch den Dreck sieht man's nicht genau.«

Trautmann hatte wieder seinen stumpfen Blick. Er drehte sich rasch eine Zigarette – da hier keine Gefahr bestand, durch Aschepartikel mögliche Spuren zu versauen. Dann ging er beiseite und zündete sie an.

Die Frau mochte ungefähr so alt sein wie seine Freundin Gitti und war ebenso korpulent. Man konnte einigermaßen sicher annehmen, daß die Tote das bereits siebente Opfer desselben Mörders war. Und das vierte seit Mitte März.

Konnte nicht auch seine Gitti die nächste Tote sein? Konnte nicht auch sie in die Hände eines Mannes fallen, der offensichtlich nicht richtig im Kopf war? Der vielleicht eine Kappe trug und zwischen dreißig und vierzig Jahre alt war. Ein Irrer. Ein Schlächter, der schubweise mordete.

Und auch noch ein anderer Gedanke setzte sich in Trautmanns Kopf fest.

Seinerzeit, in Simmering, hatte es drei Opfer gegeben. Zwei Mädchen und eine junge Frau. Die Tote hier war aber schon das vierte Opfer in Serie und weder ein Mädchen noch eine junge Frau, sondern eine Frau in mittleren Jahren.

Der Täter hatte es also nicht wie damals bei dreien belassen. Und sein Opfer war auch nicht mehr jung.

Was bedeutete das? Wenn es überhaupt eine Bedeutung hatte. – Würde der Mann weiter und weiter morden?

Trautmann wurde durch die aufflammenden Blitzlichter des Polizeifotografen aus seinen Gedanken gerissen und stellte sich wieder zu den anderen. Alle, auch die EKD-Leute, warteten auf den Gerichtsmediziner.

Dr. Danzer, der von der Sensengasse aus flott vorwärts gekommen war, traf um 11.10 Uhr am Flötzersteig ein.

Er öffnete seine Tasche, zog sich Gummihandschuhe an und begann die Tote vorsichtig zu untersuchen.

»Die Frau muß zum Zeitpunkt ihres Todes betrunken gewesen sein«, stellte er fest. »Sie riecht ja jetzt noch nach Alkohol. Im Gesicht hat sie zahlreiche Schnittwunden. Am Hals schwere Würgemale. Die anderen, eher stumpfen Verletzungen stammen sicher von der Maschinerie des Müllwagens.«

Er drehte die Tote um und säuberte vorsichtig ihren Hals. Alle sahen die klaffende Schnittwunde an der linken Halsseite.

Dr. Danzer schob den Rock der Toten hoch.

Sie trug kein Höschen. Bauch- und Schamgegend waren blutverschmiert und wiesen ebenfalls Schnittverletzungen auf.

Während der Gerichtsmediziner die Tote weiter untersuchte und dann über sein Handy die Gerichtsmedizin anrief, befragten die Kriminalbeamten die Besatzung des Müllwagens, in dem die Tote gelegen hatte.

Daraus ergab sich folgendes Bild: Der Müllwagen hatte seine Ladefahrt in der Brandmayergasse/Ecke Siebenbrunnenplatz begonnen und war danach seinen Rayon abgefahren. Vermutlich hatte sich die Leiche in einem der ersten Container in der Brandmayergasse befunden, da sie erst gegen Ende des Entleerens des Wageninhalts zum Vorschein gekommen war.

»Wie oft«, fragte Stern den Chauffeur, »müßten Sie halten, bis ein Gegenstand so im Wagen zu liegen kommt, wie diese Tote hier?«

»Das kann ich nicht sagen«, brummte der Mann. »Allzuoft jedenfalls nicht.«

»Sie muß ungefähr ab der Embelgasse oder der Diehlgasse in einem Container gewesen sein«, warf der Aufleger Sarközi ein. »Aber es hängt davon ab, wie voll die Container angefüllt waren.«

»Hat einer von euch diesen Teil von Margareten, Brandmayergasse, Embelgasse und Diehlgasse, im Kopf?« fragte Stern seine Leute.

»Ja«, antwortete die Suttner. »Eine Tante von mir wohnt in der Kohlgasse. Die Embelgasse und die Diehlgasse kreuzen die Brandmayergasse, die so wie die Arbeitergasse verläuft. Embelgasse und Diehlgasse laufen also parallel zum Gürtel.«

Dann hoben die EKD-Leute die Tote vom Müllberg und legten sie abseits hin.

Sie durchsuchten den schmierigen Abfall nach etwaigen Hinweisen, fanden aber nichts Bemerkenswertes, auch keine Blutspuren. Dies ließ vermuten, daß die Tote erst in den Container geworfen worden war, als sie bereits anderswo verblutet war.

Dr. Danzer wollte sich nicht auf einen Todeszeitpunkt festlegen.

Er hielt auch eine Rektalmessung der Körpertemperatur für wenig sinnvoll. Denn niemand wußte, wie lange die Tote im Container gelegen war. Auch konnte man nicht mehr exakt feststellen, welche Temperatur im Container geherrscht hatte. Denn diese hing mit der Wärmeentwicklung des Mülls zusammen, die jetzt nicht mehr nachzuvollziehen war. Der Müll hatte ja nicht durchwegs die gleiche Temperatur. Faulender Müll war wesentlich wärmer als neutraler.

Die vorhandenen Totenflecke ließen ebenfalls keine genaue Zeitbestimmung zu. Diese würde erst nach der Obduktion aufgrund des vermehrten Blutandrangs an Lunge, Leber, Niere, Gehirn und Darmschlingen möglich sein.

Trautmann legte eine *Kleiderkarte* von der Toten an. Die EKD-Leute füllten ein paar große Plastiksäcke mit Müll aus der Umgebung der Toten, um vielleicht mikroskopische Spuren zu erkennen, hatten aber nicht viel Hoffnung.

Dann wartete der überaus gewissenhafte Dr. Danzer auf das Eintreffen des Leichentransportes, fuhren die Ottakringer in ihr Kommissariat und die MG 2 und der Erkennungsdienst ins Sicherheitsbüro zurück.

Nach dem Mittagessen in der Kantine, das Tamandl nicht schmeckte, weil er immer noch die Tote auf dem Müllberg vor sich sah, faxte Wasenegger Fotos der Toten an alle Kommissariate. Es konnte ja sein, daß irgendein Kollege sie zu identifizieren vermochte.

Inzwischen retuschierte der Polizeifotograf das Foto der Toten, damit es, falls nötig, einem breiten Publikum präsentiert werden konnte, ohne daß die Leute *vom Sprießel fielen*. Wahrscheinlich würde es in der *Zeit im Bild* um 17.00, 19.30 und 22.00 Uhr gesendet werden und auch in den Abendzeitungen zu sehen sein.

Um 14.00 Uhr meldete sich telefonisch Bezirksinspektor Oswald Maier aus dem Kommissariat Margareten im Sicherheitsbüro. Berger nahm den Anruf entgegen.

»Ich und ein paar Kollegen, wir kennen eure Tote«, berichtete Maier. »Es ist die unterstandslose Hilde Peschta aus unserem Bezirk. Sie ist seit ungefähr zwei Jahren ohne Bleibe. Wir haben sie wegen kleiner Ladendiebstähle in den Akten.«

Berger griff nach Zettel und Kugelschreiber.

»Sag mir das noch einmal, Maier. Aber so, daß ich mitschreiben kann.«

»Wart eine Sekunde«, sagte der Kollege aus dem *Koat Margareten*. »Ich schau' in den Unterlagen nach. Dann hast du's genauer.«

Nach einer kurzen Pause: »Kannst du?« Und als Berger bejahte, betont langsam und monoton: »Also – die Frau heißt Hilde Peschta. Paula, Emil, Schule, Theodor, Anton. Wurde am 28. 8. 1945 in Unter Purkersdorf geboren. War vom 16. 4. 1965 bis 3. 6. 1995 in Margareten, Obere Amtshausgasse 12, gemeldet. War verheiratet, wurde dann geschieden und hat, soviel wir wissen, die Wohnung verloren, weil sie immer den Zins schuldig geblieben ist. Sie hat sich dann im Bezirk herumgetrieben. Meistens im St.-Johann-Park, beim Gürtel und der Schönbrunner Straße, übernachtet. Im Winter, wenn's besonders kalt war, ist die Peschta in die Mission am Westbahnhof gegangen, oder wir haben sie in einer Zelle übernachten lassen. Sie hat ein paarmal Trunkenheitsexzesse geliefert und sieben kleine Ladendiebstähle beim *Billa* und *Löwa* gemacht. Verurteilt ist sie jedoch nur ein Mal worden. Die anderen Sachen hat unser Oberstleutnant abgebogen, weil die Hilde eine arme Sau war. Bei ihr war nichts zu holen. Hast das?«

»Ja«, sagte Berger. »Logisch. Gibt's sonst noch was, das wir wissen sollten? Weißt du, ob die Frau in Wien familiäre Bindungen gehabt hat?«

»Nein«, sagte Maier. »Fragts aber den Pfarrer von der Herz-Jesu-Kirche in der Einsiedlergasse. Zu dem ist s' manchmal beichten 'gangen, wenn s' 'glaubt hat, sie hält das Leben nimmer aus. Wenns wollts, schickts irgendwann am späten Abend oder in der Nacht einen Mann von euch zu uns ins *Koat*. Ich hab' heut' auch Nachtdienst und kenn' die Unterstandslosenszene im Bezirk recht gut. Wennst kannst, komm du. Ich werd' mit dir die Runde machen. Vielleicht erfahren wir dabei etwas über die Peschta.«

Stern war mit diesem Vorschlag einverstanden und schickte »Burli« Berger nach Hause, damit er noch etwas schlafen konnte. Schließlich würde er sich die heutige Nacht um die Ohren schlagen müssen.

»Und wir«, informierte er Wasenegger, Monika Suttner und Trautmann, »fahren jetzt in den fünften Bezirk und schauen uns die Gegend um die Einsiedlergasse ein bißl genauer an.«

»Du kennst dich ja dort aus, Moni«, sagte er zur Suttner. »Befindet sich die Obere Amtshausgasse, wo die Peschta letztmalig gemeldet war, nicht ganz in der Nähe des Planquadrats, das unser Müllwagen befährt?«

Die Suttner nickte. »Ja. Sie geht von der Siebenbrunnenfeldgasse bis zur Arbeitergasse und liegt fast in der Mitte des Quadrats.«

Berger rief seinen Margaretner Kollegen an und vereinbarte ein Treffen mit ihm. Dann machte er sich auf den Weg nach Hause.

Stern berichtete Hofrat Tamandl von der Identifizierung der

Toten. Dann fuhren er, Wasenegger, die Suttner und Trautmann nach Margareten. Sie steckten sich jeder ein paar der retuschierten Fotos vom Gesicht Hilde Peschtas ein.

Das Foto der Toten wurde in den *Zeit im Bild*-Sendungen gebracht. Es wurde der Name des Opfers genannt und um Hinweise aus der Bevölkerung gebeten.

22

Das *Grätzel*, in dem die MG 2 ermittelte, hatte schon bessere Zeiten gesehen.

Bis in die sechziger Jahre hatten in den Gassen zwischen Gürtel, Reinprechtsdorfer Straße und Arbeitergasse vor allem kleine Leute gelebt. Eingekauft hatten sie in den vielen netten kleinen Geschäften.

Seither haben sich die Verhältnisse geändert. Auch in diesen Teil des Bezirks sind zahlreiche Gastarbeiter gezogen. Die kleinen Geschäfte haben die Konkurrenz durch die Supermarktketten nicht überlebt. Sie stehen jetzt entweder leer oder werden als Wohnungen an Gastarbeiter vermietet. Die Reinprechtsdorfer Straße sieht sich gerne als eine der Wiener Einkaufsstraßen, in Wahrheit ist sie jedoch nur mehr eine *geschminkte Leiche*.

Stern, Wasenegger, die Suttner und Trautmann hörten sich in der Gegend um und erhielten mehrere Hinweise. Einer von ihnen entpuppte sich als Haupttreffer.

Die kroatische Hausbesorgerin aus der Oberen Amtshausgasse 12 wohnte seit sieben Jahren im Haus. Sie erinnerte sich noch gut an die Peschta.

»War gut Frau«, sagte sie zu Trautmann. »Aber Mann schlecht. Trinken. Immer streiten und Frau schlagen. Oft Polizei da. Dann Frau lassen sich scheiden. Mann aus Wohnung. Frau allein. Aber auch trinken. Bringen immer fremde Männer in Haus, machen Krach, wenn besoffen. Zahlen nicht Miete. Hausverwalter geht Gericht, Frau Peschta muß weg. Delo ... ich weiß nicht, wie heißt.«

»Delogierung«, sagte Trautmann.

»Ja – ...gierung. Frau Peschta weg. Vor zwei Jahr. Oder drei. Mehr nix wissen.«

Trautmann befragte einige Mieter. Diese sagten, sofern sie die Peschta gekannt hatten, das gleiche wie die Hausbesorgerin.

Eine ältere Frau wies Trautmann jedoch darauf hin, daß sich die Peschta am Rand Margaretens, Richtung sechster Bezirk, Mariahilf, herumgetrieben hatte. Jedenfalls hatte sie sie mehrere Male bei der U-Bahn-Station Margaretengürtel und in unmittelbarer Nähe im St.-Johann-Park betrunken umhertorkeln gesehen.

Monika Suttner erfuhr von den Gästen einer Branntweinstube in der Fendigasse, daß die Peschta das winzige Lokal öfter aufgesucht hatte.

»Sie hat fast jeden Tag vorbeigeschaut – mit ihren drei oder vier Plastiksackerln«, sagte der Branntweiner. »Schon wenn sie 'kommen is', war s' *eing'spritzt*. Meist hat ihr dann noch wer was 'zahlt, und über kurz oder lang war s' *voll zu.*«

Jeder hatte bemerkt, daß die Frau immer mehr verfiel. Und jeder hatte gewußt, daß sie für ein paar Gläser Schnaps oder fünfzig Schilling zu einem Geschlechtsverkehr bereit gewesen war.

»Aber von uns hat's keiner mit ihr 'trieben«, warf ein jüngerer, zerstört aussehender Mann ein. »Wir da sind zwar nicht heikel, aber über so was wie die Hilde gehen wir doch nicht drüber. Bei uns hat s' nichts g'rissen.«

»Wann genau war die Peschta zuletzt in Ihrem Lokal?« fragte die Suttner den Branntweiner.

Der Branntweiner debattierte mit den Stammgästen. Man einigte sich darauf, daß die Peschta noch am Abend zuvor hiergewesen war.

»Schwören möcht' ich aber nicht drauf«, sagte ein alter Mann. »Es kommt mir so vor, daß das am Montag gewesen ist. Da war ich gerade auf dem Weg daher, wie ich sie gesehen hab'. Sie ist mit einem Mann unterwegs gewesen, war wieder voll wie eine Strandhaubitze und hat mich nicht einmal bemerkt, wie sie an mir vorüber ist.«

»Um welche Zeit war das ungefähr, was meinen Sie?« fragte die Suttner.

»Na«, brummte der Mann, »wann wird das gewesen sein … So um sechse, tät' ich sagen. Oder ein bißl später. Aber nicht viel.«

»Können Sie sich an den Mann erinnern?« fragte die Suttner. »Ich meine, wie hat der ausgeschaut?«

»Ja … Nicht groß … Ungefähr so wie die Hilde. Nur dünner. So einen Jeansanzug hat er ang'habt und ein Kapperl auf dem Kopf.«

Der Mann mit der Kappe – durchfuhr es die Suttner, und sie fragte gespannt: »Welche Kappe? Wie alt war denn der Mann? Hat er eine Brille getragen?«

Der alte Mann kratzte sich am Kopf und brummte: »Wenn S' mir einen Schnaps zahlen täten, Fräulein, tät' ich mich vielleicht erinnern.«

Die Suttner bestellte einen Doppelten. Der alte Mann kippte das Glas in einem Zug hinunter, bekam wäßrige Augen und meinte dann: »Eins nach dem anderen, junge Frau. Also, was haben S' wissen wollen?«

»Welche Kappe der Begleiter von Frau Peschta getragen hat. Wie alt er war. Ob er eine Brille aufhatte. Und: Können Sie ihn näher beschreiben?«

»Ja … alt? Fünfunddreißig. Vielleicht vierzig. Augengläser? Ja, Augengläser hat er aufgehabt. Solche, die die Augen größer machen … Und komisch g'schaut hat er«, brummte der Alte. Er wandte sich an seine Zechkumpane: »Erinnerts euch noch an den Franzi? Der bei die Straßenkehrer war?«

Sie erinnerten sich.

Der Franzi hatte bei der Straßenreinigung gearbeitet und war immer, wenn er mit Besen, Schaufel und seinem zweirädrigen Wagerl vorbeigekommen war, auf einen Sprung und ein Stamperl hereingekommen.

Nicht ganz dicht war er gewesen, aber ein richtiger Trottel auch nicht. Behindert im Kopf, halt. Er hatte eine Brille getragen und nie jemandem gerade ins Gesicht schauen können, weil seine Augen immer richtungslos hin und her rollten. Das hatte einen lateinischen Namen und kam von den Nerven. Aber der Franzi war seit zirka einem Jahr tot. Sie alle waren auf seinem Begräbnis gewesen.

»Genau so ist's«, brummte der Alte wieder zur Suttner. »Einen lateinischen Namen hat seine Krankheit gehabt …«

Dann kam der Alte auf die Kappe von Peschtas Begleiter zurück. »Ja, dem seine Kappe … Von dem Mann, den ich mit der

Hilde ... Wenn ich mich nicht irr', war es eine Sportkappe, wie sie die Schotten oder Iren aufhaben. Irgendwie grau und kariert. Und oben war ein flacher Knopf aus Stoff drauf. Ja, aus Stoff. Und dreckig war sie, wie sein Jeansanzug. Ein richtiger *Dreckamper* ist der gewesen. Und die Hilde war *bumm zu.* Hat mir ins Gesicht geschaut, mich aber nicht g'sehen. Sie sind mir entgegengekommen und dann in die Einsiedlergasse eingebogen.«

Der Alte hieß Max Haberfellner. Die Suttner notierte sich Namen und Adresse und bestellte ihn für den nächsten Tag ins Sicherheitsbüro, wo er sich einige Fotos anschauen sollte.

Stern und Wasenegger ermittelten in der Brandmayergasse, in Richtung Gürtel. Der eine auf der linken Seite und der andere auf der rechten.

Als sich Stern im sogenannten *Glaskastlbau* Ecke Diehlgasse, mit dem Foto der Peschta in der Hand, umhörte, erfuhr er, daß die Peschta im Bau gut bekannt war. Sie hatte öfter auf einer Bank im Hof geschlafen, wenn es warm war. In der kalten Jahreszeit hatte sie manchmal in einer leerstehenden Wohnung auf der 4er-Stiege übernachtet, ab und zu sogar mit einem oder mehreren Männern. Niemand hatte sich darum gekümmert.

In Gemeindebauten nimmt man es mitunter mit den Wohnungen nicht so ganz genau. Manche stehen jahrelang leer und werden nicht vergeben, weil es dem Hausinspektor und der zuständigen Magistratsabteilung wurscht ist.

Stern befragte die anwesenden Mieter auf Stiege 4. Er hörte von der Nachbarin der leerstehenden Wohnung im vierten Stock, daß dieser Tage wieder jemand nebenan gewesen war – vielleicht die Peschta, vielleicht auch junge Leute aus dem Bau, die sich die Kosten für ein Stundenhotel sparen wollten. Es war ja vielen bekannt, daß diese Wohnung eine ideale sturmfreie Bude war.

»Wer in der Wohnung war, haben Sie aber nicht gesehen?« vergewisserte sich Stern nochmals.

»Nein. Ist mir auch wurscht. Ich bin weder das Magistrat noch die Polizei. Und mein eigener Feind auch nicht«, antwortete die Frau. »Weiß ich denn, wer alles in die Wohnung geht und ob nicht einer drunter ist, der ein Messer hat?«

Aber sie hatte zuerst Stimmen und dann Gepolter gehört. Nicht lang. Dann war es ruhig gewesen.

Stern ging zu der leeren Wohnung, deren Tür verschlossen war. Er zog ein Taschenmesser und versuchte aufs Geratewohl, ob die Tür vielleicht nur eingeschnappt war. Die Nachbarin sah ihm dabei interessiert zu.

Nach einigen Versuchen sprang die Tür auf. Stern ging in die Wohnung und drückte rasch hinter sich die Tür zu, damit ihm die Frau nicht folgen konnte.

Was er vorfand, übertraf selbst seine kühnsten Erwartungen.

Im zweiten Raum lag eine blutdurchtränkte alte Matratze auf dem desolaten und blutbeschmierten Parkettboden.

In einer Ecke standen vier gerammelt volle Plastiktragetaschen.

Damit stand eigentlich fest, daß die Vermutung der Müllmänner, die Frauenleiche habe in einem Container der Brandmayergasse gelegen, zutraf. Exakt war es einer der Container des *Glaskastlbaus* gewesen.

Stern zog das Handy und informierte zunächst seine Kollegen, die umgehend in die 4er-Stiege des *Glaskastlbaus* kommen sollten. Danach rief er im Sicherheitsbüro an und verständigte den Erkennungsdienst.

Die EKD-Leute kamen um 17.40 Uhr und begannen sofort mit ihrer Arbeit.

Sie fotografierten, plazierten Nummerntäfelchen und stellten Proben des eingetrockneten Blutes, ein Stück Fingernagel, Spuren von Erbrochenem und die Matratze sicher.

Sie durchsuchten auch die Plastiktragetaschen. Diese enthielten gebrauchte und frische Höschen, einen Büstenhalter, Strumpfhosen, ein Besteck mit der Gravierung *Ananas Hotel,* allerhand Nahrungsmittel, Schokoriegel, ein paar Fotos und noch einige wenige Habseligkeiten.

Es fand sich weiters ein abgelaufener Reisepaß auf den Namen Hildegard Peschta. Aus diesem ging hervor, daß die Peschta in den Jahren 1980 bis 1984 mehrere Tagesreisen nach Ungarn unternommen und im Jahr 1982 Rumänien besucht hatte. Im Paß fand sich ein altes, zerknittertes, fleckiges Foto eines pausbäckigen blonden

Mädchens in hellem Kleidchen. Auf der Rückseite des Fotos stand *Hilde, Firmung 1957*.

Um 19.30 Uhr verließen Stern, Wasenegger, die Suttner, Trautmann und die EKD-Leute die Wohnung.

Trautmann klebte mehrere Vignetten mit der Aufschrift POLIZEIDIREKTION WIEN – AMTLICH VERSIEGELT über Tür und Türstock.

Stern rief Berger IV. zu Hause an und berichtete ihm kurz, was sie entdeckt hatten.

Berger IV. war sauer und keppelte: »Warum hast mich denn nicht früher angerufen? Ich wär' doch sofort gekommen! Immer, wenn was los ist, bin ich nicht dabei!«

»Reg dich nicht auf«, sagte Stern. »Ich wollt' dich schlafen lassen, weil du heut' Nacht unterwegs bist. Also, mach's gut. Ich wünsch' dir viel Erfolg. Servus.«

Berger IV. beruhigte sich halbwegs. Er setzte sich in seinen Wagen und fuhr in die Viktor-Christ-Gasse, um sich im dortigen Kommissariat mit dem Margaretner Kollegen Maier V. zu treffen.

23

Das Bundespolizeikommissariat Margareten ist erst seit ein paar Jahren in einem Gebäude der Viktor-Christ-Gasse, unweit des Bacherparks, untergebracht.

Vor dem Umzug befand es sich in einem desolaten Haus in der Wehrgasse. Seine menschenunwürdigen Arrestzellen veranlaßten sogar Amnesty International zu einer offiziellen Rüge.

Im modernen neuen Haus läßt sich gut arbeiten. Eine eigene Zufahrt zu den Arrestzellen und ein Schießkanal sind vorhanden; die Beamten und Besucher haben es bequemer als vorher.

Berger IV. kam um 20.00 Uhr ins *Koat,* ging durch das Wachzimmer und fuhr mit dem Lift zu den Kriminalbeamten hinauf.

Sein Kollege Maier V. bot ihm Kaffee an. Während Berger eine Tasse trank, unterhielt er sich mit den *Kiberern* vom Journaldienst, wobei die Unterhaltung eher zähflüssig verlief, weil Leute aus dem Sicherheitsbüro in den Bezirken nicht sonderlich beliebt waren. Sie wurden von den Bezirksbeamten hinter vorgehaltener Hand hämisch als *Gschaftlhuber, Obergscheite* oder *Spurenvernichter* apostrophiert.

Als Berger und Maier das *Koat* verließen, war es 21.30 Uhr. Der Abend war ausgesprochen mild. Die beiden gingen zunächst durch den Bacherpark, der noch voll von Ausländern war.

»Unsere Leut' regen sich über die Ausländer auf«, erklärte Maier, »aber wo sollen die *Tschuschen* denn hingehen? Ihre Wohnungen sind zu vergessen und überbelegt, also gehen sie, wenn's Wetter halbwegs ist, in den Park. Von die Leut', die wir heut' brauchen, ist aber niemand da.«

Sie überquerten die Reinprechtsdorfer Straße und gingen weiter in Richtung des Platzes, der Am Hundsturm heißt, weil an dieser Stelle vor Jahrhunderten ein Hundehetz-Theater stand.

Auf dem Platz befindet sich eine kleine Parkanlage, ein *Beserlpark* mit ein paar Bänken und Tischen und einer Sandkiste für die Kinder. In diese lassen Anrainer morgens und abends ihre Hunde urinieren und koten, weil darin tagsüber fast nur Ausländerkinder spielen.

Unterstandslose sind in diesem Park nicht zu finden, sondern erst ein Stück weiter im St.-Johann-Park.

Dieser etwas größere Park liegt zwischen Schönbrunner Straße und dem Wienfluß. Auf der einen Seite befindet sich die kleine sogenannte Fiakerkapelle, auf der anderen die U-Bahn-Station Margaretengürtel. Der Park besitzt einige größere Rasenflächen, viele trotz des umweltmordenden Gürtelverkehrs noch lebende Bäume und mannshohe Gebüschgruppen, mehrere kiesbestreute Wege und zahlreiche Bänke.

Der St.-Johann-Park wird von Ausländern kaum frequentiert. Zur Mittagszeit ist er voll von Jugendlichen aus der nahen Berufsschule. Am Nachmittag sitzen dort meist alte Leute herum, die Zeitung lesen, Karten spielen oder einfach nur vor sich hin schauen. Am Abend gehört er den Liebespaaren. Wenn es dann richtig dunkel ist, tauchen ein paar Unterstandslose auf, um die Nacht auf den Parkbänken zu verbringen.

Als Berger und Maier in den Park kamen, fanden sie drei unterstandslose Männer und eine Frau vor. Diese lagen schon auf den Bänken, schliefen aber noch nicht. Alle vier waren nicht mehr nüchtern und hatten halbvolle Weinflaschen bei sich.

Maier scheuchte sie alle auf und trieb sie auf einer Bank zusammen.

»Jetzt paßts einmal auf«, sagte er zu ihnen. »Ihr wißts alle, daß die Hilde Peschta um'bracht worden ist.«

Zwei noch jüngere Männer nickten stumm. Der dritte, ein älterer, unförmig dicker mit wallendem Vollbart und speckigem Hut auf dem Kopf, brummte: »Wissen wir eh, Inspektor. Geht uns aber nichts an, weil wir leben ja noch.«

Und die von einer Wolke säuerlichen Gestanks umgebene etwa vierzigjährige zahnlose Frau sagte: »Die Hilde ist ja selber schuld, daß sie sich jetzt *die Erdäpfel von unten anschaut.* Warum ist sie auch mit jedem, der ihr ein Achtel gezahlt hat, hinters Gebüsch – wie a billige Gassenhur'.«

Alle vier interessierte der Tod der Peschta eigentlich nicht, weil sie ja selber schon so gut wie mit dem Leben abgeschlossen hatten und im Grunde, wie die meisten Unterstandslosen, nur mehr auf Abruf lebten.

Unterstandslose haben weder in Wien noch in anderen Großstädten eine Perspektive. Sie sind in den Augen der anderen Menschen Parasiten und zu nichts mehr nütze. Die Gesellschaft hat sie bereits zu Lebzeiten vergessen, und nur ein paar wohltätige Organisationen nehmen sich ihrer an. Geben ihnen ab und zu Unterkunft, Waschmöglichkeit und etwas zu essen. Nicht einmal die Polizei interessiert sich mehr für sie und schaut nicht hin, wenn sie Parks, die Gürtelkolonnaden der U-Bahn oder preisgegebene abbruchreife Häuser als Quartier benutzen.

Erst als Maier ein paar mitgebrachte Zigarettenpäckchen verteilte, zeigten die Unterstandslosen so was wie Interesse an den Fragen der Polizisten.

Hilde Peschta, sagten sie, habe im Grunde nur selten im St.-Johann-Park übernachtet. Sie hatte sich meist bei der nahegelegenen U-Bahn-Station Gumpendorfer Straße aufgehalten, um den dort herumhängenden Kleindealern oder ihren highen Kunden ein paar Schillinge abzubetteln. Manchmal war sie auch ein Stück weiter bis zum Westbahnhof gegangen, um dort herumzusitzen, die Leute anzubetteln oder mit einem *Gogel*, der sich keine andere Frau leisten konnte, mitzugehen.

Sie hatte auch immer wieder in die Hurencafés auf dem Gaudenzdorfer Gürtel hineingeschaut, um von den Huren und deren Zuhältern etwas Geld, eine Wurstsemmel, einen Schnaps oder Kaffee zu erbetteln.

Alle vier waren sich einig, daß die Peschta eigentlich ganz gut gelebt hatte und noch länger so hätte leben können, wenn sie ihre Hände von den Mannsbildern gelassen hätte.

»Auch als Unterstandslose«, sagte die stinkende und aufgedunsene Frau, »ist man immer noch eine Frau und hat Gefühle und eine menschliche Ehr'! Und sucht sich aus, für wen man *die Füß' aufstellt*. Aber ein Weib, was jeden *drüberläßt*, muß halt damit rechnen, daß es an einen Abnormalen kommt und *heim'draht* wird.«

Daraus entwickelte sich ein kraftloser Streit, weil einer der unterstandslosen Männer meinte, ehe er bei einer solchen lebenden

Leiche seinen Zumpf hineinhängen ließe, würde er sich diesen eher noch abschneiden.

Gesehen hatten alle vier die Peschta seit Tagen nicht mehr. Sie konnten sich auch nicht an die Männer erinnern, die mit ihr hinter ein Gebüsch gegangen waren.

Das gleiche erfuhren Berger und Maier auch auf ihrer weiteren Runde, die sie bis zum Westbahnhof, durch einige miese Lokale und ebensolche Gassen des fünfzehnten Bezirks führte.

Überall war die Peschta bekannt wie ein falscher Fünfziger, aber Näheres über sie und ihre möglichen Freunde wußte niemand. Ob sie jemals einen Typen mit Kappe und Brille abgeschleppt hatte, war nicht zu ermitteln.

Als Berger IV. und Maier V. ins *Koat Margareten* zurückkamen, war es 2.00 Uhr. Sie waren sich einig, daß ihnen die Tour außer staubigen Schuhen nichts gebracht hatte.

Ein hünenhafter Beamter gab Berger noch ein Zuckerl auf den Weg mit, als er sarkastisch brummte: »Pech für dich, Kollege, daß wir dir nicht haben helfen können. Aber ihr vom *SB* seids eh so vif, daß ihr euren Fall auch ohne uns *Bezirkstrotteln* lösen könnts.«

Berger IV. sagte dem Kollegen nicht, daß er die Bezirksbeamten nicht nur für Trotteln, sondern auch für *Arschlöcher mit Dienstkokarde* hielt. Er bedankte sich bei Maier V. für die Hilfe und schüttelte ihm demonstrativ die Hand. Den anderen winkte er nur mit dem Zeigefinger zu, als er das *Koat* verließ.

Während er durch die leer gewordenen Straßen zu seiner Wohnung fuhr, beschlich Berger das Gefühl, daß er in seiner Gruppe eigentlich auch nur als Trottel angesehen wurde.

Wen ließ der Oberst für Handlangerdienste rennen, bis die Sohlen rauchten? Ihn, Franz Berger IV. Wer mußte uninteressante Niederschriften zum hundertsten Mal lesen und *kollationieren*? Franz Berger IV. Wer kochte die meiste Zeit Kaffee und holte Leberkässemmeln? Franz Berger IV. Aber wenn irgendwo blutige Matratzen gefunden wurden, brillierten die anderen. Sogar *Frischg'flachte* wie der glatzerte Trautmann mit seinen selbstgedrehten *Stinkadores*.

Ein Mensch war nur der alte Otto Hotwagner gewesen. Aber der lebte leider nicht mehr.

Berger IV. dachte kurz daran, sich versetzen zu lassen. Er wußte aber nicht wohin. Alles außer dem *SB* verdiente ja nicht den Namen Polizei. Und dort war er ja schon.

Leider.

Als Berger die Wohnungstür aufsperrte, wußte er, daß er nie zur Polizei hätte gehen sollen. Sich jetzt auf den freien Markt zu werfen und etwas anderes zu tun, war aber auch nicht mehr drin. Offenbar war es sein Schicksal, daß er zwar alle Dienstprüfungen mit sehr gut abgelegt hatte, aber trotzdem nur das fünfte Rad am Wagen war.

24

Am nächsten Tag erschien Max Haberfellner, der Mann aus der Branntweinschenke, im Sicherheitsbüro und schaute sich stundenlang Fotos von Sittlichkeitsverbrechern an. Er fand aber bei keinem auch nur die geringste Ähnlichkeit mit dem Mann, den er in Begleitung Hilde Peschtas gesehen hatte.

Dann kam ein Mitarbeiter des EKD mit einem Plastiksäckchen in der Hand, schwenkte es und sagte: »Leute, der Fingernagel von gestern ist ident mit dem, den wir seinerzeit bei einem der Simmeringer Morde gefunden haben.«

Stern lächelte anerkennend. »Ihr seids echte Weltmeister. Der reine Wahnsinn.«

»Nicht so arg«, winkte der EKD-Mann ab. »Man tut, was man kann, Waldi. Wozu sonst heben wir uns Berge von Exponaten von der Steinzeit bis jetzt auf.«

Er ließ sich eine Leberkässemmel und ein Riesenhäferl Kaffee anbieten, versuchte eine von Trautmanns Selbstgedrehten und sagte: »Wegen der Matratze müßts noch ein bißl warten. Ich mein', ob das Blut von der Toten stammt oder nicht. Da müssen wir noch die Gerichtsmedizin kontaktieren.«

Das erwies sich als nicht notwendig, da die Gerichtsmedizin einen vorläufigen Obduktionsbefund ins Sicherheitsbüro faxte. Aus diesem ging hervor, daß die Peschta eine seltene Blutgruppe, AB negativ, gehabt hatte, die auch das Blut auf der Matratze aufwies.

Weiters besagte der Obduktionsbefund, daß an der Peschta folgende Verletzungen festgestellt worden waren: Eindrückung des Kehlkopfes, des Kehldeckels und der Speiseröhre. Zertrümmerung des Nasenbeins. Schnittwunden in der Bauchgegend, wobei es infolge der Schnittiefe auch zu Verletzungen des absteigenden Grimmdarmes gekommen war. Dies hatte innere Blutungen zur Folge gehabt.

Der Tod der Peschta war infolge Durchtrennens der linken Halsschlagader eingetreten. Wäre dies unterblieben, hätten die Verletzungen am Hals und in der Bauchgegend, wenn auch später, trotzdem den Tod der Frau zur Folge gehabt.

Es war einwandfrei festgestellt worden, daß die Peschta vor oder nach ihrem Tod Geschlechtsverkehr mit einem Mann gehabt hatte, dessen Sperma mit dem in der Vagina des Opfers aus dem Haydnhof übereinstimmte.

An der Vagina Hilde Peschtas waren sowohl die äußeren wie inneren Schamlippen durchtrennt, der Scheidenvorhof, Vorhaut und Eichel des Kitzlers und der Scheideneingang durch Schnitte verletzt worden.

»Nicht schwach«, konstatierte Wasenegger. »Der hat sich ja diesmal wie ein Wilder aufgeführt.«

Der kleine Hofrat Tamandl war seit dem Morgen voll im Streß.

Er hatte bereits eine Pressekonferenz abgehalten und war dann ins Funkhaus des ORF gefahren, um für Radio Wien und Ö1 Interviews zu geben. Am Abend würde er Gast in der 22.00-Uhr-Ausgabe von *Zeit im Bild* im Fernsehen sein, weshalb er zu seinem Friseur gefahren war, um sich seine paar Härchen auf dem Kopf und das schüttere Bärtchen fernsehgerecht stutzen zu lassen.

Trautmann hingegen arbeitete an einem Problem, das ihm nicht aus dem Kopf gehen wollte.

Es war schon am gestrigen Abend zu Hause aufgetaucht und ließ ihm seither keine Ruhe. Er hatte das Gefühl, irgendwann etwas gesehen oder gehört zu haben, das ein möglicher Hinweis auf den Serienmörder gewesen war.

Um sich daran zu erinnern, bediente sich Trautmann einer alten Methode des Zen-Buddhismus, der *Koans*. Ein *Koan* ist eine paradoxe Frage, auf die es keine rationale Antwort gibt. Wenn man jedoch seinen Verstand bis zur Erschöpfung strapaziert, gelangt man zur Lösung; die Antwort taucht aus dem Unbewußten auf. Trautmann rief daher in seinem Gehirn eine scheinbar willkürliche Bilderflut ab – vergleichbar mit den Früchtebilder-Reihen von Spielautomaten, die man – um den Jackpot zu knacken – in dem Augenblick anhalten muß, in dem alle Reihen die gleiche Frucht zeigen.

Er hatte zu Hause – während er mit seiner Freundin Gitti zu Abend gegessen und sich dann mit ihr im Fernsehen ein *Universum* über den Neusiedler See angeschaut hatte – vor seinem inneren Auge jede Menge Gesichter, Personen und erlebte Situationen ablaufen lassen, ohne mehr als Chaos wahrzunehmen. Einen Zusammenhang mit dem möglichen Serienmörder hatte er nicht erkannt.

Was Trautmann erreicht hatte, war, daß seine Lebensgefährtin seine Abwesenheit bemerkt hatte. Sie hatte über einen Menschen zu keppeln begonnen, der da und zugleich nicht da war, vor sich hin in ein *Narrenkastl* glotzte und sich wie ein ausgemachter Autist aufführte.

Jetzt saß Trautmann kettenrauchend allein im Dienstzimmer und starrte, ohne sich oder etwas wahrzunehmen, gegen die Wand, während seine Kollegen längst in der Kantine beim Mittagessen saßen. Wieder rasten die Bilder, und wieder war keins drunter, das in irgendeiner Weise in Verbindung mit dem Serienmörder stand.

Trautmann hatte sich nicht gerührt, bis die anderen zurückkamen, über das Essen redeten und Berger die Kaffeemaschine anwarf. Er wachte erst aus seinem Dämmerzustand auf, als Wasenegger vor seinen Augen mit der Hand wedelte und mehrmals »Hallo! Wir sind da!« rief.

25

Der 30. Juni war nicht der Tag der Mordgruppe 2.

An diesem Montag war der Himmel genauso wolkenlos wie am Wochenende. Außer der Suttner waren alle baden gewesen. Wasenegger und Berger IV. hatten sich einen soliden Sonnenbrand geholt. Ihre Hemden drückten auf die offenen Hautstellen. Berger, der – wie manche behaupteten – Tag und Nacht sein Holster mit der riesigen Kings Cup und zwei Paar Handschellen trug, hatte heute sogar das Holster abgelegt und über den Kleiderständer gehängt.

Hofrat Tamandl betrat kurz nach 8.00 Uhr das Dienstzimmer der MG 2. Er war ziemlich schlecht gelaunt. Das Holster, die auf dem großen Tisch liegenden, noch eingewickelten Leberkässemmeln und der bereits wieder durch das Büro wogende Zigarettenrauch gaben ihm die Gelegenheit, seinen Frust loszuwerden.

»Dieser Dienstraum ist das Widerwärtigste und Deprimierendste im ganzen *SB*«, maulte Tamandl, ohne zu grüßen. »Auf dem Kleiderständer, wo jeder nur hinzugreifen braucht, brilliert eine wahrscheinlich geladene Waffe! Auf dem Tisch Berge von Semmeln! Und dieser Rauch – wie bei einem Zimmerbrand! Wenn wir eine Sprinkleranlage hätten, meine Herren, stünde die Feuerwehr Tag und Nacht vor dem *SB*, weil es aus der MG 2 ununterbrochen Brandalarm gäbe!«

»Guten Morgen, Herr Hofrat«, sagte Stern freundlich. Und auch die anderen grüßten so gewinnend wie möglich.

Aber der kleine Hofrat war offensichtlich gewillt, einmal so richtig den bösen Vorgesetzten zu spielen.

»Wir haben«, wetterte er drauflos, »in jüngerer Zeit vier Frauenmorde gehabt. – Wenn man die zurückliegenden aus Simmering dazurechnet, sieben! Und was macht die Gruppe? Trinkt Kaffee, stopft sich voll und raucht, daß man nicht die Hand vor den Augen sehen kann!«

Er wandte sich an die Suttner. »Wie Sie diese Umgebung aushalten, Bezirksinspektorin, ist mir ein Rätsel.«

»Ach, wissen Sie«, lächelte die Suttner, »man gewöhnt sich an alles.«

»Sie vielleicht. Ich bin aber nicht dazu gesonnen!« schnaufte der Hofrat. Dann blaffte er Stern an: »Darf ich fragen, wie weit Sie mit Ihren Ermittlungen gekommen sind?«

»Leider nicht sehr weit«, antwortete Stern ruhig. »Bisher haben sich noch keine wirklich zielführenden Hinweise ergeben. Aber wir bemühen uns, Herr Hofrat.«

Tamandl nickte abgehackt und begann – wie immer, wenn er weder aus noch ein wußte – Runden durch das Dienstzimmer zu drehen. Vor jedem blieb er kurz stehen, um gegen ihn eine bissige Bemerkung loszulassen.

Zu Wasenegger sagte er: »Wir sind hier in keiner Jausenstation, Bezirksinspektor!«

Zu Berger: »Sondern um zu ermitteln und Täter auszuforschen!«

Zur Suttner: »Wenn wir des Täters nicht bald habhaft werden, kommen wir in Teufels Küche, liebe Kollegin!«

Und zum vor sich hin rauchenden Trautmann: »Auch Sie, Herr, könnten sicher mehr tun, als den Raum zu verqualmen!«

Trautmann bekam wieder seinen stumpfen, ausdruckslosen Blick und brummte: »Ich bemühe mich eh. Auch wenn's nicht danach ausschaut.«

Tamandl marschierte mit hochrotem Kopf und gesträubtem Schnurrbart zur Tür. Er murmelte etwas von *Versuchen, die nur Zeit kosteten*, riß die Tür auf, stelzte auf den Gang und knallte die Tür hinter sich zu.

»Bumm«, kommentierte Berger.

Und Wasenegger meinte: »Arschloch.« Dann schaute er auf Hotwagners Foto und bemerkte: »Du hast schon recht gehabt, Otto. Der Tamandl ist ein *Schwammerlbrocker,* sonst nichts.«

Drei Stunden später läutete ein Telefon.

Wasenegger hob ab und meldete sich. Er horchte mit zunehmender Intensität, kritzelte etwas auf einen Schmierzettel und sagte: »Natürlich interessiert uns das, Frau Reinthaler. Wir wären Ihnen dankbar, wenn Sie im Verlauf des Nachmittags ins Sicherheitsbüro – Sie wissen vielleicht noch, Gruppe 2, Oberst Stern – kommen und Ihre Beobachtung zu Protokoll geben würden. Danke.«

Er legte auf und wandte sich den anderen zu: »Vielleicht haben wir einen Treffer gemacht, Burschen. Die Anruferin war die Manuela Reinthaler aus der Steinbauergasse. Sie glaubt, gestern den Mann mit der Kappe, den sie beim ersten Mord in der Gegend des Haydnhofes beobachtet hat, gesehen zu haben «

Stern lächelte leicht. »Na, hervorragend. Hat sie gesagt, wo sie ihn gesehen hat?«

»Nein«, sagte Wasenegger lahm.

»Und warum hast du nicht danach gefragt?« ätzte Berger.

»Weil sie so schnell geredet hat und ...«

Wasenegger lief rot an und motzte Berger an: »Heb halt 's nächste Mal du ab, wenn 's Telefon läutet, du Weltmeister.« Den anderen erklärte er: »Sie kommt doch eh nach dem Essen zu uns. Also, schauts mich nicht so an wie Untersuchungsrichter!«

»Niemand schaut dich so an, Karli«, sagte Trautmann. »Wenn s' eh kommt, na, okay.« Und tröstend: »Ich hätt s' wahrscheinlich auch nicht g'fragt.«

»Ihr nicht, eh klar«, ätzte Berger wieder. »Aber der Otto hätt' sie das als erstes gefragt.« Was ihm einen mörderischen Blick von Wasenegger und einen unsagbar stumpfen von Trautmann eintrug.

Danach ging die Gruppe zum Mittagessen. Gegen jede Gewohnheit wurde während des Essens geschwiegen.

Berger versuchte zwar ein paarmal, ein Gespräch in Gang zu bringen, aber Wasenegger und Trautmann stiegen darauf nicht ein. Auch Stern und Monika Suttner blieben stumm.

Um 14.00 Uhr kam Manuela Reinthaler.

Stern bot ihr seinen Sessel an und fragte, ob sie vielleicht einen Schluck Kaffee wolle. Manuela Reinthaler lehnte dankend ab.

Wasenegger setzte sich zur Bildschirmschreibmaschine, ließ sich die Maske für Niederschriften kommen und wartete.

»Frau Reinthaler«, übernahm Stern die Initiative, »Sie glauben also, den Mann mit der Kappe, der Ihnen anläßlich des Mordes an der kleinen Christl Schwinghammer aufgefallen ist, gesehen zu haben. Wo und wann war das genau?«

»Gestern«, antwortete sie. »Mein Mann und ich haben nämlich unseren fünften Hochzeitstag gefeiert und sind aus diesem Grund in die Diskothek gegangen, in der wir uns seinerzeit kennengelernt haben.«

»Wie heißt die Diskothek, und wo ist sie?« fragte Trautmann.

»*Dreamland.* Sie ist auf der Schönbrunner Straße. Vielleicht dreihundert Meter nach der Perversendisco *U4*, wenn man in Richtung Schönbrunn geht.«

Wo haben Sie da den in Frage kommenden Mann gesehen?« fragte Stern.

»Drinnen«, antwortete die Reinthaler. »Er hat den Discjockey gemacht. Wie ich ihn gesehen hab', hab' ich gleich gewußt, daß er der Mann mit der Kappe ist. Die Kappe hat er auch in der Disco aufgehabt. Ich hab's auch gleich meinem Mann gesagt, aber der hat gemeint, wenn ich Sie morgen anrufe, genügt das auch. Weil wir wollen unseren Hochzeitstag feiern und nicht herumtelefonieren und in alles mögliche verwickelt werden. Heut' in der Früh, bevor er in die Arbeit ist, hat er überhaupt gemeint, am besten wär's, wenn ich den Discjockey vergess', weil er es wahrscheinlich eh nicht war und ich mir immer Sachen einbilde, die es in Wirklichkeit gar nicht gibt.«

»Sie werden sicher in nichts verwickelt, Frau Reinthaler«, sagte Monika Suttner. »Sie sagen uns nur, was Sie wissen, und bleiben unbehelligt. Alles andere ist unsere Sache. Wir sagen Ihrem Mann bestimmt nichts.«

Die Frau wirkte erleichtert. »Hoffentlich. Mein Mann weiß nämlich nicht, daß ich Sie angerufen hab' und jetzt sogar da bin. Aber wenn's drauf ankommt, tät' ich trotzdem beschwören, daß der Discjockey der Mann ist, den ich seinerzeit im Haydnhof gesehen hab'.«

26

Am späteren Abend fuhren Stern, Wasenegger und Trautmann in zwei Wagen in die Schönbrunner Straße.

Vor einem monströsen Gründerzeithaus gegenüber der einmündenden Rotenmühlgasse stand eine Traube Jugendlicher. Stern bremste und parkte sich etwa hundert Meter vor dem Haus ein. Trautmann fuhr bis zur nächsten Parklücke weiter.

Stern kam zum anderen Wagen vor und sagte: »Es gibt zwar offenbar kein Namensschild, aber ich nehme an, daß dort das Lokal ist.«

Trautmann und Wasenegger stiegen aus und gingen mit Stern wieder zurück.

Als sie die Jugendlichen erreichten, ernteten sie von den Burschen und Mädchen unfreundliche Blicke. Es fielen auch Bemerkungen über *Mumien, die sich anscheinend in der Richtung geirrt hatten oder mit Gewalt wieder zwanzig werden wollten.*

Trautmann bekam seinen stumpfen Blick.

Er streckte den Kopf leicht vor und pflügte mit wogenden Schultern voran.

Neben dem schmiedeeisernen Haustor befand sich eine kleinere Tür. Eine Messingtafel mit der Aufschrift DREAMLAND war daneben angebracht.

Vor dem Eingang zur Diskothek stand ein junger Rausschmeißer. Er war mindestens zwei Meter groß und mochte an die hundertdreißig Kilo wiegen. Seine langen Haare hatte er zu einem Roßschwanz zusammengebunden. Hinter ihm führte eine schmale Stiege Richtung Keller.

Er nickte den heranströmenden Jugendlichen, die er kannte, zu und ließ sie vorbei. Andere, die ihm nicht koscher vorkamen, schob er wortlos zur Seite.

Als Stern, Wasenegger und Trautmann zum Eingang kamen, stellte sich der Rausschmeißer breitbeinig hin und sagte: »Nicht bös' sein, die Herren. Aber das da ist nichts für Sie. Hier ist kein Seniorenclub. Gehen S' woanders hin.«

»*Hab' keine Lippe*, Burschi«, brummte Wasenegger und versuchte vergeblich, den Riesen zur Seite zu schieben.

Trautmann zeigte seine *Kokarde*, und Stern hielt dem Türsteher seinen Ausweis hin. »Polizei. Wir suchen auch keinen Seniorenclub, sondern genau diese Disco. Also, lassen Sie uns vorbei.«

Der Riese trat zur Seite und brummte: »Na, pardon. Geht schon in Ordnung.« Die drei Kriminalbeamten gingen über die Stiege nach unten.

Die überlaute Techno-Musik traf sie wie ein Schlag. Sie folgten der im Bogen weiterlaufenden Stiege und sahen weiter unten eine schwere offene Tür, aus der drei junge Männer kamen. Als die Tür hinter diesen zuschwang, war keine Musik mehr zu hören.

»Na, servus«, brummte Wasenegger. »Wir hätten Ohrenstoppel mitnehmen sollen.«

Sie öffneten die Tür und befanden sich in einer anderen Welt.

Die aus riesigen Lautsprechern kommende Musik war ohrenbetäubend laut. In der Disco war es so dunkel, daß sie die Tanzenden nur schemenhaft sahen und nicht erkennen konnten, wie groß der Raum eigentlich war. Neben der Tür verlief eine Theke. Die zwei sehr jungen Frauen dahinter hatten alle Hände voll zu tun, um den Leuten, die sich anstellten, die gewünschten Getränke zu verkaufen. Coca-Cola und ein undefinierbarer Saft überwogen anscheinend. Im nur durch Lasereffekte sporadisch erhellten Raum war es so voll wie in einer Sardinenbüchse. Irgendwie schien jeder nur für sich zu tanzen.

»Zum Abgewöhnen«, sagte Trautmann. »Wir haben seinerzeit im Clinch getanzt, damit jeder seinen Partner spürt.«

»Logisch«, brummte Wasenegger. »Die heut' könnten statt tanzen genausogut Schnur springen.«

Stern lächelte leicht. »Ihr seids halt alte Leut', Burschen. Die Zeiten ändern sich eben. Ich hab' mit meiner Frau auch schon so getanzt. Nur haben wir uns nicht, wie heut' üblich, ein Ecstasy nach dem anderen eingeworfen.«

Nachdem sich Stern, Wasenegger und Trautmann einigermaßen orientiert hatten, sahen sie den Discjockey hinter dem Mischpult stehen.

Er war ein schmächtiger, etwa dreißigjähriger Mann, mit viel zu großer getönter Brille und einer Sportkappe auf dem Kopf. Außerdem war er im Gesicht und in den Ohren mehrmals gepierct.

Der Discjockey drehte den Ton zurück und schrie heiser ins Mikrofon: »Und jetzt, Leute! Leute, paßt auf!! Jetzt kommt die heißeste Scheibe, seit der alte Noah mit seiner Arche in die Sintflut stieß! Ihr hört jetzt ...«

Der Rest des Satzes ging im ohrenbetäubenden Getöse, das aus den Lautsprechern plärrte, unter.

Stern, Wasenegger und Trautmann kämpften sich zum Mischpult durch.

»Gegrüßt seien die Altspatzen!« schrie der Discjockey. »Haben die Herren einen speziellen Musikwunsch?« Dann meinte er noch höhnisch: »Vielleicht einen netten Walzer – oder einen Landler, falls Sie aus den Bundesländern kommen?«

»Nein«, sagte Stern. »Wir haben keine Musikwünsche.« Er zeigte seinen Ausweis. »Kriminalpolizei. Wir möchten mit Ihnen reden.«

Der Discjockey zog die Schultern hoch. »Aber doch nicht jetzt! Sie sehen doch, daß ich beschäftigt bin.«

»Das sind wir auch, Burschi«, brummte Wasenegger.

Und Trautmann setzte hinzu: »Laß dich ablösen. Wir müssen sofort mit dir reden, es muß jetzt sein.«

»Moment«, murrte der Discjockey.

Er ging weg und kam kurze Zeit später mit einem Mädchen zurück. Das Mädchen hatte grün-lila Stoppelhaare und war ebenfalls gepierct. Dann regelte der Discjockey die Musik so laut, daß die Luft zu zittern schien.

»In diesem Inferno können wir nicht reden«, schrie Stern dem Discjockey ins Ohr. »Wo können wir das?«

»Kommen Sie!« schrie der Discjockey zurück.

Er führte die Kriminalbeamten in einen Nebenraum mit dicker Tür. Hier war es zwar noch immer laut, aber man konnte sich immerhin verständigen.

»Zuerst brauchen wir deinen Namen, deine Adresse und die

üblichen Angaben, wie Geburtsort und so weiter«, sagte Wasenegger und zog das Notizbuch.

»Joe Underground«, sagte der Discjockey und korrigierte sich. »Eigentlich heiße ich Josef Mischnigg. Ich wohne Seidengasse 18. Geboren wurde ich am 4. September 1973. In Kapfenberg.« Dann fragte er: »Worüber wollen Sie denn mit mir reden? Worum geht es eigentlich? Warum kommt die Polizei überfallsartig und gleich in Massen zu mir?« Er rückte an seiner Kappe. »Wenn Sie wegen Giftgeschichten zu mir kommen, haben Sie den Falschen im Visier. In unserem Lokal gibt es weder Heroin noch Koks. Höchstens, daß wer eine Kleinigkeit Ecstasy einwirft.«

Der Discjockey rückte seine viel zu große Brille zurecht. »Wenn Sie vielleicht wegen dieses Schispringers kommen – der war nie hier. Auch sein Freund vom ORF nicht.«

Damit spielte er auf den Fall des Schisprungweltmeisters Andy Goldberger an, der immer wieder Schlagzeilen machte. Goldberger und einige andere Prominente waren im Zusammenhang mit der Verhaftung eines Popsängers aufgeflogen. Goldberger hatte das Pech gehabt, als Weltmeister besonders prominent zu sein. Jedenfalls hatte er zugegeben, mindestens bei einer Gelegenheit Kokain geschnupft zu haben.

Das war natürlich für die Medien ein gefundenes Fressen gewesen. Seither war die Szene in Aufruhr, und jeder halbwegs Prominente schlotterte, daß er der nächste Geoutete sein könnte.

»Der Goldberger interessiert uns nicht«, sagte Stern. »Uns interessiert, wo Sie in der Nacht vom 15. zum 16. März, in der vom 29. zum 30. März, in der vom 30. April zum 1. Mai und dann noch in der vom 3. zum 4. Juni waren – und ob Sie dafür Zeugen haben.«

Der Discjockey zuckte mit den Schultern. »Das sind gute Fragen. Aber zu viele auf einmal. Was soll denn in diesen Nächten mit mir gewesen sein?«

»Mit dir vielleicht nichts«, sagte Trautmann. »Aber wir wollen's trotzdem wissen.« Er zwinkerte dem Discjockey zu und rollte sich eine Zigarette.

»In diesen Nächten sind zwei Mädchen und zwei Frauen umgebracht worden«, brummte Wasenegger.

»Jedenfalls hat Sie eine Zeugin am frühen Morgen des 16. März gesehen, als Sie am Margaretengürtel aus dem Bus 59A, aus Richtung Innere Stadt kommend, ausgestiegen und nach Meidling gegangen sind«, sagte Stern. »Das war der Tag, an dem die kleine Christl Schwinghammer im Haydnhof ermordet aufgefunden worden ist.«

»Kann schon sein, daß mich wer gesehen hat«, räumte Mischnigg ein. »Ich steige immer dort aus und gehe die paar Schritte zu meinem Boyfriend, der in Meidling, in der Längenfeldgasse, wohnt.«

Er lächelte die Beamten an und sagte: »Okay, meine Herren. Ich oute mich. Ich bin schwul bis auf die Knochen, und der Gucki Meißnitzer aus der Längenfeldgasse 27 ist mein derzeitiger Liebling.«

Trautmann zog den abgelaufenen Kalender heraus und notierte sich Namen und Adresse des Lieblings.

Der Discjockey schaute ihm zu und sagte: »Sicher hat mich Ihre Zeugin gesehen. Aber mit dem Mädchenmord habe ich schon deswegen nichts zu tun, weil ich Frauen nur anfasse, wenn sich das nicht vermeiden läßt. Aber ich bringe sie nicht um, meine Herren! Also, wirklich. Ich mache sicher eine Menge Sachen, die nicht ganz in Ordnung sind. Wer nicht? Aber jemanden umzubringen gehört nicht dazu.«

Stern nickte Mischnigg zu und sagte: »Das wär's vorerst. Sie können wieder zu Ihrem Mischpult gehen, Herr Mischnigg. Führen Sie einen Kalender?«

»Natürlich.«

»Dann ackern Sie ihn durch. Kommen Sie morgen, sagen wir um 10.00 Uhr, zu uns ins Sicherheitsbüro auf der Roßauer Lände, damit wir eine kleine Niederschrift verfassen. Mein Name ist Stern, und ich leite die Mordgruppe 2.«

Als Mischnigg gegangen war, sagte Stern zu seinen Leuten: »Morgen reicht, glaub' ich.«

Trautmann zerdrückte die Selbstgedrehte in Ermangelung eines Aschenbechers in einem Blumentopf mit längst abgestorbenen, dürren Stengeln.

»Ich glaub' nicht, daß es die *Schwuchtel* war«, meinte er. »Wie der ausschaut, steckt er seinen *Schwengel* wirklich nur in Männerhintern oder läßt sich einen blasen. Er geht aber, glaub' ich, nicht her und bringt kleine Kinder um oder *pudert* so ein *Ungustel* wie die unterstandslose alte Peschta, die aus allen Löchern nach Schnaps stinkt.«

»Außerdem ist er zu jung«, sagte Wasenegger. »Der Mischnigg wird jetzt vierundzwanzig. Zur Zeit der Simmeringer Morde war er also runde fünfzehn bis siebzehn.«

»Wenn's ums Alter geht«, wandte Trautmann ein, »könnte er's schon gewesen sein, Waldi. Vielleicht ...«

Er sprach nicht weiter und ging aus dem Raum.

Draußen kämpfte er sich durch die Tanzenden zum wieder wild agierenden Discjockey durch und schrie ihm ins Ohr: »Du bist, sagst du, aus Kapfenberg. Seit wann lebst du in Wien?«

»Seit sechs Jahren.«

»Und von der Geburt bis zu deiner Übersiedelung nach Wien hast du immer in Kapfenberg gelebt?«

»Ja! Ich war aber ein paar Mal in Wien«, schrie der Discjockey zurück. »Auf Exkursion mit der Schule. Und zwei- oder dreimal hab' ich mit meinem Onkel das Burgtheater besucht. Warum?«

»Wegen nichts«, schrie Trautmann. »Vergiß das vorläufig. Morgen, wenn du zu uns ins *SB* kommst, werden wir das alles genauer hören wollen.«

Er ging zu Stern und Wasenegger zurück und erklärte: »Ich hab' nur schnell wissen wollen, wo der Mischnigg zu den Simmeringer Tatzeiten war. Wahrscheinlich in Kapfenberg.«

»Schau'n wir doch zur Vorsicht noch in die Längenfeldgasse«, regte Wasenegger an. »Vielleicht haben wir Glück, und dem Discjockey sein *Lieberle* ist zu Hause.«

Daraufhin kämpften sich Stern, Wasenegger und Trautmann wieder mit Mühe durch die entfesselten Tänzer zum Ausgang durch. Sie gingen die Stiege hinauf und am Rausschmeißer vorbei, der eben einen sichtlich harmlosen Streit zweier Betrunkener zu schlichten versuchte.

Trautmann, Wasenegger und Stern fuhren in die nahe Längenfeldgasse und läuteten die Hausbesorgerin heraus. Sie zeigten ihre *Kokarden* und gingen in den zweiten Stock, wo Meißnitzer wohnte.

Die Hausbesorgerin folgte ihnen und sagte radebrechend: »Endlich kommt Polizei! Meißnitzer immer machen Wirbel, lautes. Anderes Partei sich beschweren. Immer Streit, kommt Funkstreif'.«

»Wir werden das regeln«, sagte Stern und klopfte gegen die mit Stickers vollgepflasterte Wohnungstür, auf die chromgelb ICH BIN SCHWUL – NA UND? gesprayt war.

Meißnitzer öffnete kurz darauf. Er war sichtlich betrunken oder high oder beides und trug nur eine Slipunterhose. Er schaute aus wie höchstens zwanzig. Seine Haare waren strohblond gefärbt, und seine Brust war so tätowiert, daß sie wie eine verwaschene Landkarte aussah.

Nach zehn Minuten wußten die Kriminalbeamten, daß die Angaben des Discjockeys über seinen Freund richtig gewesen waren. Meißnitzer gab gleich zu, ohne Einkommen zu sein und eigentlich vom Mischnigg erhalten zu werden. Daher stehe diesem seine Tür auch immer offen. Mischnigg besuche ihn so oft, daß er wirklich nicht sagen könne, wann er dagewesen war und wann nicht.

Stern brach das Gespräch nach kurzer Zeit ab, weil es unergiebig war. Da er in seinem eigenen Wagen gekommen war, fuhr er direkt nach Hause.

Wasenegger und Trautmann hatten einen Dienstwagen benützt. Sie brachten diesen zum Sicherheitsbüro zurück und stiegen dort in ihre eigenen Wagen um.

27

Am nächsten Vormittag kam der Discjockey Mischnigg unausgeschlafen und ziemlich zerstört ins Sicherheitsbüro.

Die als Schnellschreiberin geltende Monika Suttner setzte sich zur Bildschirmschreibmaschine und ließ sich die Maske für Niederschriften kommen.

Stern und Wasenegger befragten Mischnigg. Trautmann stand währenddessen die ganze Zeit am Fenster, starrte anscheinend desinteressiert auf den Donaukanal und rauchte dabei eine Selbstgedrehte nach der anderen.

Trautmann schwitzte bereits ziemlich stark. Daher zog er seine Glock aus dem hinteren Hosenbund und gab sie in seine Schreibtischlade. Er starrte wiederum aus dem Fenster. Schließlich stützte er die Hände aufs Fensterbrett und schloß die Augen.

Trautmann war aber weder müde noch desinteressiert, sondern höchst angespannt. In seinem Gehirn spielte sich einiges ab, und wenn jetzt jemand mit ihm ein EEG durchgeführt hätte, wäre sicher eine recht turbulente Grafik herausgekommen.

Er befaßte sich wieder mit seinem *Koan*, dessen Lösung der verschüttete Hinweis auf den Serienmörder sein sollte.

Mit dem Zen-Buddhismus beschäftigte sich Trautmann zwar nicht mehr, er hatte jedoch die *Koan*-Methode beibehalten. Sie führte ihn nicht zum Eigentlichen, der Erleuchtung im Sinne Buddhas, half ihm aber, ins Zentrum eines Problems vorzustoßen.

Der alte Hotwagner hatte, ohne etwas vom Zen zu wissen, unbewußt die gleiche Methode angewandt und sie *Etwas-im-Urin-Spüren* genannt.

Die Befragung Mischniggs brachte nichts.

Es ergab sich nur das Bild eines jetzt erwachsenen Jungen aus der Steiermark, der es zu Hause zu nichts gebracht hatte und deshalb nach Wien gegangen war. – Der eigentlich nur von Techno-Musik etwas verstand und es daher auch in der Großstadt nur zum Discjockey einer unterklassigen Diskothek gebracht hatte. – Der eine *Schwuchtel* war und sich von seinen Freunden finanziell ausbeuten ließ, um zu Orgasmen zu kommen. – Und der sicher nichts mit den Serienmorden zu tun hatte.

Während der Niederschrift trudelte der frustrierte Berger IV. ein.

Er kochte Kaffee für alle, hörte sich den Rest von Mischniggs Ausführungen an und sagte dann, als dieser gegangen war: »Alles, was wir machen, ist, Papier zu verschwenden. Ganze Wälder verbrauchen wir, und wofür? Damit wir tonnenweise G'schichteln von Arschlöchern aufschreiben und entweder einkübeln oder ablegen.«

»Kann sein, daß du recht hast«, sagte Stern. »Aber was sollen wir sonst machen? Vielleicht einen Voodoo-Priester oder Hellseher engagieren?«

Darauf gab's eigentlich nichts zu sagen.

Alle tranken schweigend ihren Kaffee.

Trautmann löste sich vom Fenster, hob seine Tasse, trank aber nicht, sondern starrte mit stumpfem Blick auf die Wand, an der das Foto Hotwagners und dessen Walther 7.65 hingen.

»Was ist los?« fragte ihn Wasenegger. »Siehst du einen Geist?«

»Nein. Sehen tu' ich gar nichts, Karli. Aber ...«

»Aber was?« fragte auch die Suttner.

»Was? Na, nichts«, brummte Trautmann. »Das ist's ja, was mich narrisch macht.«

Er schaute die anderen fast traurig an.

»Ich hab' mir alles reinzogen, was seinerzeit in Simmering passiert und ausgesagt worden ist. Und auch alles von den jetzigen Fällen. Aber immer, wenn ich dran denk', wird's in mir dunkelgrau, und ich komm' nicht weiter.«

»Wir auch nicht, Trautmann«, sagte Stern.

Trautmann suchte nach Worten.

Er drehte sich bedächtig die nächste Zigarette, zündete sie aber nicht an. Nach einer Pause sagte er langsam: »Die Simmeringer Niederschriften sind hieb- und stichfest. Bei denen stimmt alles. Man hat eben nicht herausgefunden, wer die Mädchen und die Frau umgebracht hat. Da hab' ich ein Puzzle vor mir, bei dem alle

Teile zueinander passen. Der Täter wurde nicht entdeckt, und die Geschichte hat sich. Es muß aber einen geben.«

»Das ist keine direkte Neuigkeit«, sagte Berger und bot Trautmann Feuer an.

Dieser übersah die Flamme und brummte: »Bei unseren jetzigen Recherchen gibt's irgendwo einen Haken. Nur weiß ich nicht, wo. Alles, was wir bis jetzt wissen, paßt und stützt sich gegenseitig. Nirgends gibt's ein Loch. Trotzdem muß es eins geben. Irgendeine Kleinigkeit, die ich übersehen hab'. Ich glaube ...«

Monika Suttner unterbrach ihn: »Auch für mich ist nicht alles klar. Trägt der Mörder tatsächlich eine Kappe und eine zu große Brille – oder ist das alles nur ein Zufall?«

»Das hat nichts mit dem zu tun, was mir fehlt«, sagte Trautmann und nahm jetzt von Berger dankend Feuer an. »Ich glaub', wir haben irgendwo, vielleicht bei einer Befragung, einen Fehler gemacht – oder ich hab' etwas übersehen. Aber ...«

Trautmann sprach nicht weiter.

Er drückte die eben angerauchte Selbstgedrehte nach zwei Zügen wieder aus und erledigte die weitere Tagesarbeit routinemäßig; aß mit den anderen und dem Hofrat Tamandl in der Kantine zu Mittag und blieb den Rest des Tages wortkarg.

Am Abend fuhr Trautmann mit seiner Freundin in den Ottakringer Bockkeller und hörte sich einen Wiener Abend mit Hodina & Reiser, den Neuwirth Herzton-Schrammeln und Adi Hirschal und Wolfgang Böck, den Paradestrizzis, an. Er hatte diese Musikanten gern, aber heute war ihm wurscht, was sie sangen und spielten.

Danach ging er mit Gitti Schimek in ein Gasthaus gegenüber dem Ottakringer Friedhof und aß und trank dort, ohne wahrzunehmen, was es war.

Gegen 23.00 Uhr fuhr Trautmann mit seiner Freundin, die vom Wiener Abend und dem guten Essen und Trinken sichtlich aufgekratzt war, nach Kaisermühlen zurück.

Als er vor der rot leuchtenden Ampel Ecke Thaliastraße/Lerchenfelder Gürtel hielt, kam neben ihm ein Sportwagen zum Stehen. Der Fahrer hatte das Autoradio auf volle Lautstärke gedreht.

Trautmann schaute hinüber. Im anderen Wagen saß ein vielleicht vierzigjähriger glatzköpfiger Mann. Dieser wippte im Takt der Musik und bohrte dabei intensiv in der Nase.

Die Ampel wechselte auf Grün. Der Wagen mit dem Nasenbohrer fuhr geradeaus. Trautmann bog auf den Gürtel ab.

»Was fahrst denn über den Gürtel?« fragte Gitti Schimek. »Über Gürtel und Tangente machen wir doch einen Riesenumweg.«

Sie hatte recht. Der Weg geradeaus, durch den siebenten, ersten und zweiten Bezirk nach Kaisermühlen, wäre kürzer gewesen.

»Ist ja wurscht, wie wir heimfahren«, brummte Trautmann.

Da fühlte er, daß er der Lösung seines *Koans* ziemlich nahe war – sie hatte mit einem Foto zu tun, das er flüchtig betrachtet hatte.

Oder waren es mehrere Fotos gewesen? Nur: Wo hatte er sie gesehen?

Vor dem Westbahnhof durchfuhr Trautmann eine rote Ampel, wurde angehupt und hatte fast einen Zusammenstoß. Das nahm er aber genausowenig zur Kenntnis wie das Schimpfen seiner Beifahrerin, weil er nicht auf den Verkehr achtete.

Trautmann parkte sich vor dem Gemeindebau in der Schiffmühlenstraße ein. Er ging mit Gitti durch den Hof zur 10er-Stiege. Plötzlich blieb er abrupt stehen und rief: »Der Tillich!«

»Warum gehst denn nicht weiter?« fragte Gitti. »Willst da, im Hof, übernachten?« Und irritiert: »Was denn für ein Tillich? Wer ist denn das? Von was redest jetzt überhaupt?«

Trautmann ging langsam weiter und brummte: »Logisch! Beim Tillich war's.«

In der Wohnung erklärte er seiner Freundin: »Der Tillich ist ein Kollege von mir, der im *Koat Meidling* Dienst macht. Bei dem war ich vor ein paar Tagen. Wegen der Türkin, die mich mitten in der Nacht angerufen hat. Beim Tillich hab' ich auf dem Schreibtisch ein paar Fotos von Arschlöchern gesehen, die im Zusammenhang mit Kinderpornos aufgeflogen sind. Und da war eins drunter ...«

Trautmann brach ab. Ziemlich aufgekratzt machte er eine Flasche Wein auf und schlief mit seiner Freundin, wobei es ihm seit langer Zeit wieder gelang, gleichzeitig mit ihr zu kommen.

28

Am Morgen rief Trautmann schon um 6.00 Uhr seinen Oberst an.

»Ich komm' heut ein bißl später, Waldi. Ich muß auf einen Sprung ins *Koat Meidling*. Ich glaub', daß es dort was Interessantes für uns gibt.«

Dann erklärte er Stern, daß er unlängst auf Tillichs Schreibtisch Fotos von Männern gesehen hatte, die im Zusammenhang mit Kinderpornos amtsbekannt geworden waren. Und daß er sich eines davon genauer anschauen wolle.

Tillich durchwühlte den Papierhaufen auf seinem Tisch, förderte die Fotos zutage und breitete sie vor Trautmann aus.

Dieser konzentrierte sich auf das Foto eines glatzköpfigen, magergesichtigen Mannes, mit nur angedeuteten Augenbrauen. Er trug eine unverhältnismäßig große metallgefaßte Brille. Trautmann drehte das Foto um und las in Tillichs winziger, wie gestochen wirkender Handschrift *Ivanschitz, Rudolf, 38, ledig, lebt bei seiner Mutter, 12, Herthergasse 17/4.*

Trautmann sagte: »Das könnt' er sein.«

»Wer denn?« fragte Tillich.

»Unser Mörder.« Und während er sich eine Zigarette rollte und anzündete: »Jedenfalls hat's mit dem Typen was, das spür' ich. Dem werd' ich nachgehen. Sei so gut und kopier mir das Foto, Alter.«

Tillich grinste. »Mach' ich gern. Aber nur, wennst deine *Stinkadores* abdämpfst. Weil ich will ja nicht Krebs kriegen.«

Als Trautmann ins Sicherheitsbüro kam, legte er das kopierte Foto vor Stern hin und sagte: »Ich hab' da was, Chef. Ich glaub', daß wir uns den Typen einmal genauer anschauen sollten. Er war im Besitz von Kinderpornos, und ich denk' mir, er könnt' was mit unseren Morden zu tun haben.«

»Ah«, ätzte Berger IV. »Wenn alle, die sich Sadopornos geben, auch gleich mordverdächtig wären, hätten wir viel zu tun.«

Monika Suttner sah, daß Trautmann wieder seinen stumpfen Blick bekam, und sagte rasch: »Sei nicht vorschnell, Burli. Es könnt' doch sein, oder?«

Alle wußten, daß dieser Gedanke nicht so abwegig war, wie ihn Berger darstellte. Denn es gab unter den grassierenden Sadopornos einige wirklich ungeheuerliche Sachen. Auf Videos aus dem ehemaligen Jugoslawien etwa sah man, wie Kinder unmenschlich gequält und sogar getötet wurden. Und wer sich an so was begeilte, konnte einfach nicht astrein sein. Vielleicht würde er als nächsten Schritt derlei Dinge selbst ausführen. Kinder und Frauen vergewaltigen, quälen und dann durch einen Schnitt über die Halsschlagader umbringen. Zum Beispiel.

»O.k.«, entschied Stern. »Wir schauen uns diesen ...«, er drehte das Foto um, »... Ivanschitz einmal an. Kostet schließlich nichts.«

Am Abend desselben Tages wußte die MG 2 dann, wer dieser Ivanschitz war.

Er wohnte mit seiner Mutter in Meidling, Herthergasse. Bis vor sechs Jahren hatte er, ebenfalls mit ihr, in der Zamenhofgasse in Simmering gelebt. Polizeilich war er ein unbeschriebenes Blatt – abgesehen von der Überprüfung wegen der Kinderpornos. Ivanschitz arbeitete in der Kühlerfabrik Fischer in der Leithastraße in der Brigittenau.

Stern sah seine Leute an und sagte: »Bei mir läuten die Alarmglocken, Kinder. Der Ivanschitz hat früher in Simmering gewohnt, wo es die ungeklärten Morde gegeben hat. Und jetzt wohnt er in Meidling, wo das gleiche passiert ist – bis auf die zwei Fälle in Margareten, die räumlich aber sehr nahe bei Meidling liegen.«

Und zu Trautmann: »Wenn du recht hast, bist ein voller Kaiser, Trautmann. Dann verdanken wir dem Kommissar Zufall und dir die Ausforschung des Serienmörders. Das bringt dir eine saftige Belobigung ein.«

Stern lächelte: »Wenn dein Mann unser Mörder ist, werden wir in deiner Anwesenheit nie mehr sagen: *Der Otto hätte gesagt oder gemacht* ... Versprochen.«

29

Am nächsten Tag, dem 3. Juli, lief die Aktion Ivanschitz in Simmering, Planquadrat Hasenleiten, an.

Zunächst ging Stern, noch vor dem traditionellen Frühstück im Dienstzimmer, zu Hofrat Tamandl, um ihn vom neuesten Stand der Ermittlungen zu unterrichten.

Tamandl befand sich in einem leisen Zwiegespräch mit seinen Topfpflanzen, prüfte liebevoll deren Zustand und besprühte sie, wobei er vor sich hin murmelte: »So, meine Kinder. Damit jedes Blatt auch wirklich was zu trinken hat, gelt, ja.«

Er trauerte immer noch seiner unlängst eingegangenen Lieblingspflanze nach und wollte keinesfalls einen neuerlichen Verlust hinnehmen. Denn wen hatte er denn, außer seinen stummen Gefährten? Eine zänkische, rechthaberische Frau. Und drei von aufsässigen Typen bevölkerte Mordgruppen, die seine Pflanzen hinterrücks und respektlos als *Beserlpark* oder *Mistgstätten* bezeichneten. Ihn nannten sie – wie zum Beispiel die Leute aus der Mordgruppe 1 – wegen seiner relativen Kleinheit und Rundlichkeit *Die Maus*, in Anspielung auf eine ZDF-Sendung. Oder – wie die Gruppe 2 – *Schwammerlbrocker*.

Deshalb empfand er es als rüpelhaft und störend, als der Oberst nur kurz an die Tür klopfte und dann gleich eintrat, ohne auf ein »Herein« zu warten.

Aber als Stern sagte: »Wir glauben, eine zielführende Spur zur Ausforschung des Serienmörders gefunden zu haben, Herr Hofrat«, heiterte sich Tamandls Gesicht auf.

»Ja? Großartig, lieber Stern! Wen haben Sie da im Visier?«

»Einen Mann namens Ivanschitz. Er wohnt in der näheren Umgebung der Meidlinger Tatorte. Zur Zeit der Simmeringer Mordfälle hat er jedoch in der weiteren Umgebung der Orte dieser Straftaten gelebt.«

»Großartig!« lobte Tamandl wieder und nahm eine straffe Haltung ein. »Sehr fein, Oberst. Gute, effiziente Arbeit. Wie haben Sie diesen Mann gefunden?«

»Das war nicht ich, Herr Hofrat«, sagte Stern. »Der Trautmann hat diese Sache angeschnitten. Er ist durch einen Zufall auf den Mann gestoßen.«

Stern erklärte dem Hofrat, wie Ivanschitz entdeckt worden war. Er berichtete ihm weiters, wie die MG 2 im Planquadrat Hasenleiten Näheres über den Mann ermitteln würde.

Um 8.30 Uhr fuhren Stern, Wasenegger, Berger IV., Monika Suttner und Trautmann nach Simmering und begannen mit ihren Nachforschungen über Ivanschitz.

»Diesmal«, sagte Stern und schaute dabei vor allem den für Flüchtigkeitsfehler bekannten Berger an, »beachten wir jede Kleinigkeit und schreiben uns genau auf, was wir über Ivanschitz erfahren. Ganz genau. Denn vage Gedächtnisprotokolle sind für uns unbrauchbar.«

Er lächelte leicht, als er sah, daß Bergers Gesicht rosa anlief, und fuhr fort: »Wir befragen jeden, den wir erwischen können! Achten aber darauf, ob unter den Leuten welche sind, die sich als Freunde von Ivanschitz betrachten. Egal, ob vom Kindergarten, der Schule oder sonstwo her. Denn wir wollen möglichst vermeiden, daß einer von denen mit Ivanschitz über unsere Ermittlungen redet. Klar?«

Wasenegger und Trautmann nickten nur. Die Suttner sagte: »Ja.« Berger artikulierte ungewohnt deutlich ein »Jawohl, Chef.«

Stern teilte ein, in welchem Bereich jeder recherchieren sollte, und sagte dann: »Am Albin-Hirsch-Platz gibt es ein Gasthaus. Ihr habt es alle bei der Herfahrt gesehen. Dort treffen wir uns, sagen wir gegen 12.30 Uhr, essen zu Mittag und tauschen erste Erfahrungen aus. Sollte es etwas Besonderes geben, kommunizieren wir untereinander per Handy.«

Die Gegend, in der die MG 2 unterwegs war, wird von deren Bewohnern *die Hasenleiten* genannt. Der Name stammt von der von Norden nach Süden auf einer Seite das Viertel begrenzenden Hasenleitengasse.

Die Hasenleiten besteht aus etwa einem Dutzend Gassen und

einem Platz. Sie schmiegt sich in die bogenförmige Trasse der Vortebahn, die bei der Gadnergasse in die Gleise der S-Bahn und Ostbahn mündet.

Früher war *die Hasenleiten* wegen ihrer ruppigen Bewohner bekannt. Heute liegen diese alle bereits auf dem Zentralfriedhof, und im Viertel wohnen durchaus friedliche Leute, die sich in nichts von den anderen Wienern unterscheiden.

Stern hörte sich zuerst im ehemaligen Wohnhaus der Familie Ivanschitz um, erfuhr aber von den mehrheitlich ausländischen Bewohnern, von denen die meisten jedoch bereits eingebürgert waren, kaum etwas. Viele waren erst in den letzten Jahren eingezogen und hatten die Familie Ivanschitz nie kennengelernt.

Der türkische Hausbesorger Ekrem Cingler wußte aber einiges über die Familie Ivanschitz.

»Ich fünfzehn Jahre im Haus«, erzählte er, »und kennen alle Leute. Auch Ivanschitz. Spaßige Leute. Nur Mutter und Sohn. Immer miteinander. Leute sagen, vielleicht liegen miteinander auch im Bett, weiß nicht. Kann sein, weil Sohn Ivanschitz nie gehen mit Mädchen. Haben Angst vor Frau, glaube ich. Weil nix Haar auf Kopf. Gehen weg, weil Ivanschitz krank. Kommen nicht mehr.«

Die im zweiten Stock wohnende achtzigjährige Witwe Simacek nahm sich kein Blatt vor den Mund.

»Die Ivanschitz sind der reine Alpdruck gewesen. Alle drei. Er, der Vater, hat gesoffen wie ein Loch. Nüchtern hat den überhaupt nie ein Mensch gesehen, Herr Inspektor. Drum ist er ja dann auch von der Schnellbahn zusammengeführt worden. War ein Glück für die Frau und den Buben, weil er die immer geschlagen hat.

»Wann ist denn dieser Unfall passiert?« fragte Stern.

»Ja ... Wann? Vor mehr als zwanzig Jahr' in etwa, tät' ich sagen. Aber da war's wahrscheinlich für den Buben schon zu spät.«

»Inwiefern zu spät?«

»Zu spät«, sagte die Simacek, »weil da der Bub schon unter der Fuchtel von seiner Mutter gestanden ist. Wegen der Schläge sind die zwei zusammengewachsen und haben eine Front gegen den Mann gebildet. Und die Ivanschitz hat den Buben nie fortlassen und ihn wie einen Sklaven gehalten. Nicht nur ich sag', sie hat den nur für sich selber auf die Welt gebracht. Andere sind sporteln gegangen und haben sich mit Mädchen abgegeben – er nicht. Und immer sind er und seine Mutter eingehängt gegangen, wie ein Liebespaar. Durch das ist der Rudi bald ganz daneben gewesen, und die ganze Hasenleiten hat gesagt ...«

Stern ließ die Simacek weiterreden, weil sie einfach nicht zu bremsen war. Sie hatte, wie sie sagte, niemanden mehr.

Alle ihre Bekannten, Freunde und der Mann lagen auf dem Friedhof, und nur sie war noch da. Umgeben von Ausländergesindel, wie sie giftig bemerkte, und von Menschen anderer Generationen, die sie nicht mehr verstand. Deshalb lebte die Simacek zurückgezogen und verließ kaum jemals ihre Wohnung. Zu ihr kam das *Essen auf Rädern*. Eine Heimhilfe räumte ab und zu auf und kaufte für sie das Nötigste ein. Reden tat sie mit niemandem mehr, außer mit der Heimhilfe, die aber eine schlampige junge *Flitschen* war. Und mit dem Herrn Jechoutek, dem Kontaktbeamten der Polizei, einem sehr netten älteren Inspektor. Aber sonst konnten ihr alle gestohlen bleiben. Inländer wie Ausländer. Überhaupt die ganze Welt mitsamt der Menschheit, die ja keine mehr war.

Wasenegger befragte den Schrotthändler Roman Huber. Dieser hatte mit Ivanschitz die Volks- und die Hauptschule besucht. Seiner Meinung nach war Ivanschitz schon damals *daneben gewesen.*

»Der Rudi«, sagte Huber, »war eine Zeitlang mit mir in der *Sozialistischen Jugend* und wär' dort vielleicht ein Mensch geworden. Aber er hat ja nie wie alle bis zum Schluß im Heim bleiben dürfen. Seine Mutter hat gewollt, daß er spätestens um neun zu Hause ist. Zwei- oder dreimal hat sie ihn sogar abgeholt, weil er zu spät dran war. Dann ist er nicht mehr gekommen, weil wir ihn ausgelacht haben.«

»Und was«, fragte Wasenegger, »hat sich beim Ivanschitz mädchenmäßig abgespielt?«

»Mädchenmäßig?« Huber lachte auf. »Na, nichts. Der Rudi hat zwar immer wie ein Einser auf die Beine von die Mädeln geschaut. Damals sind ja die Miniröcke aufgekommen. Aber gehabt hat er mit keiner was. Außerdem ist er dann ja, ich glaube durch eine Vergiftung, glatzert 'worden und war noch schiacher wie vorher.«

Huber lachte wieder. »Einmal waren wir, ein paar Burschen halt, ein bißl angesoffen, und einer hat vorgeschlagen: Jetzt gehen wir zu de' *Hurner*. Dann sind wir alle in den zweiten Bezirk. Der Ivanschitz auch. Dort hat sich jeder eine Hur' g'nommen, damit wir wissen, wie das bei so einer ist. Aber der Rudi nicht, weil er kein Geld g'habt hat. Seine Mutter hat ihm ja nur soviel g'lassen, daß es sich auf zwei oder drei Cola ausgegangen ist.«

Berger IV. erfuhr nichts Interessantes, obwohl er sich Sterns Worte zu Herzen genommen hatte und sich ganz besonders hineinkniete.

Alle Leute, die er befragte, kannten Ivanschitz entweder nicht oder wollten nicht über ihn reden. Er fand nur eine Frau, die über Ivanschitz' Mutter sagte, diese wäre eine sehr nette und angenehme Person gewesen.

Monika Suttner sprach mit einer Frau namens Dillinger. Diese äußerte die Vermutung, daß Rudi Ivanschitz schon als Kind zwei Gesichter gehabt habe.

»Der ist ein ganz Abgefeimter«, sagte die Dillinger. »Nach außen immer Grüß Gott zu allen Leuten. Und immer mit der Mutter einkaufen und Wäsche waschen und aufhängen helfen und noch und wieder. Aber innen ein Verschlagener. Hinterhältig und boshaft. Schon als Bub war er überall dran – aber wenn dann was war, so ist er's nie gewesen. Immer waren's die anderen Kinder. Und er die reinste Unschuld. Aber mein Mann, der Taxler ist, hat einmal beobachtet, wie der Ivanschitz in der Nacht in der Nähe vom Böhmischen Prater herumgestrolcht ist. Was er damals seiner Mutter erzählt hat, daß ihm die nie draufkommen ist, fragen wir uns heut' noch.«

Monika Suttner spitzte die Ohren. Sie fragte, wann das gewesen wäre.

»Eine gute Frage«, sagte die Dillinger. »Das muß vor ungefähr neun Jahren gewesen sein.«

Trautmann erfuhr zunächst weder etwas über Rudolf Ivanschitz noch dessen Mutter. Er hörte nur von einigen alten Männern, daß der Vater Ivanschitz ein im ganzen Viertel bekannter begnadeter Säufer gewesen war.

Trautmann verließ den ihm zugeteilten Bereich. Er versuchte es auf dem außerhalb des Viertels liegenden, aber nicht weit entfernten Sportplatz von Ostbahn 11. Dort traf er den Platzwart beim Kartenspiel mit zwei anderen Männern an.

Der Platzwart hieß Martin Wild, war pensionierter Eisenbahner und hatte früher selbst bei Ostbahn 11 gespielt. Er war ein redseliger Mann, der Trautmann sofort erzählte, daß er seinerzeit mit dem jetzt berühmten Fußballteamchef »Schneckerl« Prohaska in derselben Mannschaft gespielt hatte und auch jetzt noch mit ihm befreundet war.

»Der *Schneckerl* ist der Bursch geblieben, der er früher war, was selten ist. Die meisten anderen tragen, wenn sie einmal ein paar Tore schießen und berühmt werden, die Nas'n so hoch, daß es ihnen in die Nasenlöcher reinregnet. Der Prohaska tut das nicht. Von dem krieg ich immer eine Gratiskarte für alle Matches. Und manchmal sitz' ich sogar bei die *Kapazunder* und VIP-Leut' in der Ehrenloge. Beim letzten Match gegen Estland ... »

»Das freut mich für dich«, unterbrach ihn Trautmann. »Weil ich bin auch ein Fan vom Prohaska. Aber momentan geht's mir nicht um ihn, sondern um einen gewissen Rudi Ivanschitz, über den ich was wissen möcht', wennst ihn vielleicht kennt hast.«

Der Platzwart dachte nach. Plötzlich stand er auf, holte ein paar Flaschen Bier aus dem Clubkiosk und verteilte sie. Zögernd gab er zu: »Ich kann mit dem Namen Ivanschitz nichts anfangen. Sonst hab' ich ja ein Hirn wie ein Elefant. Ich vergess' ganz selten einen Namen.«

»Weilst schon den Greisenblödsinn hast und verkalkt bist«, sagte einer der Kartenspieler zum Platzwart. »Dein Hirn und meine Leber gehörerten schon lang auf den Zentralfriedhof.«

Dann schaute er Trautmann an. »Wennst mich gefragt hättest, *Kiberer*, tätest jetzt schon was über den Ivanschitz wissen.«

Trautmann trank einige Schlucke Bier, rollte sich eine Zigarette und sagte: »Dann frag' ich dich jetzt. Also, was weißt du über den Ivanschitz?«

»Ivanschitz, Ivanschitz ...«, brummte der Platzwart vor sich hin.

»Ich weiß eh! Weiß ich ja«, sagte er dann. »Ich kenn' ihn ja eh! Der hat seinerzeit, das muß über zwanzig Jahr' her sein, bei uns in der Jugend trainiert. Aber nicht lang. Weil er hat zwei linke Füß' gehabt. Einen X und den anderen O. Außerdem hat er gestohlen.«

»Wollt' ich auch sagen«, warf der eine Kartenspieler ein. »Der Ivanschitz, das war so ein schmächtiger Bub mit hunderttausend Wimmerln im Gesicht! Wir haben ihn damals rausgeschmissen, weil nach dem Training immer irgendwem Geld gefehlt hat!«

»Genau«, meldete sich jetzt auch der dritte Mann zu Wort. »Jetzt erinnere ich mich auch. Der Ivanschitz hat mehrmals die Sportkameraden bestohlen, damit er Geld für seine Annoncen gehabt hat.«

Trautmann fragte den Mann: »Weißt du, was das für Annoncen waren, für die der Ivanschitz Geld gebraucht hat?«

»Na, logisch, weil ich weiß ja alles. Die Annoncen hat die dumme Sau für Weiber aufgegeben. Junger Mann sucht junge Frau, kann aber auch älter sein und so weiter. Naturliebend und trallala. Die mich pudern laßt, konnte er ja nicht gut schreiben. Seine Kameraden hat er bestohlen, weil ihm seine Mutter alles Geld, was er verdient hat, abgenommen hat«, sagte der Mann genüßlich.

»Genau! Genau!« bestätigte der Platzwart. »Jetzt hab' ich alles wieder vor Augen! Und das mit den Annoncen haben wir erfahren, weil es uns der Schömmer Hansi, der dem Ivanschitz so was wie ein Freund war, erzählt hat.«

»G'scheit«, lobte Trautmann. »Und wo erwisch' ich diesen Schömmer Hansi, meine Herren?«

Der zweite Mann gluckste. »Den nirgends. Weil der liegt seit drei Jahr' als Urne auf dem Zentralfriedhof. An einem Magenkrebs ist der gestorben.«

Trautmann zog den zum Notizbuch umfunktionierten Taschenkalender aus dem Jahr 1995 heraus. Er notierte Namen und Adressen der drei Männer und trug ihre Informationen ein.

Er schrieb sich auch den Namen des verstorbenen Freundes von Ivanschitz auf, um diesen bei einem eventuellen Verhör von Ivanschitz ins Spiel bringen zu können. Dann bedankte er sich fürs Bier und die Auskünfte und machte sich auf den Weg in *die Hasenleiten.*

Unterwegs traf er auf Wasenegger und ging mit ihm in das Gasthaus am Albin-Hirsch-Platz, um dort auf die anderen zu warten.

Wasenegger schaute auf die Uhr und meinte: »Viertel eins. Die müssen gleich kommen. Trinken wir halt bis dahin eine Kleinigkeit.«

Stern kam punkt halb eins, Monika Suttner unwesentlich später. Berger tauchte gegen 12.45 Uhr auf. Sie bestellten sich das aus Nudelsuppe und Schinkenfleckerln bestehende Tagesmenü, das unglaublich billig war, nahmen anschließend Kaffee und tauschten ihre Informationen aus.

»Wurscht, ob der Ivanschitz jetzt unser Mörder ist oder nicht: Eine faule Frucht ist er jedenfalls«, faßte Wasenegger zusammen.

»Und ein armer Hund, nach dem, was wir bis jetzt über ihn wissen«, sagte Trautmann. »Vater *Tschecherant*, haut den Buben und die Mutter wie Bettvorleger. Klar, daß die beiden zusammenwachsen. Die Geschicht' mit dem Stehlen und den Annoncen ist teppert, keine Frage. Aber so was passiert alle Tage tausendmal. Das sagt nichts. Andererseits möcht' ich aber drauf schwören, daß er unser Serienmörder ist.«

Stern schloß sich dieser Meinung an. Das Gerücht, daß Ivanschitz mit seiner Mutter ein intimes Verhältnis gehabt hatte oder möglicherweise noch hatte, schien ihm auch ein Ansatzpunkt.

»Da kommen wir in gefährliche Nähe zu deinem Täter-Profil, Burli«, sagte er zu Berger. »Introvertierter junger Mensch. Komplexbeladen. Fixiert auf seine Mutter und Haß auf alle anderen Frauen. Da kann einer leicht auf die verkehrte Bahn kommen. Kontakte suchen und gleichzeitig von ihnen angewidert sein. Fazit: die Morde.«

Monika Suttner fügte hinzu: »Daß der Mann der Dillinger, der Taxifahrer, den Ivanschitz vor zirka neun Jahren in der Nacht am Laaer Berg gesehen hat, ist auch interessant. Frage: Was hat der dort gewollt?«

»Richtig«, sagte Trautmann. »Und wie hat er seine Mutter getäuscht, wenn die ihn doch angeblich andauernd kontrolliert hat. Oder hat sie von seinem nächtlichen Ausflug gewußt?«

Er bekam plötzlich seinen stumpfen Blick, zerdrückte die kaum angerauchte Selbstgedrehte im Aschenbecher, zog Tabakpackung und Zigarettenpapier heraus und rollte sich gedankenverloren die nächste Zigarette.

»Na, okay, das war zur Zeit, als er noch in *der Hasenleiten* gewohnt hat. Aber was macht er jetzt? Seit er in Meidling wohnt? Finden wieder Ausflüge, auch nächtliche, statt, von denen niemand was weiß? Und die manchmal damit enden, daß ein Mädchen oder eine Frau umgebracht wird?« setzte Trautmann fort.

»Das werden wir ermitteln«, antwortete Stern. »In den nächsten Tagen oder auch Wochen. Egal, wie lange es dauert. Ich werde mit unserem Psychologen reden. Mir geht die ganze Zeit die Eskalation bei den jetzigen Morde im Kopf herum. Laßt uns zahlen und ins *SB* zurückfahren. Dort rapportier' ich dem Hofrat und suche unseren *Psychoschlosser* auf. Ihr anderen legts euch währenddessen einen Plan zurecht, wie wir den Ivanschitz von, sagen wir, siebzehn Uhr bis in die Morgenstunden am besten observieren können.«

30

Hofrat Tamandl zeigte wieder freundliche Nasenlöcher. Er begnügte sich jedoch nicht mit Sterns Rapport, sondern verlangte die gesamte MG 2 zu sehen und erlaubte sogar, zu rauchen.

Dann stolzierte er vor der Gruppe auf und ab und lobte: »Ausgezeichnete Arbeit, Kollegen, und natürlich auch liebe Kollegin!«

»Man tut, was man kann, Herr Hofrat«, sagte Trautmann. »Aber's war auch ein bißchen Glück dabei.«

Tamandl reckte sich, ohne jedoch die sowieso nur mittlere Größe Trautmanns zu erreichen. »Gewiß. Ja. Vielleicht. Aber Glück hat eben nur der Tüchtige, Abteilungsinspektor. Sie haben sich rasch und effizient in die Gruppe eingefügt. Gratuliere!«

Berger fühlte sich bemüßigt, auch etwas einzuwerfen. »Wir sollten versuchen, eine Speichelprobe vom Ivanschitz zu kriegen. Dann liefe alles schneller.«

»Sicher«, meinte Stern. »Aber denk' dran, wie langwierig das sein kann. Unsere eigene DNA-Bank kriegen wir erst gegen Jahresende. Und die Schweizer oder Engländer werden uns bestimmt nicht bevorzugt behandeln.«

Tamandl war Sterns Meinung. »Richtig, Oberst. Es wäre beim derzeitigen Stand der Ermittlungen auch unklug, Ivanschitz schon jetzt festzunehmen. Wirklich ideal wär' es, ihn auf frischer Tat zu ertappen.«

Und zu Berger bemerkte er wohlwollend: »Ihre Idee ist nicht schlecht, Berger. Durchaus nicht. Nur, wie gesagt, zum jetzigen Zeitpunkt inopportun. Leider Gottes wird in Österreich ja zuerst am Wichtigsten gespart.«

Eine halbe Stunde später saß Stern im Büro des Polizeipsychologen Dr. Anton Merzbacher, um dessen Meinung über das weitere Verhalten des Serienmörders kennenzulernen.

Merzbacher war noch keine vierzig, aber dick wie ein Faß. Er glaubte, an sich eine gewisse Ähnlichkeit mit Bud Spencer entdeckt zu haben, und hatte sich daher einen Vollbart wachsen lassen, um dem Filmschauspieler noch ähnlicher zu sehen.

»Vorauszusagen, was ein psychisch gestörter Täter als nächstes tun wird, ist, wie Sie sich, Herr Stern, denken können, ungeheuer schwierig«, dozierte er.

»Sicherlich, Herr Doktor. Sicherlich. Aber gerade deswegen bin ich ja zu Ihnen gekommen, weil ich als kleiner Kriminaloberst der Psyche eines Serienmörders nicht gewachsen bin.«

»Das brauchen Sie auch nicht zu sein, Oberst«, sagte Merzbacher geschmeichelt. »Dafür haben Sie ja mich.«

Er strich den Bart zurecht und machte eine weit ausholende Handbewegung. »Wenn es sich um einen Schizophrenen handelte, wäre nicht leicht vorherzusehen, wie er weiterhin reagiert. Ich nehme aber nach eingehendem Studium der Simmeringer wie der jüngsten Mordfälle an, daß es sich eher um einen Psychotiker handelt. Also um einen Menschen, der irgendwann, sicher aber in der Jugend, traumatisiert wurde und jetzt unter Schüben leidet, von denen wir wissen, wie sie sich äußern, aber nicht, wann sie manifest werden.«

»Ich verstehe«, sagte Stern, dem es schon leid tat, seine Zeit mit dem Geschwafel des *Obergscheiten* zu vergeuden.

»Anhand der heurigen Fälle muß ich leider annehmen«, fuhr Merzbacher fort, »daß unser Täter ein weiteres Mal traumatisiert worden ist. Daraus folgt, daß seine Aktionen immer grausamer werden. Ich habe den letzten Obduktionsbefund des Kollegen eingehend studiert und überdacht. Dieser bestätigt meine Befürchtung, daß der Täter beim nächsten Mord, der diesmal bald erfolgen müßte, noch brutaler vorgehen wird. Leider kann ich Ihnen nichts anderes sagen.«

»Damit rechnen wir auch«, sagte Stern. »Wir hoffen aber, dem Mann auf der Spur zu sein, und werden ihn vom heutigen Tag an lückenlos observieren. Sollte sich dabei nichts ergeben, werden wir ihn einem DNA-Test unterziehen. Verläuft auch dieser negativ, werden wir uns wohl oder übel auf ein nächstes Opfer gefaßt machen müssen.«

Nachdem er ins Dienstzimmer zurückgekehrt war, teilte Stern seine Leute für die Überwachung von Rudolf Ivanschitz ein.

»Heute übernehme ich mit Wasenegger die erste Überwachung. Morgen sind Suttner und Trautmann an der Reihe. Wir müssen immer zu zweit sein, damit die Überwachung lückenlos verläuft, auch wenn einer schläft oder aufs Klo muß. Berger macht den üblichen Tagdienst. Von uns anderen werden zwei halt immer Nachtdienst schieben. Ist soweit alles klar?«

Wasenegger nickte und brummte etwas in sich hinein. Er wäre zwar lieber mit Trautmann zusammengewesen, aber wenn's der Chef anders wollte, war's ihm auch recht.

Monika Suttner lächelte Trautmann an. »Früher waren der Otto und ich ein Team. Wir werden uns aber genausogut vertragen.«

Trautmann grinste zurück. »Glaub' ich auch. Meine Gitti wird mir zwar einheizen, daß ich wieder mit einer schönen jungen Frau zusammengespannt bin, aber da kann man nichts machen.«

»Danke für die Blumen«, sagte die Suttner. »Aber wegen mir braucht sie keine Angst zu haben. Als Mann bist du nämlich nicht mein Typ.«

»Ebenfalls danke«, gab Trautmann ironisch zurück. »Ich weiß eh. Ich bin ja fast noch einmal so alt wie du und hab' eine Glatze und einen Bauch. Und nach Tabak stink' ich auch. Aber sag' das der Gitti. Die hat mir schon 's Leben schwergemacht, weil ich in der Brigittenau eine Zeitlang mit einer jungen *Kiberin* im Team war.«

Nur »Burli« Berger schaute verhärmt drein, weil er sich wieder übergangen fühlte, und spielte mit dem Gedanken, sich versetzen zu lassen.

31

In den ersten Nächten passierte gar nichts. Es schien, als ob Ivanschitz nichts zu verbergen hatte.

Er verließ um sechs Uhr das Haus und fuhr mit Straßenbahn und Schnellbahn in die Kühlerfabrik in der Brigittenau. Gewöhnlich kam er zwischen fünf und halb sechs von der Arbeit nach Hause. Ungefähr jeden zweiten Tag machte er gegen sechs Uhr meist kleinere Besorgungen in den Geschäften der Umgebung. Hauptsächlich frequentierte er den *Zielpunkt*-Markt in der Aßmayergasse.

Trautmann hatte sich in den Fall richtig verbissen. Er konnte Monika Suttner dazu überreden, Ivanschitz abwechselnd auch am Samstag und Sonntag zu observieren. Sie wußten daher, daß Ivanschitz an Samstagen in Begleitung seiner Mutter im *Interspar*-Markt in der Niederhofstraße größer einkaufte. Anschließend besuchten die beiden den Meidlinger Markt und erstanden am Geflügelkiosk ein Brathuhn.

Dabei sahen Trautmann und die Suttner, daß es Frau Ivanschitz sichtlich nicht gut ging. Sie war eine magere, kleine, fast weißhaarige, gebückt gehende Frau, die sich anscheinend schwer an den jeweils freien Arm ihres Sohnes hängte.

Ivanschitz hatte bei diesen gemeinsamen Einkäufen immer einen Rucksack und eine immens große Reisetasche mit der Aufschrift TOUROPA REISEN bei sich, an denen er auf dem Heimweg schwer schleppte.

Während die nächtliche Überwachung von Rudolf Ivanschitz weiterlief, hatte die MG 2 zwei neue Mordfälle zu klären. In beiden Fällen war dazu jedoch kein besonderer Aufwand nötig.

Im Fall Serena Markwitz in Penzing brauchte die MG 2 für die Aufklärung kaum einen Tag, weil die Fakten klar waren.

Die Markwitz hatte ihren Ehemann mit dessen eigener Pump-

Gun in den Kopf geschossen, weil sie dessen Saufen, Schuldenmachen und Prügeln nicht länger aushielt.

Mieter des Hauses in der Onno-Klopp-Gasse im vierzehnten Bezirk hatten um 22.30 Uhr zwei Detonationen gehört und gesehen, wie Serena Markwitz unmittelbar danach, anscheinend sehr aufgeregt, das Haus verlassen hatte. Sie gingen zur Wohnung der Markwitz, aus der die Detonationen vernommen worden waren, und fanden die Wohnungstür nur angelehnt vor. Im Schlafzimmer lag der sechsunddreißigjährige Leo Markwitz mit fast abgeschossenem Kopf im Bett.

Eine von der MG 2 ausgelöste Großfahndung nach der dringend tatverdächtigen Ehefrau Serena brachte in wenigen Stunden den gewünschten Erfolg. Die Besatzung des Streifenwagens NORBERT 3 entdeckte die verstörte Markwitz auf einer Bank vor der U-Bahn-Station Hütteldorf.

Um 3.20 Uhr des nächsten Tages unterschrieb Serena Markwitz im Dienstzimmer der MG 2 ihr Geständnis.

Sie gab an, es mit ihrem Mann nicht mehr länger ausgehalten zu haben. Als dieser in einem Streit handgreiflich geworden war, hatte sie den Entschluß zur Tat gefaßt. Nachdem ihr Mann eingeschlafen war, hatte sie ihn erschossen. Sie wurde um 8.00 Uhr ins Wiener Landesgericht 1 überstellt.

Der zweite Mordfall hatte ebenfalls keine Probleme bereitet, wenngleich die MG 2 vier Tage zur Ausforschung des Mörders gebraucht hatte.

In einem Gasthaus in der Heinestraße im zweiten Bezirk hatten sich in der Nacht des 15. Juli zwei Österreicher und zwei Deutsche gestritten. Es ging dabei um die an sich belanglose Frage, ob Rapid Wien oder Borussia Dortmund die bessere Fußballmannschaft sei.

Es hatte als eine der üblichen besoffenen Geschichten begonnen, die allerdings zu einer Schlägerei ausgeartet war, bei der die zwei Österreicher den kürzeren gezogen hatten. Daraufhin warfen der Wirt und sein Schankbursche alle vier aus dem Lokal und hielten den Fall für erledigt.

Daß er das keineswegs war, stellte sich um 0.10 Uhr des 16. Juli heraus.

Denn die zwei Österreicher wollten den *Piefkes* zeigen, daß man so nicht mit einem *g'standenen Wiener* und schon gar nicht mit einem eingefleischten Rapid-Anhänger umgehen konnte.

Die zwei, Otto Schmaderer und Viktor Wölfl, holten aus der Wohnung Wölfls dessen Revolver, Marke Smith & Wesson, Kaliber 38. Anschließend fuhren sie in Schmaderers Auto kreuz und quer durch den zweiten Bezirk, um die beiden Deutschen zu finden. Sie sahen sie in der Weintraubengasse mit Prostituierten verhandeln. Schmaderer steuerte das Auto zum Rinnstein. Wölfl eröffnete durch das offene Autofenster mit seiner 38er das Feuer, tötete hierbei den Deutschen Malte Wontorra und verletzte die österreichische Prostituierte Angela Freytag durch einen Brustschuß schwer.

Aufgrund der recht genauen Personenbeschreibungen der beiden Männer konnten die Kollegen aus dem Kommissariat Leopoldstadt sofort den Schützen als Viktor Wölfl identifizieren.

Das Sicherheitsbüro zog den Fall an sich. Dank Hinweisen aus der Szene und der Mitarbeit der Beamten aus dem *Koat Leopoldstadt* gelang es der MG 2, Wölfl und Schmaderer auszuforschen.

Die beiden hatten sich in der Wohnung von Schmaderers Freundin Irene Mandlinger in der Mayergasse im zweiten Bezirk versteckt.

Schmaderer leistete bei der Festnahme durch Trautmann und Wasenegger keinen Widerstand, aber Wölfl zückte seinen 38er.

Dabei erlebte Wasenegger eine Überraschung. Denn Trautmann zauberte in Sekundenschnelle die Glock aus dem Hosenbund und durchschoß das linke Bein Wölfls, worauf sich auch der ergab.

Im Dienstzimmer der Gruppe erzählte Wasenegger danach immer wieder, wie schnell Trautmann seine Waffe gezogen hatte.

»Ich hab' 'glaubt, ich träum', Burschen. Effektiv! Ich hab' noch gar nicht richtig mit'kriegt, daß uns der Wölfl seine *Puffn* vorhält, da hat der Trautmann schon g'schossen. Ärger wie der Django.«

»Geh, mach kein Theater, Karli«, brummte Trautmann, während er eine Meldung wegen Schußwaffengebrauchs schrieb. »So g'schwind, wie du tust, war ich gar nicht. Nur halt darauf gefaßt, daß was sein könnte.«

Berger IV., der mit seiner Kings Cup noch nie zum Schießen gekommen war, grinste. Er sagte zu Wasenegger: »*Gute Kiberer* schießen immer schnell. Nur *du* brauchst eine halbe Stund', bis du deine *Puffn* herausbringst.«

Aber Wasenegger war nicht zu erschüttern. Er bemerkte trokken: »Weißt was, Burli? Leck mich in den Arsch, so weit deine Zunge reicht.«

Von diesem Tag an hatte Trautmann bei Wasenegger und Berger IV. den Spitznamen *Django*. Nur Stern und Monika Suttner verwendeten weiterhin seinen Familiennamen.

32

Der Fall Ivanschitz kam erst am 24. Juli wieder in Bewegung.

Stern und Wasenegger sahen, wie Ivanschitz um 2.30 Uhr sein Wohnhaus verließ und ziemlich rasch in Richtung Margaretengürtel ging. Er hatte ein leichtes graues Blouson an und eine dunkle Sommerkappe auf.

Stern verfolgte ihn so unauffällig wie möglich. Wasenegger fuhr mit dem Auto, ohne Licht und nur etappenweise, hinterher.

Ivanschitz überquerte den Gürtel und ging auf der Margaretner Seite in Richtung des sechsten Bezirks, Mariahilf, weiter; dann durch die Morizgasse und über die Gumpendorfer Straße bis zum Apollo-Kino. Dort schaute er sich im schwachen Licht der Straßenbeleuchtung die in einem der Schaukästen ausgestellten Fotos des Films *Dante's Peak* an.

Er ging weiter in Richtung Ring, blieb aber bei der Girardigasse stehen. Dort schaute er sich nach allen Seiten um. Dann schlenderte er bis zum Café Sperl in der Gumpendorfer Straße und durch die Lehárgasse bis zur Oper, wo er den Nachtbus Richtung Meidling nahm.

Stern stieg zu Wasenegger in den Wagen. Sie folgten dem Nachtbus, in dem Ivanschitz als einziger Fahrgast saß. Sie überholten den Bus und ließen sich wieder zurückfallen. Dabei sahen sie, daß Ivanschitz weinte.

Vom Margaretengürtel ging Ivanschitz zu seinem Wohnhaus in der Herthergasse zurück. Er blieb vor dem Eingang stehen, trocknete sich die Tränen und schneuzte sich mehrmals. Dann fuhr er sich mit einem Feuchttüchlein übers Gesicht, sperrte das Haustor auf und verschwand.

Es war 4.10 Uhr. Ivanschitz war schwache zwei Stunden unterwegs gewesen.

»Scheiße«, brummte Wasenegger zu Stern. »Der Sauhund hat uns *abgegneißt* und kreuz und quer durch Wien nachgeschleppt.«

»Glaub' ich nicht«, sagte Stern. »Der hat uns sicher nicht bemerkt. Entweder war er auf der Suche nach einem neuen Opfer oder ...« Er brach ab.

»Eben«, sagte Wasenegger. »Oder, Waldi. Ich sag' dir, der hat uns *am Schmäh gehalten*. Denn bisher hat er, wenn er unser Mörder ist, seine Opfer immer in der Nähe seiner Wohnung gefunden. Ich glaub', er hat irgendwo auf der Gumpendorfer Straße *abgegneißt*, daß er überwacht wird. Vielleicht hat er in den Esterházypark wollen. Dort gibt es ja immer Unterstandslose. Auch Weiber. Aber er hat uns cool bis zum Ring geschleppt, ist in den Nachtbus gestiegen und hat sich dabei eins gelacht.«

»Nein, Karli«, sagte Stern. »Diesmal bist du auf dem falschen Dampfer. Der Ivanschitz hat nicht über uns gelacht, sondern im Bus die ganze Zeit geweint. Der war fertig. Vielleicht, weil er kein passendes Opfer gefunden hat. Wir dürfen ja nicht stur davon ausgehen, daß er seine Opfer immer nur in seiner Umgebung sucht.«

»Eh nicht. Aber wenn er die bisher sieben Opfer immer in seiner Umgebung gefunden hat – warum sollt' er heut' bis weiß ich wo gegangen sein? Ich sag' dir, Waldi, der *Saubeutel* hat uns *am Schmäh gehalten*. Und für den Fall der Fälle: Spazierengehen mitten in der Nacht ist ja nicht verboten. Der hat genau gewußt, was er macht. Und wenn wir ihn perlustriert und dabei ein Zackenmesser gefunden hätten, wär' auch nicht die Welt eingestürzt. Wir hätten ihn höchstens mit Ach und Krach wegen Besitzes einer verbotenen Waffe anzeigen, sonst aber in den Arsch lecken können.«

Stern sagte nichts darauf.

Es wäre sicher unklug gewesen, Ivanschitz in dieser Nacht polizeilich zu behandeln.

Aber er hatte im Nachtbus eindeutig geweint und nicht gelacht, wie Wasenegger glaubte.

Ivanschitz war auf der Suche nach einem neuen Opfer gewesen, hatte aber keines gefunden.

Tatsache war, daß er von 2.30 Uhr bis 4.10 Uhr unterwegs gewesen war. Und daß er um 6.00 Uhr sein Wohnhaus wieder verlassen hatte und in die Kühlerfabrik gefahren war.

33

Der 28. Juli war ein brütend heißer Montag. An diesem Tag machten Trautmann und Monika Suttner Dienst in der Herthergasse.

Trautmann hatte am Nachmittag mit seiner Freundin gestritten. Es war wieder um seinen Dienst und die vielen Überstunden gegangen.

»Für was du überhaupt noch bei mir wohnst, weiß keiner«, hatte sie geraunzt. »Zumindest ich nicht, Trautmann. Das kann's doch nicht geben, daß du jede zweite Nacht nicht zu Haus' bist! Ich darf dir nur 's Essen kochen und die Wäsche waschen, damit hat sichs!«

»Aber Gitti«, hatte Trautmann abzuwiegeln versucht, »Dienst ist halt Dienst. Dagegen kann ich auch nichts machen. Wir können doch einen siebenfachen Mörder nicht frei herumlaufen lassen. Und gerade jetzt kommen wir ins Endstadium unserer Ermittlungen. Es kann sich wirklich nur mehr um Tage handeln, also sei vernünftig.«

Trautmann hatte seine Freundin wirklich lieb. Er war von Herzen froh, nach einer verpfuschten Ehe und dem Tod seiner Tochter Gitti Schimek kennengelernt zu haben. In ihre Trafik in der Schiffmühlenstraße war eines Tages eingebrochen worden, und er hatte zufällig im *Koat Donaustadt* Journaldienst gehabt.

Als er die noch immer hübsche, mollige Trafikantin gesehen hatte, hatte es, zumindest von seiner Seite aus, sofort gefunkt. Die oder keine, hatte er sich gedacht.

Er hatte den Täter, einen jungen Burschen, ausgeforscht. Er wohnte im selben Bau wie Gitti Schimek. Zum Einbrecher war der arme Hund geworden, weil er Geld für Heroin gebraucht hatte. Er hatte also die Trafik ausgeräumt, war aber so dumm gewesen, die gestohlenen Sachen – ein paar tausend Zigaretten verschiedener Marken sowie bessere Feuerzeuge, lederne Brieftaschen und Schlüsseltaschen – ausgerechnet in dem keine hundert Meter von der Trafik entfernten *Café Kaisermühlen* um Spottpreise zu verschleudern. Irgend jemand hatte schließlich Trautmann einen *Zund* gegeben.

Danach hatte sich Trautmann einige Male mit Gitti Schimek privat getroffen. Bis es aber soweit war, daß sie ihn liebenswert fand, hatte er sich ziemlich anstrengen müssen.

Seither waren sie ein Herz und eine Seele und trotz ihres mittleren Alters sehr verliebt ineinander. Derzeit kamen sie jedoch nicht so gut miteinander aus.

Trautmann bereute fast, daß er sich von seinem damaligen Abteilungskommandanten im zwanzigsten Bezirk, aber auch von Gitti zur Teilnahme an einem Fachkurs für Abteilungsinspektoren hatte überreden lassen. Denn aufgrund seiner Beförderung war er ins Sicherheitsbüro versetzt worden, und damit hatten die Spannungen zwischen Gitti und ihm angefangen. Im *SB* waren immer wieder Überstunden zu leisten. Viel mehr als in den Kommissariaten, weil man als Angehöriger einer Mordgruppe nicht wie ein Postbeamter pünktlich nach Hause gehen kann.

Es kriselte also in ihrer Beziehung, und es fielen immer wieder böse Worte. So auch heute.

Deshalb beschloß Trautmann, um der unguten Stimmung zu entfliehen, an diesem Nachmittag schon früher als geplant den Dienst anzutreten.

Er ging zu seinem Wagen und fuhr, um dem mörderischen Stau auf der Tangente auszuweichen, durch die Innenstadt nach Meidling.

Weil Trautmann viel zu früh dran war, setzte er sich in einen Eissalon in der Steinbauergasse, aß einen *Coup Royal* und trank einen Espresso. Er dachte darüber nach, wie er sich bei gutem Wind zwischen seiner Gitti und dem Sicherheitsbüro durchlavieren konnte, kam aber auf keinen gemeinsamen Nenner.

Er erinnerte sich, daß keine zweihundert Meter weiter stadtauswärts das *Espresso Kolibri* zu finden war, in dem vor mehr als zwanzig Jahren ein im Rollstuhl fahrender Zuhälter von einem Konkurrenten erschossen worden war.

Damals hatte er im Wachzimmer Murlingengasse Dienst gemacht. Er war noch Oberwachmann gewesen. Dieser Dienstgrad war längst abgeschafft worden. Dafür gab es bei der Polizei jetzt zahlreiche andere, eine wahre Titelinvasion. Fünfundzwanzigjährige Buben und Mädeln rannten schon mit einem breiten Silberstreifen am Kragenspiegel oder an der Schulterklappe herum.

Trautmann wußte nicht mehr, wie das damalige Opfer mit bürgerlichem Namen geheißen hatte. Jedenfalls hatte der Zuhälter in der Szene den Spitznamen *der Gschwinde* gehabt, weil er mit dem Messer so schnell bei der Hand gewesen war.

Nach einem Unfall war *der Gschwinde* querschnittgelähmt gewesen, war aber trotzdem Zuhälter geblieben. Er hatte seine drei *Pferdchen* vom Rollstuhl aus überwacht, bis er dann erschossen worden war, ehe er sein Fixiermesser ziehen konnte. Der Täter konnte damals nicht ausgeforscht werden, weil die Szene wie Pech und Schwefel zusammenhielt und sich standesgemäß wie die drei Affen verhielt, von denen sich einer die Augen, der zweite die Ohren und der dritte den Mund zuhält – womit gemeint war, daß ein echter Unterweltler bei einer Fehde unter Kollegen weder was gesehen noch gehört hat und dementsprechend auch nichts aussagen kann.

Während sich Trautmann an Einzelheiten dieses Falles und den bürgerlichen Namen *des Gschwinden* zu erinnern versuchte, beschlich ihn plötzlich das Gefühl, daß draußen, auf der Straße, etwas anders geworden war.

Es gibt ja immer wieder solche Momente, besonders wenn man im Wald oder in einem Park spazierengeht; man merkt plötzlich, daß sich irgendwas irgendwie verändert hat. Schaut man dann genauer, erkennt man, daß hinter einem Gebüsch oder auf einem Baum ein Vogel sitzt, der einen beobachtet.

Trautmann blickte aus dem großen Fenster. Er stellte fest, daß ihn keiner der Vorübergehenden fixierte, sah aber Ivanschitz aus einem Bus der Linie 59A steigen und dann merkwürdig steif in Richtung Herthergasse gehen.

Trautmann schaute auf die Uhr und stellte fest, daß es erst vier Uhr war und Ivanschitz um eine gute Stunde früher als sonst gekommen war. Er zahlte und folgte Ivanschitz.

Ivanschitz ging nicht durch die Fockygasse zu seinem Wohnhaus in der Herthergasse, sondern weiter bis zur Flurschützstraße und betrat den überfüllten Wilhelmsdorfer Park. Er wirkte weiterhin merkwürdig steif und hielt den Griff seines billigen Aktenkoffers so fest, daß die Handknöchel weiß hervortraten. Er versuchte nicht, einen Platz auf einer Bank zu bekommen, sondern hielt inne und schaute starr vor sich hin.

Trautmann blieb, gedeckt durch ein Gebüsch, ebenfalls stehen und wartete ab, was Ivanschitz weiter machen würde.

Als Trautmann bereits die dritte Selbstgedrehte rauchte, ging ein Ruck durch den bis dahin geradezu katatonisch dastehenden Ivanschitz. Er stapfte wie ein beidseitiger Beinprothesenträger zum Kinderspielplatz. Dort blieb er wieder stehen und starrte, ohne sich zu bewegen oder auch nur zu blinzeln, auf die Kinder.

Kurz vor fünf Uhr erwachte Ivanschitz aus seiner Starre. Er schien sich zu entspannen. Den Griff seines Aktenkoffers hielt er nun lockerer. Er drehte sich auf dem Absatz um und ging langsam in Richtung Herthergasse davon.

Trautmann folgte ihm.

Als er in die Herthergasse kam, war es 17.20 Uhr. Er sah Monika Suttners kleinen Mazda bereits unter den dicht an dicht geparkten Autos stehen.

Ivanschitz verschwand in seinem Wohnhaus, und Trautmann ging zu Suttners Wagen.

»Der Ivanschitz ist gerade nach Haus' gekommen«, empfing Monika Suttner ihn. »Wieso kommst du so spät und ohne Wagen? Hast du einen Unfall gehabt? Ich wollt' jetzt noch fünf Minuten warten und dann dich oder das *SB* anrufen.«

»Servus, Monika«, sagte Trautmann. Und dann: »Nein, ich hab' keinen Unfall gehabt. Alles okay. Mein Auto steht in der Steinbauergasse, und ich werd' es gleich holen. Später bin ich gekommen, weil ich eigentlich zu früh dran war und mich in der Steinbauergasse noch in einen Eissalon gesetzt hab'. Dabei hab' ich den Ivanschitz gesehen. Er ist zu früh von der Arbeit gekommen. Bevor er nach Haus' ist, war er im Park an der Flurschützstraße.«

Er berichtete der Suttner über das merkwürdige Verhalten von Ivanschitz.

»Ich schwör' dir, der Ivanschitz ist nicht bei Sinnen gewesen«, sagte Trautmann. »Während ich ihm nachgegangen bin, hab' ich ja sein Gesicht nicht gesehen. Aber im Park hat er wie ein Krokodil vor sich hin gestarrt und kein einziges Mal geblinzelt. Nicht ein Mal, Monika!«

»Vielleicht hat er einen Schub gehabt«, sagte die Suttner.

»Glaub' ich auch. Darum müssen wir heut' besonders gut aufpassen und dürfen keinen Fehler machen. Ich geh' jetzt kurz weg und hol' meinen Wagen. Falls der Ivanschitz inzwischen herauskommt und einkaufen geht, ruf mich an, und gib mir eure Position durch. Laß ihn nicht aus den Augen.«

Dann rief Trautmann über das Handy Stern im Sicherheitsbüro an: »Paß auf, Waldi. Ich hab' das Gefühl, daß der Ivanschitz heut' noch aktiv wird. Ich hab' ihn beobachtet und gesehen, daß er völlig außer Kontrolle gewesen ist. Die Monika meint auch, die heutige Nacht könnt' wichtig werden.«

Daraufhin sagte Stern kurz: »Moment, Trautmann!«

Trautmann hörte mehrere Stimmen durcheinanderreden und dann wieder Stern sagen: »Paß auf, Trautmann. Am frühen Abend hat der Serienmörder jetzt noch nie zugeschlagen. Er wird das auch heute nicht tun – wenn er es tut. Wasenegger und ich werden zirka um acht Uhr zu euch stoßen. Vielleicht haben wir Glück. Servus bis dahin. Ende.«

Trautmann schaute die Suttner an.

»Der Chef und der Karli werden heut' gegen acht auftauchen und mit uns observieren. Ich geh' jetzt um mein Auto. Soll ich dir ein paar Wurstsemmeln mitbringen?«

»Vielleicht einen Kornspitz«, sagte die Suttner. »Oder ein Dreikorngebäck. Was du halt kriegst. Und ein großes Fru-Fru, wenn's geht Erdbeeren.«

Trautmann kaufte auf dem Weg zu seinem Wagen für sich vier Leberkässemmeln und eine Eineinhalbliterflasche Sodawasser. Für die Suttner besorgte er den Kornspitz und das Fru-Fru.

Während er unterwegs war, fiepte sein Handy.

Monika Suttner gab durch, daß Ivanschitz mit einer kleinen Einkaufstasche zum *Zielpunkt*-Markt in der Aßmayergasse unterwegs war und einen ganz normalen Eindruck machte. »Ich bleib' dran und brauch' dich nicht«, sagte sie. »Der geht sicher nur einkaufen.«

Als Trautmann in die Herthergasse zurückkam, sah er den Mazda der Suttner nicht.

Es war schon sechs durch, als Ivanschitz mit voller Einkaufstasche auftauchte und sein Wohnhaus betrat.

Monika Suttners Kleinwagen holperte etwa dreihundert Meter nach Ivanschitz, im ersten Gang, in die Gasse.

Stern und Wasenegger trafen um 19.10 Uhr in Waseneggers altem Ford ein. Dieser war weniger auffällig als der Alfa Romeo Sterns mit seinem Hochheck und Spoiler. Sie blieben wie Trautmann und Monika Suttner im Wagen sitzen. Die vier besprachen sich per Handy, weil sie damit rechnen mußten, daß Ivanschitz aus dem Fenster schaute und sie bemerkte.

Sie konnten nichts anderes tun als abzuwarten, ob Ivanschitz während der Nacht das Haus Nummer 17 verlassen würde.

34

In den nächsten Stunden spielte sich in der Herthergasse das gleiche ab wie an den vorangegangenen Abenden.

Schon gegen 19.30 Uhr waren wegen der Fernsehnachrichtensendung *Zeit im Bild* weniger Passanten auf der Straße. Kurz vor 20.15 Uhr leerte sich diese geradezu. Denn im ZDF lief *Das Schweigen der Lämmer*, in RTL die *Nippon Connection* und im ORF eine Schnulze mit Christiane Hörbiger, was die meisten Leute vor den Fernsehgeräten festnagelte.

Auf der Gasse standen bloß einige Burschen herum, die sich mit ihren geschorenen Köpfen und Dr.-Martens-Schuhen wie Skinheads gaben, aber harmlos waren. Weiters sah man die üblichen Gruppen von Türken und diversen ehemaligen Jugoslawen, die, streng getrennt nach ihrer neuen Nationalität, politisierten oder sich lautstark über andere Dinge unterhielten. Ein paar Leute gingen mit ihren Hunden äußerln.

Der Schanigarten des kleinen Gasthauses war bis etwa 23.00 Uhr belebt; danach gingen die Gäste nach Hause, wurden Tische und Stühle aneinandergekettet, und das Licht in der Gaststube ging aus.

Bis gegen 1.00 Uhr früh kehrten noch ein paar Leute heim, fanden keinen Parkplatz für ihr Auto und kreisten ziellos umher. Kamen dann zu Fuß in die Gasse zurück und verschwanden in ihren Häusern.

Ab 1.30 Uhr war die Herthergasse so unbelebt, als hätten hier nie Menschen gelebt. Sie wirkte wie ein verkommener Abstellplatz für Autos aller Marken, Getränkedosen und Snackverpackungen.

Stern und Wasenegger saßen in Wasaneggers Escort, Monika Suttner und Trautmann in Trautmanns Vitara. Sie waren hellwach und rauchten außer der Suttner ziemlich viel. Die Temperatur war kaum gesunken, es war fast noch so heiß wie am Tag.

Kurz nach 2.00 Uhr kam Ivanschitz aus dem Wohnhaus.

Er trug das schon bekannte graue Sommerblouson und die Kappe und hatte eine für ihn viel zu große Brille auf.

Leise schloß er das schwere Haustor, sperrte aber nicht ab. Er schaute sich vorsichtig um.

Die Herthergasse lag verlassen im schwachen Licht der Straßenbeleuchtung.

Ivanschitz nickte mehrmals ruckartig, faßte mit der Hand an sein Blouson und nickte wieder. Dann begann er in der gleichen steif-gespannten Art, die Trautmann schon am Nachmittag an ihm aufgefallen war, in Richtung Längenfeldgasse zu gehen.

Stern und Wasenegger, die in seiner Richtung im Wagen saßen, tauchten unter die Windschutzscheibe.

Trautmann stieß die Suttner leicht an und sagte: »Ich geh' ihm nach. Und du wartest ein bißchen und fährst dann ohne Licht langsam hinter uns her.«

Er stieg aus und folgte Ivanschitz, wobei er sich dicht an die Hausfassaden hielt. Aber diese Vorsichtsmaßnahme wäre gar nicht nötig gewesen, denn Ivanschitz ging sehr schnell und automatenhaft an der Gehsteigkante entlang und schaute sich nicht um.

Wasenegger wartete, bis Ivanschitz den Wagen passiert hatte. Dann stieg er ebenfalls aus und folgte ihm in der gleichen Weise wie Trautmann.

Stern startete kurz darauf den Wagen und fuhr ohne Licht im zweiten Gang, immer wieder auskuppelnd und bremsend, ebenfalls in Richtung Längenfeldgasse.

Monika Suttner folgte ihm in kurzem Abstand.

Ivanschitz ging, schneller werdend, zunächst durch den Steinbauerpark, bog dann in die Längenfeldgasse ein und wenig später rechts ab in die Arndtstraße. Er erreichte den Gaudenzdorfer Gürtel.

Vor dem Haydnhof, in dem Mitte März die achtjährige Christl Schwinghammer ermordet worden war, blieb er etwa zehn Minuten lang unbeweglich stehen.

Ging dann weiter bis zum St.-Johann-Park, in dem die unterstandslose Hilde Peschta, das bisher letzte Opfer, ab und zu übernachtet hatte.

Dann machte er, nicht mehr schnell und automatenhaft, sondern vorsichtig, ein paar Schritte in den Park. Sah, daß darin einige unterstandslose Männer schliefen, verhielt kurz, kam wieder aus dem Park und ging zur U-Bahn-Station Margaretengürtel.

Währenddessen rollte der Streifenwagen EMIL 1 mit Bezirksinspektor Rainer und Inspektorin Schneiderhan langsam über den Margaretengürtel. Dabei sahen die beiden die zwei Wagen der MG 2 im Schrittempo und ohne Licht in Richtung U-Bahn-Station fahren.

Rainer gab Gas und sagte: »Das müssen zwei Trottel oder Angesoffene sein. Die schauen wir uns an.«

Der Streifenwagen überholte die beiden Wagen der MG 2 und stellte sich quer. Rainer und die Schneiderhan stiegen aus und gingen auf die Autos zu.

Stern ließ das Seitenfenster hinunter, zeigte seinen Ausweis und sagte: »Sicherheitsbüro. Mordgruppe 2. Ich bin Oberst Stern, die Frau im zweiten Wagen ist eine Kollegin. Wir folgen einem Mörder. Macht kein Aufsehen und fahrt wie bisher weiter. Ihr werdet zwei meiner Leute überholen und dann den Mann, dem sie folgen. Trägt graues Blouson, Kappe und Brille. Den dürft ihr in keiner Weise beachten. Fahrt ruhig an ihm vorbei und unterhaltet euch, lacht wenn möglich. Der Mann darf auf keinen Fall Verdacht schöpfen.«

Rainer und die Schneiderhan stiegen wieder in den Streifenwagen und fuhren weiter. Sie zündeten sich Zigaretten an und unterhielten sich anscheinend großartig; beachteten weder Wasenegger noch Trautmann und schon gar nicht Ivanschitz. Dieser zuckte zwar zusammen, als der Streifenwagen an ihm vorüberfuhr, ging aber weiter, als er merkte, daß die beiden Polizisten nur Augen füreinander hatten.

Ivanschitz wartete, bis der Streifenwagen außer Sicht war; überquerte dann den Gumpendorfer Gürtel und ging weiter in Richtung Gumpendorfer Straße bis zur U-Bahn-Station.

Die Station war unbeleuchtet und verschlossen, weil zwischen zirka 1.00 Uhr und 5.00 Uhr außer den Nachtbussen keine öffentlichen Verkehrsmittel in Betrieb sind.

Ivanschitz blieb unter der Brücke bei der Station stehen und blickte sich um.

Trautmann und Wasenegger hatten sich mittlerweile zusammengeschlossen. Sie hielten etwa zweihundert Meter vor der Station inne und drückten sich an die Rolladen der in den Stadtbahnbögen untergebrachten Geschäfte.

»Der schaut sich nach einer Giftlerin um«, flüsterte Wasenegger.

»Glaub' ich auch«, flüsterte Trautmann zurück. »Und wenn wir Glück haben, wird vielleicht auch irgendein Weib auf einer der Bänke dahindösen.«

Die U-Bahn-Stationen sind seit langem Zentren der Wiener Suchtgiftszene. Die Gumpendorfer Straße fungiert dabei als eine Art Drehkreuz für Verteiler und Kunden. Gemeindeverwaltung und Polizei versuchen zwar seit Jahren, die Szene in den Griff zu bekommen, haben aber nur mäßigen oder eigentlich keinerlei Erfolg. Es werden natürlich unregelmäßige Kontrollen der U-Bahn-Stationen und Züge durchgeführt, aber was den Beamten dabei ins Netz geht, sind hauptsächlich Abnehmer, fast nie Dealer. Und wenn, so ist es nur ein ganz kleiner Fisch.

Gefährdet sind nur die Konsumenten, und das in doppelter Hinsicht. Denn nicht nur, daß sie sich mit Stoff versorgen müssen, laufen sie auch noch Gefahr, *abgestiert* zu werden, wenn sie high auf einer der Gürtelbänke hocken und jedes Gefühl für die Realität verloren haben. Es gibt immer wieder Kleinkriminelle, die den aktionsunfähigen Süchtigen das Wenige, was sie bei sich haben, stehlen.

Die Polizei hat sich längst an die dahindämmernden Süchtigen gewöhnt und behandelt sie aufgrund höherer Weisung genauso wie die auf den Gürtelbänken übernachtenden Unterstandslosen; nimmt sie nach der Devise *Nichts sehen, nichts hören* nicht zur Kenntnis, läßt sie, wo sie sind, und greift nur in Frostnächten ein, damit nicht jemand erfriert.

Ivanschitz gab sich einen Ruck und ging automatenhaft und sehr zügig über den inneren Mariahilfer Gürtel weiter; vorbei an der Station des Rettungsdienstes und den zwei neuen, großen Hotels. Er überquerte die Mariahilfer Straße und passierte die ebenfalls neuen Gebäude der Straßenbahnstationen und der U-Bahn-Station Westbahnhof. Schließlich fand er in dem kleinen Park zwischen den beiden Gürtelfahrbahnen auf einer der Bänke, was er suchte.

Die sehr junge Frau, die auf der Bank mehr lag als saß, schlief oder war bewußtlos. Ihr Gesicht war dunkel angelaufen. Sie war mit einem T-Shirt und schmutzigen ehemals hellen Jeans bekleidet. Die Jeans hatten vorne, zwischen den Beinen, einen unübersehbaren großen nassen Fleck. Offensichtlich hatte sie sich angepißt. Ihr Mund stand halb offen. Neben ihr auf der Bank stand ein modischer Rucksack. Unter der Bank lagen ein Löffel, eine Spritze und ein billiges Feuerzeug.

Ivanschitz blieb stehen und schaute sich um.

Er bemerkte Wasenegger und Trautmann nicht, die sich in den Schatten der gürtelseitigen Einfahrt des Sophienspitals drückten. Er näherte sich der Frau und schaute sich wieder um.

Der Gürtel war wenig befahren. Wien schien bis auf Ivanschitz, die junge Frau auf der Bank und die sporadischen Autofahrer im Tiefschlaf zu liegen.

Aber Trautmann, Wasenegger, Stern und die Suttner waren hochaktiv.

Trautmann eilte über den Gürtel in Richtung Goldschlagstraße, um von oben in die Grünanlage zu gelangen.

Wasenegger drückte sich an der Mauer des Spitals entlang weiter vor.

Stern fuhr zum Hesser Denkmal, einem Relikt aus der Zeit nach dem Ersten Weltkrieg, blieb stehen und stieg aus.

Monika Suttner fuhr ebenfalls zum Denkmal, blieb aber auf einen Wink Sterns hin im Wagen.

Ivanschitz hob die Frau von der Bank und trug sie zu einem Gebüsch. Legte sie nieder und zog sie an den Beinen tiefer ins Gebüsch hinein. Als sie keinerlei Reaktion zeigte, öffnete er den Reißverschluß ihrer Jeans, zog sie ihr von den Beinen und entdeckte, daß sie kein Höschen anhatte.

Er starrte auf das Dreieck der Schambehaarung, spreizte die Schenkel der Frau und öffnete seine Hose.

Dann legte er seine Hände um den Hals der bewegungslosen Frau, atmete tief und laut durch und wollte zudrücken.

Aber da waren schon Wasenegger und Trautmann zur Stelle.

Sie rissen Ivanschitz von seinem Opfer weg. Trautmann warf ihn auf den Bauch und kniete sich auf seinen Nacken. Wasenegger bog ihm die Arme nach hinten und legte ihm Handschellen an. Dann drehten sie Ivanschitz auf den Rücken.

»So, das war's, Django«, brummte Wasenegger zu Trautmann.

Ivanschitz starrte sie mit unmenschlichem Haß in den Augen an, sagte kein Wort und strampelte mit den Beinen.

»Ivanschitz«, sagte Trautmann fast gemütlich, »jetzt bist dran.«

Wasenegger stellte sich mit seinen neunzig Kilo auf die Beine von Ivanschitz. »Wir nehmen dich fest, weil wir dich des siebenfachen Mordes verdächtigen.«

Ivanschitz versuchte sich aufzubäumen und begann wie ein Tier zu schreien.

Trautmann gab ihm erst mit der offenen, dann mit der verkehrten Rechten zwei Ohrfeigen; Ivanschitz verstummte schlagartig.

Dann waren auch Stern und Monika Suttner zur Stelle.

Stern zog Ivanschitz auf die Füße.

Die Suttner kümmerte sich um die bewegungslose Frau, deren Gesicht jetzt dunkler als vorher war. Sie fühlte ihr den Puls und sagte: »Ich glaub', die ist tot.«

»Auch das noch«, seufzte Stern. Dann schlug er vor: »Komm, wir holen die Wagen.«

Stern und die Suttner gingen zum Hesser Denkmal und fuhren mit den Wagen vor.

Wasenegger zog Ivanschitz auf die Bank, drückte ihn nieder und öffnete dessen Blouson. In der Innentasche fand er ein in der Scheide steckendes Tauchermesser mit gerippter Klinge.

Trautmann fühlte der jungen Frau ebenfalls den Puls und stellte auch fest, daß nichts mehr zu spüren war. Er zog das Handy, wählte die Nummer 144 und sagte: »Abteilungsinspektor Trautmann, Kriminalpolizei. Wir haben hier eine leblose junge Frau. Ich glaube, sie ist tot. Vielleicht *Goldener Schuß*. Unser Standort ist die Grünanlage am inneren Mariahilfer Gürtel. Beim Hesser Denkmal. Zwischen Westbahnhof und Stollgasse.«

Stern rief das Sicherheitsbüro an und bat um Entsendung des Erkennungsdienstes.

Trautmann untersuchte den noch immer auf der Bank stehenden Rucksack der Toten. Er fand darin neben einer Packung Kondome, einem Deospray und einem Taschenbuch über Esoterik eine Wurstsemmel, eine halbvolle Flasche Cola light, mehrere Medikamentenschachteln sowie eine grün-weiße Plastikkarte einer Ambulanz der Wiener Gebietskrankenkasse mit den Einprägungen 06 5623 17 10 78 sowie KATHARINA STEIN, 1180, H.-SACHS-GASSE 32/4.

Es war 2.50 Uhr.

Monika Suttner rief über ihr Handy den Hofrat an.

Sie mußte einige Zeit warten, bis abgehoben wurde und sich ein sehr verschlafener Tamandl meldete.

35

Gegen 3.00 Uhr gab es in der und um die Grünanlage einen großen Auftrieb.

Zugleich mit der Rettung trafen die Journalisten Schmidbauer vom *Kurier* und Washietl von *täglich Alles* ein. Sie waren wegen eines anderen Vorfalls in der Rettungsstation gewesen und aufs Geratewohl mit der Ambulanz mitgefahren.

Wenige Minuten später kam der Kleinbus des Erkennungsdienstes, und die EKD-Leute machten sich an die Arbeit.

Der Rettungsarzt untersuchte die junge Frau. Dann richtete er sich auf und sagte zu Stern: »Die Frau ist tot. Wahrscheinlich infolge einer Überdosis Heroin. Der Todeszeitpunkt kann nicht lange zurückliegen.«

Daraufhin rief die Suttner das zuständige Kommissariat Neubau an, gab durch, was passiert war, und forderte die übliche Polizeiliche Kommission an. Sie erinnerte sich an Berger IV., der ja an der Aktion nicht teilgenommen hatte und sicher zu Hause schlafend im Bett lag.

Sie rief auch ihn an und sagte ihm, sie hätten den Mörder und er solle ins *SB* fahren. Daraufhin warf ihr der wütende Berger etwas Unfeines an den Kopf und legte auf.

Wasenegger wandte sich an die zwei Journalisten. »Ihr *Pfeifen* habts ein unverdientes Glück. Derjenige, der dort neben dem Django auf der Bank sitzt, ist der Serienmörder von Simmering und Meidling.«

Und weil es nie schlecht war, sich mit der Presse gutzustellen, fügte er leiser hinzu: »Er heißt Ivanschitz und ist aus Meidling. Mehr sag' ich euch vorläufig nicht, Burschen.«

Während er redete, fuhren zwei Streifenwagen zu.

Um 3.10 Uhr trafen Oberst Hammer und die Kriminalbeamten Rechberger und Huber III. aus dem *Koat Neubau* mit Handscheinwerfern ein.

Stern informierte sie über das Vorgefallene. Sie schauten sich den neben Trautmann auf der Bank sitzenden Ivanschitz und die tote junge Frau an.

Die Journalisten drängten ebenfalls herbei und erfuhren zumindest teilweise, was sie wissen wollten. Sogleich telefonierten sie hektisch mit ihren Redaktionen, um vielleicht noch einen ersten Sensationsbericht in einem Teil der nächsten Ausgabe unterzubringen.

In der Zwischenzeit hatten sich an die vierzig Neugierige eingefunden. Meist waren es Autofahrer, die die Polizeiautos, die eingeschalteten Handscheinwerfer und den Rettungswagen bei der Grünanlage gesehen hatten. Sie waren mit ihren Autos an den Straßenrand gefahren, um zu erfahren, was hier um diese Zeit los war. Die Neugierigen wurden allerdings von der Besatzung der Streifenwagen abgedrängt und zum Weitergehen oder Weiterfahren aufgefordert.

Stern rief das für die Tote zuständige *Koat* des achtzehnten Bezirks an, damit einer der dortigen Kriminalbeamten an der Adresse Hans-Sachs-Gasse 32 feststellte, ob die Stein dort allein, bei ihren Eltern oder einem Freund oder Ehemann gewohnt hatte, und diese gegebenenfalls vom Tod der jungen Frau verständigte.

Um 4.00 Uhr löste sich die Ansammlung auf.

Stern, Trautmann, Wasenegger und die Suttner fuhren mit Ivanschitz ins Sicherheitsbüro. Die Beamten aus dem *Koat Neubau,* der Kleinbus des EKD, der Rettungswagen und ein Streifenwagen fuhren ebenfalls ab. Ein zweiter Wagen blieb bei der inzwischen mit einer Plastikplane bedeckten Leiche, um auf das Eintreffen des Leichentransports der Gerichtsmedizin zu warten.

36

Um 4.30 Uhr waren Hofrat Tamandl und die Leute der MG 2 mit Ivanschitz im Dienstzimmer.

Berger IV. lehnte mißmutig an dessen Tür. Seine Stimmung befand sich, weil die anderen ohne ihn den Fang gemacht hatten, auf dem Tiefpunkt. Er nahm sich wieder vor, demnächst um seine Versetzung in einen Bezirk anzusuchen. Die anderen in der Gruppe brauchten ihn ja sowieso nicht. Höchstens um *Schammesdienste* zu machen. Trottelarbeiten.

Ivanschitz hockte, bereits ohne Handschellen, auf einem Sessel. Trautmann stand daneben.

Wasenegger hatte sich ans offene Fenster zurückgezogen.

Stern und Tamandl saßen hinter Sterns Schreibtisch.

Monika Suttner vor der Bildschirmschreibmaschine.

Stern leitete das Verhör. Er sagte Ivanschitz zunächst auf den Kopf zu, daß er ihm die drei Simmeringer Morde an Christina Senghofer, Claudia Pernsteiner und Sabine Suntil, die aus jüngster Zeit an Christine Schwinghammer, Annabella Hawlicek, Jarmilla Gülgel und Hilde Peschta sowie die in der heutigen Nacht erfolgte Attacke gegen Katharina Stein zur Last legte.

Dann schaltete er das Bandgerät ein und fragte: »Geben Sie zu, die Morde an den genannten Mädchen und Frauen begangen zu haben?«

Ivanschitz starrte ihn wie aus weiter Ferne an. Er bewegte die Lippen, brachte aber keinen Ton heraus.

Trautmann legte Ivanschitz die Hand auf die Schulter und sagte ruhig: »Es hat keinen Sinn, wennst bei uns den Stummen spielst. Wie's ausschaut, nageln wir dich auch fest, ohne daß du ein Wort redest.«

Und Wasenegger setzte hinzu: »Je geschwinder du *niederlegst*, desto schneller hast's hinter dir, Ivanschitz. Magst eine Zigarette?«

Ivanschitz nickte. Trautmann zog eine Packung Tabak und Zigarettenpapier heraus und rollte zwei Zigaretten. Er steckte beide in den Mund, zündete sie an und gab dann eine davon Ivanschitz, der gierig zu rauchen begann.

»Herr Ivanschitz«, fing Stern wieder an, »es ist besser, wenn Sie ein Geständnis ablegen. Wir verfügen über DNA-Abstriche von Ihren Opfern und werden den biologischen Abdruck von der Zigarette, die Sie jetzt rauchen, mit unseren Proben vergleichen. Außerdem haben wir noch das bei Ihnen gefundene Messer, das für die Morde in Frage kommt.«

Tamandl stand auf. Er ging um den Schreibtisch herum und baute sich vor Ivanschitz auf. »Also, heraus mit der Sprache, bevor wir andere Saiten aufziehen!« bellte er. »Lang warte ich nicht mehr! Einmal hat auch meine Geduld ein Ende!«

Ivanschitz starrte ihn lange wortlos an.

Er bewegte wieder die Lippen, ohne ein Wort hervorzubringen. Dann artikulierte sich aus dem wortlosen Gestammel ein »Mama«.

Trautmann bekam wieder seinen stumpfen Blick. Er murmelte vor sich hin: »Ja, die Mama. Sie wird schon alles *wegrama*.«

Er schaute auf Stern und sagte lauter: »Bei dem reißen wir nichts, Waldi. Der ist daneben. Der gehört nicht zu uns, ins *SB*, sondern in eine Anstalt, wo er nie mehr raus kann und steinalt und kleinwinzig wird und auch stirbt.«

Das brachte Ivanschitz in Bewegung.

Er versuchte aufzustehen, Trautmann und der herbeieilende Berger drückten ihn aber wieder auf den Sessel und hielten ihn fest.

»Ich will in keine Anstalt!« brach es aus ihm hervor. »In keine Anstalt!« Und wie in Todesangst: »Nicht in eine Anstalt! Da krieg' ich lieber lebenslänglich! Ich sag' eh alles. Alles, was ich gemacht hab'! Aber, bitte, bitte, nicht in eine Anstalt!«

Dann begann er schüttelnd und wie ein kleines Kind zu weinen und stammelte immer wieder: »Mama! Mama!«

»Mit deiner Mama werden wir uns schon noch befassen«, brummte Wasenegger.

»Jawohl!« setzte Tamandl hinzu und versuchte, möglichst drohend auf Ivanschitz zu schauen. »Und zwar umgehend!«

»Also, Herr Ivanschitz«, begann Stern wieder, »wollen Sie jetzt die Morde gestehen?«

»Ja! Aber nur, wenn ich in keine Anstalt komm'! Nur dann!«

»Nein«, sagte Trautmann beruhigend, »kommst eh nicht. Wir schicken dich ins Landesgericht, und *die Geschichte hat sich gehoben.*« Und fast freundschaftlich: »Ich hätt' jetzt gern einen ordentlichen Kaffee. Willst auch einen?«

Ivanschitz nickte heftig, und Wasenegger ging zur Espressomaschine.

Karl Wasenegger hatte die Arbeit in der Mordgruppe satt bis zu den Nasenlöchern. Nichts war so beschissen wie eine Mordgruppe. Man hatte entweder mit Leuten zu tun, die innerlich bereits so deformiert waren, daß sie nur mehr äußerlich Menschen glichen. Oder mit *kleinen Häferln*, die wegen einer Bagatelle einen anderen umbrachten. Oder mit Psychos wie diesem Ivanschitz, die sich ärger als Raubtiere aufführten, am Ende aber für ihre Taten nicht zur Verantwortung gezogen werden konnten.

Er schaute kurz zum an der Wand hängenden Foto Hotwagners und zu dessen alter Walther und beneidete den Otto, weil der so leicht gestorben war und von nichts mehr zu wissen brauchte. Und zum x-ten Male nahm er sich – wie Berger – vor, demnächst um seine Versetzung anzusuchen.

Dann zischte der Kaffee in die Tassen.

Wasenegger brachte Stern, Tamandl, Ivanschitz und der Suttner je eine Tasse. Anschließend machte er für sich, Trautmann und Berger nochmals Kaffee.

Trautmann rollte wieder zwei Zigaretten, eine für sich und eine für Ivanschitz, worauf Tamandl mit den Händen wedelte und leidvoll das Gesicht verzog.

Um 5.10 Uhr schaute Ivanschitz wie erwachend um sich und sagte leise: »Jetzt ist eh alles wurscht.« Und nach einer Pause: »Ich ... möcht' ein Geständnis ablegen.«

Trautmann klopfte Ivanschitz auf die Schulter und forderte ihn auf: »Na, dann leg ab. Gemma, Ivanschitz. Reiß dich z'samm'.«

Stern fragte Ivanschitz: »Sie geben also die Ihnen zur Last gelegten Morde zu.«

»Ja.«

»Alle sieben?«

»Ja«, sagte Ivanschitz leise und fuhr dann unsicher fort: »Wollen hab' ich's ja nicht. Ich wollt' ja nie wen umbringen. Aber es lachen mich ja immer alle aus und sagen, ich bin nur ein Hosenscheißer. Das war schon in der Schule so. Ich war immer der, den alle *sekkiert* haben. Weil ich mich nie dagegen wehren konnte. Zu Hause war's genauso. Wenn der Vater besoffen war, hab' ich immer Watschen 'kriegt.«

»Und Ihre Mutter?« fragte Stern. »Hat die Sie nicht vor dem betrunkenen Vater geschützt?«

»Sie hat's probiert, aber selber welche eing'fangen«, antwortete Ivanschitz. »Durch das sind die Mama und ich immer mehr zusammengewachsen. Außer mir hat sie ja niemanden gehabt. Ich war immer mit ihr zusammen. Ein Mamakinderl, wie man gesagt hat. Wie dann der Vater gestorben ist, waren wir noch enger beisammen.«

»Wie eng?« fragte Wasenegger.

Und Trautmann setzte hinzu: »So eng, daß ihr ein Verhältnis gehabt habts?«

»Ja. Vielleicht.«

»Was heißt – vielleicht?« fragte Berger IV. »Habt Ihr, oder habt Ihr nicht?«

Ivanschitz warf einen Blick auf die Suttner, schaute dann auf den Boden und sagte leise: »Ja. Wir haben eins gehabt.« Und plötzlich sehr laut und mit flackernden Augen: »Es hat sich halt so ergeben! Ergeben hat es sich! Hat ja so sein müssen! Weil die Mama ... Weil ich ... Sie hat halt bemerkt, daß ich ... Daß ich irgendwie ... Sie ist halt eine Frau, und ich bin ein Mann! Und dann haben wir's halt getan, obwohl wir gewußt haben, daß es verboten ist! Aber ... Jeder Mensch ...«

Tamandl fühlte sich angewidert, bemühte sich aber, so freundlich wie möglich zu fragen: »Wie alt waren Sie damals? Ich meine, als ... das Verhältnis zwischen Ihnen und Ihrer Mutter begann?«

»Fünfzehn, glaub' ich«, sagte Ivanschitz fast tonlos und zwischen Schluchzern.

»Und«, tastete sich Tamandl weiter vor, »dieses intime Verhältnis dauert bis heute an?«

»Ja. Was hätt' ich denn machen sollen, wenn mir die Mama

keine Ruh' gelassen hat?« Und nach einer Pause, wie erloschen: »Ich hab' eh versucht, daß ich irgendwie ein Mädel oder eine Frau finde. Deswegen hab' ich sogar alle möglichen Annoncen aufgegeben. Früher.«

»Das wissen wir«, sagte Trautmann. »Du hast deinen Sportkollegen bei Ostbahn 11 Geld gestohlen, damit du die Annoncen bezahlen konntest. Weil dir deine Mutter ja das ganze Geld weggenommen hat.«

Ivanschitz nickte. »Aber ich hab' nichts erreicht. Beim Verein haben sie mich rausgeschmissen, und die Mama ist auch draufgekommen. Sie hat die Briefe, die ich gekriegt hab', gefunden und gelesen und gesagt, wenn ich das noch einmal mach', bringt sie sich um. Und ... Und dann ist sie zu mir ins Bett gekommen, und wir ... haben es ... gemacht. Ja.«

Berger IV. wurde das Gejammer von Ivanschitz langweilig. Darum sagte er: »Na, okay. Wir haben uns das jetzt lang genug angehört, daß du deine Mutter *gepudert* hast. Jetzt wollen wir was über die Morde hören!«

»Berger!« rügte Hofrat Tamandl. »Nicht in diesem Ton, wenn ich bitten darf!«

»Ja, also die Morde«, sagte Ivanschitz. »Zu die ist's gekommen, weil ich einen Haß auf alle Frauen gekriegt hab'.«

»Sie haben aber auch Kinder umgebracht«, sagte Stern. »Warum das? Das waren doch noch gar keine Frauen.«

»Sie wären aber Frauen geworden. Um das geht's. Außerdem ist alles, was einen Schlitz zwischen den Beinen hat, für mich eine Frau. Darum hab' ich sie halt genommen, wo ich sie gekriegt hab', wenn's mich überkommen hat.«

Ivanschitz schaute Stern an und fragte, ob er noch eine Zigarette haben könnte. Aber keine Selbstgedrehte von Trautmann, sondern eine »richtige«.

Stern legte eine Packung *West* auf den Tisch. Ivanschitz nickte dankend, zog eine Zigarette heraus, ließ sich Feuer geben und redete weiter.

»Angefangen hat das, als wir noch in Simmering gewohnt haben. Da ist es über mich gekommen, ohne daß ich was dagegen tun konnte. Und da waren eben die zwei Mädeln und die Frau ...

Damals hatte ich mir gerade das Messer gekauft. Ich wollt' ein Taucher werden. Wie der Hans Hass. Ich hab' einen Film von ihm gesehen, über Haie und Korallen. Der hat mir imponiert, und ich hab' mir das Messer gekauft … Die junge Frau hab' ich in der Nacht erwischt, das war ganz einfach. Bei den Mädchen war es hellichter Tag. Ich hab' mich danach nicht nach Hause getraut, weil ich ja voll mit Blut war. Ich hab' mich versteckt und bin erst in der Nacht …«

»Hat Ihre Mutter denn nie Ihre blutige Kleidung gesehen?« unterbrach Stern. »Haben Sie die Sachen weggeworfen?«

»Nein. Ich hab' ja viel zuwenig Geld gehabt, daß ich meine Sachen hätte wegschmeißen können«, sagte Ivanschitz. »Freilich hat's meine Mutter bemerkt. Ich hab' zwar gesagt, ich bin gefallen oder war bei einem Unfall dabei, wo mich einer ganz blutig gemacht hat, aber das hat sie nur beim ersten Mal geglaubt. Beim zweiten Mal … Es ist doch immer alles am nächsten Tag in der Zeitung gestanden! Als die Polizei monatelang keine Ruhe gegeben hat, sind wir nach Meidling gezogen.«

Trautmann schaute Ivanschitz an. »Der letzte Simmeringer Mord war vor sieben Jahren. Ab da war Ruhe. Warum hast du jetzt wieder angefangen?«

»Weil ich nicht anders konnte. Es ist in mir! Die Mama hat mir ja eh jeden Tag Medikamente gegeben und mich nicht aus den Augen gelassen. Aber wie sie bemerkt hat, daß ich … Daß ich auf das hin mit ihr nimmer können hab', hat sie … Dann hab' ich keine mehr genommen, damit …«

»Welche Medikamente waren das?« fragte Wasenegger.

»Das weiß ich nicht«, sagte Ivanschitz. »Irgendwas zur Beruhigung. Sie hat sie sich von einem Doktor verschreiben lassen. Dann ist die Mama alt geworden. Wir haben aufgehört damit, aber ich hab' die Medikamente nicht wieder genommen. Und dann …«

Ivanschitz brach ab, und im Dienstzimmer herrschte plötzlich eine Totenstille.

Es war so still, daß man das leise Plopp der Anschläge Monika Suttners auf dem Keyboard hören konnte.

»Dann hab' ich wieder angefangen, wenn es in mir zu stark gewesen ist«, schilderte Ivanschitz jetzt emotionslos. »Das eine Mädchen hab' ich zeitig in der Früh erwischt. Ich hab' sie von hinten überrascht und ihr den Mund zugehalten. Es war niemand zu sehen. Sie hat sich gewehrt, aber es hat nichts genützt. Ich hab' mich wieder verstecken müssen, bis es Nacht wird, damit ich nach Haus' komm'. Bei der zweiten war's ähnlich. Sie ist in der Bauhütte drangekommen. Danach hab' ich wieder gewartet, bis es finster geworden war, und sie auf die Baustelle gleich gegenüber getragen. Die Türkin hab' ich erwischt, wie sie aus einem Lokal ist. Ja. Und die alte Unterstandslose hab' ich im Park aufgegabelt. Sie ist freiwillig mitgegangen, weil ich ihr hundert Schilling versprochen hab'.«

»Eine Frage noch«, sagte Stern. »Ihre Mutter hat also gewußt, daß Sie der Mörder sind? Damals, in Simmering, und jetzt, in Meidling.«

Ivanschitz nickte und schaute dabei keinen im Raum an.

Dann unterschrieb er sein Geständnis und rauchte noch eine von Sterns Zigaretten. Anschließend wurde er von einem Uniformierten in das dem Sicherheitsbüro angeschlossene Polizeigefangenenhaus abgeführt.

»Gute Arbeit!« strahlte Tamandl. »Großartig, meine Herren und die Dame.« Er wandte sich an Stern: »Wir werden heute um neun Uhr eine Pressekonferenz geben, Oberst. Sie und ich.«

Tamandl verließ das Dienstzimmer und stapfte in sein Büro. Dort rief er seine Frau an, um ihr mitzuteilen, daß er heute erst zum Abendessen daheim sein würde. Danach versenkte er sich in den Anblick der Topfpflanzen, die ihm unschuldig wie frischgefallener Schnee erschienen.

Mord, Raub, Betrug und was es sonst noch an Bösem gab waren allein den Menschen vorbehalten. Selbst Raubtiere töteten nur der Nahrung wegen.

Und er, Hofrat August Tamandl, Chef aller Mordgruppen, wußte eines ganz genau: Wenn er wieder zur Welt käme, würde er nicht Jus studieren und in den Polizeidienst eintreten, sondern Gärtner werden. Und dabei würde er sehr glücklich sein.

37

Stern hatte keine Zeit für meditative Gedanken.

Er schickte Trautmann und Berger zu Ivanschitz' Wohnung, um sie wegen *Gefahr im Verzug* zu durchsuchen, belastende Dinge sicherzustellen und Ivanschitz' Mutter wegen dringenden Verdachts der Mitwisserschaft an den Morden ihres Sohnes festzunehmen.

Trautmann und Berger IV. kamen um 6.20 Uhr in die Herthergasse 17.

Sie gingen über die dreckige Stiege mit da und dort bereits abbröckelnden Stufen und läuteten an der Tür mit dem Klebeschild IVANSCHITZ.

Zuerst tat sich nichts. Erst als Berger gegen die Tür hämmerte, hörten die beiden eine Stimme.

»Ich lass' dich nicht rein, und wenn du noch so klopfst!« keifte es von drinnen. »Mach nur so weiter! Dann kannst dir überhaupt eine andere Wohnung suchen!«

Berger hämmerte wieder gegen die Tür, und Trautmann sagte gemütlich: »Die hat Ihr Sohn schon, Frau Ivanschitz. Machen S' auf. Polizei ist da.«

Die Nachbartür öffnete sich einen Spaltbreit. Eine Frau und ein kleines Kind schauten neugierig heraus. Als die Frau aber das Wort *Polizei* hörte, machte sie schnell wieder zu.

Berger klopfte nochmals und sagte: »Wenn S' nicht aufmachen, Frau Ivanschitz, treten wir die Tür ein!«

Daraufhin wurde aufgesperrt. Die Tür öffnete sich und gab den Blick auf die magere, ältliche Frau frei, die Trautmann mit Ivanschitz gesehen hatte.

Trautmann schob Frau Ivanschitz zurück und trat in die altmodisch eingerichtete Küche.

Berger folgte ihm und machte die Tür hinter sich zu.

»Wir haben heute Ihren Sohn festgenommen«, informierte Trautmann Frau Ivanschitz. »Sie wissen, weswegen.«

»Ich? Nein«, log die Ivanschitz. »Was hat er denn angestellt?«

»Spielen S' uns kein Theater vor«, sagte Berger. »Das, was er schon ein paarmal gemacht hat und wovon Sie gewußt haben. Darum nehmen wir Sie jetzt wegen Mitwisserschaft fest und durchsuchen die Wohnung.«

Die sechzigjährige Rosa Ivanschitz sah plötzlich aus wie hundert.

Sie ließ sich auf einen der Küchensessel sinken und sagte tonlos: »Ich hab's gewußt. Ich hab's gewußt, daß es eines Tages so kommen wird.«

Trautmann bekam wieder seinen stumpfen Blick. »Logisch haben Sie's gewußt. Aber verhindert haben Sie's nicht. Wo ist das Zimmer Ihres Sohnes?«

»Der hat keins. Unsere Wohnung hat nur Zimmer und Küche.«

»Dann gehen Sie ins Zimmer voraus«, sagte Berger. Er zog die Frau hoch und stieß sie vor sich her.

Trautmann schaute sich kurz in der Küche um und folgte dann den beiden.

Das Zimmer war mit altmodischen Rundbaumöbeln vollgeräumt. Über dem ungemachten Doppelbett hing eine Waldlandschaft mit röhrendem Hirschen, an der anderen Wand ein Druck vom Matterhorn und das Bild einer leidend aussehenden Frau mit betend erhobenen Armen. Weiters waren noch ein Tisch mit zwei ramponierten lederbezogenen Sesseln, ein Fernsehtischchen mit Fernsehapparat und ein aufgestellter Bügelladen vorhanden. Auf diesem lag ein Haufen zerknüllter gewaschener Wäsche.

Die Ivanschitz setzte sich auf das zerwühlte Doppelbett und schaute teilnahmslos zu, wie Berger und Trautmann die Kästen durchsuchten.

Sie zeigte auch kein Interesse, als die beiden hinter unordentlich gestapelter Wäsche einen mit Zeitungsausschnitten vollgestopften Ordner fanden.

Trautmann und Berger schauten sich die Zeitungsausschnitte an und fanden alle Ivanschitz zur Last gelegten Morde säuberlich aufgelistet. Im zweiten Kasten fanden sie eine Schachtel mit der Prägung ECHTER NÜRNBERGER LEBKUCHEN, die von eingetrocknetem Blut steife Höschen verschiedener Größen enthielt.

»Die Sachen nehmen wir mit, Frau Ivanschitz«, stellte Trautmann fest. »Jetzt ziehen S' Ihna an. Sie sind festgenommen.«

Weil die Ivanschitz zögerte, sagte Berger: »Also, was ist? Ziehen S' Ihna an, oder sollen wir Ihna im Nachthemd mitnehmen?« Und ruppig: »Vor uns brauchen S' Ihna nicht genieren. Wir haben schon genug nackerte Frauen als Lebende oder Tote g'sehen. Gemma.«

Er grinste Trautmann an: »Vor ihrem Buben wird s' nicht so heikel g'wesen sein.«

Trautmann schaute ihn verweisend an und sagte zur Ivanschitz: »Wir drehen uns um, Frau Ivanschitz, während Sie sich anziehen.«

Berger und er wandten sich zum Fenster. Sie hörten die Ivanschitz hinter sich hantieren.

»Sie können sich auch ein paar Sachen einpacken«, sagte Trautmann, ohne sich umzudrehen. »Was zum Waschen halt. Und ein bißl eine Wäsch'.« Dann öffnete er das auf die Herthergasse hinausgehende Fenster, rollte sich eine Zigarette und blies den Rauch hinaus.

Auf der Straße versuchte jemand, den Motor eines Wagens zu starten, obgleich dieser anscheinend längst abgesoffen war.

»Ich bin fertig«, sagte die Ivanschitz. »Ich möcht' mir ein bißl das Gesicht waschen und mich frisieren.«

»Das können S'«, brummte Trautmann. Und zu Berger: »Geh mit, Burli, und paß auf sie auf. Damit sie keine Dummheiten macht.«

Berger grinste schief. »Zu Befehl, Django. Wird durchgeführt. Also, dann kommen S', Frau Ivanschitz. Machen S' Ihna schön.«

Die Ivanschitz und Berger gingen aus dem Zimmer.

Während er es aus der Küche plätschern hörte, blieb Trautmann weiterhin am Fenster stehen.

Er warf die Kippe hinaus, drehte sich die nächste Zigarette und zündete sie an.

Was ist der Mensch, dachte Trautmann.

Hatte er wirklich keine eigentliche Persönlichkeit, wie Buddha lehrte, und hielt nur an einem illusionären Gefühl, für sich selbst zu existieren, fest? Doch dieses Ichbewußtsein, wenn auch vielleicht nur eingebildet, brachte ihn dazu, zu töten, seine dunkle Seite zu zeigen …

»Wir sind fertig, Django«, sagte Berger IV. aus der Küche. »Wir können gehen.«

Trautmann warf die Kippe aus dem Fenster und machte es zu. Er drehte sich schwerfällig um. Plötzlich fühlte er sich ausgebrannt und müde.

Er nahm den Ordner mit den Zeitungsausschnitten und die Schachtel mit den Höschen, wichtige Beweise, an sich, ging in die Küche und brummte zu Berger: »Sag doch nicht immer Django zu mir. Ich heiß' Trautmann.«

Berger ging als erster aus der Wohnung. Er trug eine schäbige Reisetasche mit den Utensilien der festgenommenen Frau.

Dann folgte die gebückte Ivanschitz. Sie versuchte, ihr Gesicht zum Schutz gegen die neugierigen Blicke einiger Nachbarn, die auf dem Gang standen, mit den Armen abzudecken.

Trautmann ging als letzter.

Er versperrte die Wohnungstür und versiegelte sie mit zwei amtlichen Klebestreifen über Tür und Türstock. Zu den Neugierigen sagte er: »Gehts wieder in eure Wohnungen. Hier gibt's nichts mehr zu sehen.«

In zirka zwei Stunden würde der kleine Hofrat Tamandl eine Pressekonferenz geben. Auf dieser würde er wieder einmal darauf hinweisen, daß die Mühlen der Polizei zwar langsam, dafür aber schrecklich fein mahlten.

Der beste Beweis dafür sei wohl die wie immer ausgezeichnete Arbeit der Mordgruppe 2, unter Führung des Obersten Ewald Stern, welcher es nach jahrelanger Detailarbeit gelungen sei, den Serienmörder von Simmering, Meidling und Margareten auszuforschen.

Und wie immer würden Presse, Rundfunk und Fernsehen ausführlich berichten und analysieren, aber kleine Arschlöcher und *Pflasterhirschen* wie Wasenegger, Berger IV., die Suttner und Trautmann nicht erwähnen.

GLOSSAR

abgneißen: verstehen, kapieren

abmarkieren: abrechnen, aufgeben, sterben; früher schrieb der Markeur = Oberkellner mit Kreide auf einer Tafel die Zeche auf, die beim Zahlen gelöscht wurde

abstieren: durchsuchen, ausrauben

AFIS-Programm: Abkürzung für Automationsunterstütztes Fingerabdruckinformationssystem; System, in dem die Fingerabdrücke aller Straftäter gespeichert sind

die Erdäpfel von unten anschauen: begraben sein; Erdapfel = Kartoffel

die Hufe aufstellen: sterben

jemanden auskeilen: jemanden befragen, verhören (Polizeijargon)

der Beserlpark: kleiner Park mit wenig Grün

die Blashüttn: Lokal mit Prostituierten – so klein, daß nur Mundverkehr möglich ist (Gaunersprache/Polizeijargon)

es gibt Brösel: es gibt Ärger

der Buckel: Leibwächter; jemand, der den Buckel = Rücken für jemand anderen hinhält (Gaunersprache)

der Büttel: Ordnungshüter, Polizist (veraltet; im heutigen Gebrauch meist abwertend gemeint)

bumm zu sein: stockbetrunken sein

bunkert: von kleiner, gedrungener Gestalt

die Burenhaut: Burenwurst; Wurstsorte, die gern am Würstelstand gegessen wird

die Coloniamänner: Männer der Müllabfuhr, auch *Mistkübler* genannt; Coloniakübel = Mülltonnen der städtischen Müllentsorgung Wiens (von Köln, lat. Colonia)

der Dienstführende: Verantwortlicher für eine Polizeidienststelle

die Dienstkokarde: bei uniformierten Polizisten: Wappen auf der Schirmkappe; bei Kriminalbeamten: kleine emaillierte Erkennungsmarke, die an einer Kette in der Hosentasche getragen wird

ein Dreckamper: Mistkübel = Mülleimer

in dubio pro reo: im Zweifel für den Angeklagten (lat.)
einedraht werden: unschuldig in etwas hineingezogen werden
eing'spritzt sein: betrunken sein
EKIS-Programm: Abkürzung für Erkennungsdienstliches, kriminalpolizeiliches Informationssystem; beinhaltet Daten aller Straftäter
die Flitschen: leichtfertiges Mädchen
frank: anständig, ehrlich, untadelig (Gaunersprache/Polizeijargon)
der Frischg'flachte: Anfänger, jemand, der in eine Stellung neu ernannt wurde
einen Fall auf Frist legen: eine bisher ungelöste Straftat bei den unerledigten Fällen ablegen; jede Straftat hat eine bestimmte Verjährungsfrist, bis zu der die Ermittlungen immer wieder aufgenommen werden können
für jemanden die Füß' aufstellen: mit jemandem koitieren
gefährliche Drohung: Androhung einer Verletzung an Körper, Freiheit, Ehre oder Vermögen, die geeignet ist, dem Bedrohten eine begründete Besorgnis einzuflößen
Gefahr im Verzug: Situation, in der Maßnahmen notwendig sind, die einen unmittelbar drohenden Schaden verhindern
die Geschichte hat sich gehoben: die Geschichte ist erledigt
der Glatzerte: Spitzname eines Wiener Verbrechers mit Glatze
der Gogel: Freier (Polizeijargon)
der Goldene Schuß: tödliche Heroininjektion
das Grätzl: kleiner Teil eines Wohnviertels, Umkreis
der Gschaftlhuber: jemand, der sich gern in den Vordergrund drängt
ein linkes G'schichterl: eine unwahre Geschichte
der Gschwinde: Spitzname eines Wiener Verbrechers, der schnell zum Messer griff
die Gstätten: eine kleine, abschüssige, meist steinige und wenig bewachsene Wiese (ugs.); siehe auch *Mistgstätten*
das Häusl: Toilette
jemanden heimdrehen: jemanden umbringen
die Hurner: Huren, Prostituierte
der Kapazunder: eine Koryphäe auf einem Gebiet
der Kiberer: Kriminalbeamter in Zivil, auch Polizist im allgemeinen
die Kleiderkarte: Karte, auf der sämtliche Stoffproben der Kleidung eines/einer Unbekannten aufgeklebt werden
ein kleines Häferl: ein jähzorniger Mensch
das Koat: Kommissariat (Polizeijargon)

die Kokarde: siehe *Dienstkokarde*
kollationieren: zwei Dokumente miteinander inhaltlich vergleichen, den Stand der Ermittlungen zusammenfassen (Polizeijargon/Amtsdeutsch)
das Krauthäuptel: Krautkopf
jemanden legen: jemanden betrügen
eine Lippe haben = eine Lippe riskieren: vorlaut, frech sein
jemanden machen: einen Mord begehen (Gaunersprache/Polizeijargon)
Mistgstätten: Müllablagerungsplatz (veraltet)
Mistkübler: siehe *Coloniamänner*
müllisieren: verhaften (Gaunersprache/Polizeijargon)
ins Narrenkastl schauen: ins Leere schauen, vor sich hin starren
jemanden niederbügeln: jemanden schimpfen, schelten; jemandem etwas vorhalten
niederlegen: ein Geständnis ablegen
ein Obergscheiter: jemand, der alles besser zu wissen glaubt
der Ohrenbläser: Einschmeichler
die Pappn wetzen: tratschen, sich unterhalten; Pappn = Mund
die Patschen beuteln/aufstellen/(aus)strecken: sterben; Patschen = Hausschuhe
ein Pferdchen: Prostituierte, die für einen Zuhälter arbeitet
der Pflasterhirsch: Polizist auf Streife, Kriminalbeamter im Außendienst
der Piefke: (Nord-)Deutscher (oft Schimpfwort)
das Präserl: Präservativ
pudern: koitieren
die Puffn: Schußwaffe, Revolver, Pistole
SB: Sicherheitsbüro (Polizeijargon)
der Schammesdienst: hier: Hilfsdienst; Schammes (jüd. Rel.) = Diener in einer Synagoge und Assistent des Vorstehers jüdischer Gemeinden
Schas mit Quasterln: Unsinn
Scheißhüttn: schlechtes, mieses Lokal
am Schmäh halten: jemanden nicht ernst nehmen
der Schwammerlbrocker: harmloser Mensch; eigentlich Pilzsammler
der Schwengel: männliches Geschlecht
die Schwuchtel: Schwuler mit weiblicher Tendenz
sekkieren: ärgern
das Sprießel: kleine Sprosse, Querholz, z. B. Sitzstange in einem Vogelkäfig
einen Stich machen: im Kartenspiel einen Punkt machen; hier: einen Treffer landen, ein gutes Geschäft machen (allerdings ironisch gemeint)

Stinkadores: übelriechende Zigaretten
Syph: Syphilis
der Tschecherant: Trinker
unfrank: unanständig, unehrlich (Gaunersprache/Polizeijargon)
ein Ungustel: Person, die ungepflegt, unappetitlich ist
verhabert sein: befreundet sein
es ist nichts verhackt: es ist nichts vertan, verloren; es schadet nicht
voll zu sein: betrunken sein
wegrama: wegräumen; hier: in Ordnung bringen
Wurstelprater: Teil des Wiener Praters, Vergnügungspark
der Zund: ein Hinweis (Gaunersprache)

Ernst Hinterberger im Deuticke Verlag …

Die Wiener Kriminalromane:

Das fehlende W
176 Seiten, Hardcover mit Schutzumschlag
ISBN 3-216-30268-7

Kleine Leute
504 Seiten, Hardcover mit Schutzumschlag
ISBN 3-216-30266-0

Jogging
215 Seiten, Hardcover mit Schutzumschlag
ISBN 3-216-30059-5

Kleine Blumen
204 Seiten, Hardcover mit Schutzumschlag
ISBN 3-85463-125-1

»Und über uns die Heldenahnen …«
200 Seiten, Broschur
ISBN 3-85463-118-9

Was war, wird immer sein
124 Seiten, Hardcover mit Schutzumschlag
ISBN 3-216-30060-9

Zahltag in Kaisermühlen
224 Seiten, Hardcover mit Schutzumschlag
ISBN 3-216-30247-4

»Sie können Prosa schreiben,
Dialoge schreiben, mit ein paar Sätzen
oder Requisiten Ihre Figuren so deutlich,
so plastisch werden lassen, daß man sie sieht,
riecht, hört, ihnen gegenüberzusitzen glaubt.«

Johannes Mario Simmel

Die Bücher zu den erfolgreichen Fernsehserien:

Kaisermühlen Blues
261 Seiten, Hardcover mit Schutzumschlag
ISBN 3-216-30068-4

»Diese Typen, die in den diversen Geschichten vorkommen, die gibt es tatsächlich, die hat jeder irgendwo schon einmal getroffen.«

Beppo Beyerl, Wiener Zeitung

Kaisermühlen-Schmäh
96 Seiten, Broschur
ISBN 3-216-30318-7

Mundl
Ein echter Wiener geht nicht unter
288 Seiten, Broschur
ISBN 3-216-30134-6

Die Originalfassung des »Mundl-Romans« –
eine lebensechte Arbeitersaga aus den sechziger Jahren.

Mundlsprüche
96 Seiten, Broschur
ISBN 3-216-30275-X

Die besten Mundlsprüche im Taschenformat –
das Kultbuch für alle Mundl-Fans.